믿음에 대하여

믿음에 대하여

박상영
연작소설

문학동네

차례 ───────

요즘 애들

—

김남준

—

카메라가 꺼졌다.

황은채가 오케이 사인을 보내기 무섭게 남선배가 자리에서 일어나 기지개를 켰다. 회사 안에서 청바지가 아니라 그럴듯한 정장을 차려입은 남선배의 모습은 여전히 낯설었다. 남선배가 내 시선을 눈치채고는 웃으며 말했다.

"야, 넌 어째 유튜브랑 잘 맞는 것 같다? 대본 없으니까 더 잘하네."

그럼 대본이 있는 프로그램에서는 어떻다는 거지, 하는 생각이 들었으나 나는 특유의 작위적인 미소를 지으며, 선배랑 함께 유튜브 프로그램 하나 맡아야 할 것 같다고 너스레를 떨었다. 내 말에 황은채가 웃으며 말했다.

"김기자님, 실없는 소리 하는 버릇은 여전하네요."

눈치 빠른 남선배가 은근히 하대를 하며 끼어들었다.

"황피디랑 김기자랑 어떻게 아는 사이라고 했지?"

황은채가 어물쩍대자 내가 잽싸게 답했다.

"언론사 시험 칠 때 같은 스터디 그룹이었어요."

"그렇구나, 소중한 인연이네. 대단히 잘됐네. 둘 다 잘돼서 만났으니 정말 잘됐네."

남선배 특유의, 같은 어미를 끊임없이 반복하는 리액션이었다. 나로서는 단순히 어휘력이 모자란 사람처럼만 느껴지는데 방송에서는 저런 화법이 꽤 잘 먹혔다. 오디오가 비지 않아서 그런가.

비지 않는 오디오.

그것은 남선배가 신입 기자 오리엔테이션을 진행하며 가장 먼저 강조한 덕목이기도 했다.

"오 초 이상 오디오가 비잖아? 그건 방송 사고야."

그의 말을 대단한 격언이라도 되는 것처럼 받아 적던 때도 있었다. 그게 마치 지난 생의 일처럼 까마득했다.

"저는 화장실이 급해서 먼저 가보겠습니다. 대표님께 안부 전해주고요."

대지 않아도 될 핑계까지 덧붙이고는 황은채에게 구십 도로 고개를 숙여 깍듯이 인사를 하는 남선배. 은근슬쩍 말을 놓을 때는 언제고 저러는 걸 보면 확실히 사회생활 십오 년 짬밥을 거저먹은 건 아니었다. 아나운서 실장인 남선배는 스스로를 유능한 사회인이라고 여기는 사람이었고 실제로 그 판단은 상당 부분 옳았다. 내가 기억하기로 남선배는 신입 때부터 지금까지 쭉 회사의 간판이었으며, 심지어는 지난 몇 년간 지리멸렬하게 이어졌던 언론 노조 파업 때조차 노조의 대표 얼굴이었다. 어느 집단에 속해 있든 항상 무리의 중심인 사람. 집단의 이익과 스스로의 정체성을 일치시킬 줄 아는 사람. 나는 그런 부류의 인간들을 항상 동경하는 동시에 의아하게 생각해왔다.

황은채는 문밖까지 선배를 배웅한 뒤 다시 회의실로 돌아왔다. 그리고 웃음을 터뜨리며 말했다.

"스터디에서 만났다고? 언제 그렇게 순발력이 늘었대?"

"말도 마. 눈칫밥 삼 년에 거짓말만 청산유수다. 기자 똥은 개도 안 먹는다더니 그동안 는 건 맘고생이랑 구라밖에 없어."

"하긴 솔직하게 다 말하기도 좀 그렇긴 해. 구질구질하기도 하고."

그제야 나는 우리의 과거가 솔직하게 말하기 조금 그렇고 구질구질해져버린 무언가가 되었다는 것을 깨달았다. 한때는 우리가 함께 일하고 있다는 사실이, 그 공간이 우리의 자랑이었던 적도 있었는데, 이제는 더이상 그렇지 않다는 게 못내 어색하게 느껴졌다. 황은채가 말했다.

"시간 되면 오랜만에 커피나 한잔할래?"

"좋지."

황은채가 책상 위에 올려놓았던 검은 백팩을 멨다. 목선이 훤히 드러날 만큼 짧게 자른 그녀의 단발이 좌우로 흔들렸다. 통이 넓은 청바지와 오버사이즈 항공 점퍼가 썩 잘 어울렸다. 예전에는 단정하지만 불편해 보이는 투피스를 고수했던 그녀였다. 내가 알던 이십대의 황은채와는 여러모로 다른 사람처럼 느껴졌다.

고백하자면 연락을 받기 전까지 나는 황은채에 대해 단 한 번도 떠올리지 않았다.

며칠 전 유튜브 섭외 요청, 이라는 제목의 메일을 보았을 때 한숨부터 나왔다. 최근 원치 않게 여론의 집중을 받게 된 이후로 부쩍 수상한 섭외가 늘었기 때문이었다. 경영진 교체 후 화려하게 현업으로 복귀한 남선배와 노조 파업 때 임시로 채용된 비정규직 사원 중 유일하게 정규직으로 전환된 내가 얼마 전 여덟시 뉴스의 앵커로 나란히 기용되는 대사건이 일어났다. 애초에 신입 기자가 메인 뉴스의 앵커로 선발되는 경우가 드문데다가 남선배와 함께 한다는 사실이 불필요한 관심을 불러일으켰다. 여느 때처럼 영양가 없는 채널에서 간 보기 식으로 돌린 연락이겠거니 하고 무심히 넘기려 했는데 메일을 보낸 사람의 이름이 낯익었다. 다시 보니 내 첫번째 직장의 유일한 입사 동기였던 황은채였다. 그녀가 꼬박 오 년 만에 내게 연락한 것이었다.

황은채는 내가 다니는 B방송국을 거느린 미디어 그룹의 협력 회사에서 근무하고 있었다. 주로 유튜브나 팟캐스트 등의 프로그램을 제작하는 뉴미디어 계열의 신생 프로덕션이었는데, 파업 때 퇴사한 전 교양국 국장이 차린 사업체라 우리 회사와 관련된 콘텐츠를 자주 제작했다.

메일의 내용은 여느 프로그램의 섭외 요청과 다르지 않았다. 신입 공채 시즌을 맞아 신입과 부장급 직원이 출연해 자소서를 쓰는 방법과 미디어 기업에 입사하는 꿀팁을 들려주는 기획이었다. 관심도 높은 취업 콘텐츠에 최근 인기몰이를 하고 있는 신구 간의 세대차를 예능적으로 녹이는 콘셉트는 새로울 건 없었으나 누구보다 지독하게 살아왔던 나의 무언가를 건드렸다.

섭외 메일을 받은 지 십 분이 채 지나지도 않아 남선배에게서 전화가 왔다. 그는 언제나처럼 질문의 외피를 입고 있으나 명령에 가까운 어조로 말했다.

"나는 이 기획 괜찮은데? 과도하게 정치적으로 해석될 여지도 없고. 김기자는 어떻게 생각해?"

정치적으로 해석될 여지가 없다니, 설마요. 유튜브 콘텐츠에 우리 둘의 얼굴이 함께 잡히는 것만으로도 몹시 정치적인 의미를 가진다는 걸 선배도 나도 모르지 않았다. 하지만 다른 모든 것을 떠나 섭외에 응하게 된 것은, 단지 황은채가 보고 싶어서였다.

황은채가 데리고 온 한 앳된 후배 사원이 박스에 마이크 송신기와 조명, 트라이포드를 담아 들었다. 그리고 누가 봐도 채근하는 듯한 말투로 물었다.

"선배님, 저 회사로 복귀하나요?"

황은채는 후배 사원에게 곧장 집으로 가되 내일 일찍 출근해 사무실에 장비를 들여다놓으라고 답했다. 후배 사원은 고개를 꾸벅숙이더니 뒤도 돌아보지 않고 회의실 밖으로 나갔다.

"저분 되게 개성이 강하신 것 같다?"

"말도 마. 요즘 애들 아주 칼같지?"

정작 입 밖으로 그 단어를 꺼낸 황은채가 눈을 동그랗게 뜨며 놀랐다. 그러더니 내 팔을 때리면서 웃기 시작했다. 황은채의 입에서 요즘 애들, 이라는 단어가 나오다니. 그것은 그 옛날 우리가 함께 들었던 멸칭이었다. 그래도 웃을 때 옆 사람을 때리는 습관이며 매운 손맛은 여전하다고 생각하며 나는 과장되게 팔을 문질렀다. 그리고 황은채에게 말했다.

"그나저나 네가 선배라니, 너무 어색하다."

"선배인 정도가 아니라 심지어 우리 회사에서는 위에서 몇번째다? 우리 벌써 이런 나이가 됐다."

"무슨 소리야, 난 아직도 신입 사원인데."

황은채는 잠시 침묵하다 이내 내 말뜻을 깨닫고 웃음을 터뜨렸다. 나는 빙긋 웃어 보이고는 황은채와 함께 회의실을 나섰다.

　나에게 '매거진 C'가 영세한 문화 잡지 이상의 의미를 가지는
것은 영원히 돌이킬 수 없는 내 인생 첫번째 직장이기 때문일 것
이다.

　내가 잡지사에 들어가게 된 건 순전히 우연이었다. 대학 마지막
학기에 수업 몇 개를 함께 들어 꽤 친분이 있었던 한 선배에게서
갑작스레 연락이 왔다. 막 신입 기자가 된 그는 (기자 특유의 별로
중요하지도 않은데 심각한 목소리 톤으로) 한 잡지사에 에디터 자
리가 났다고 했다. 잡지의 이름은 매거진 C. 나도 아는 잡지였다.
규모는 크지 않지만 인터뷰 지면이 훌륭해 잡지 업계나 문화계에
서 꽤 단단한 입지를 굳히고 있었다. 갑작스러운 제의에 당황한
내게 그가 마침표를 찍듯 말했다.

　"내가 왜 너한테 전화했겠냐. 너 잘하잖아."

　예나 지금이나 칭찬을 들으면 일단 그 이상을 보여줘야 한다는
강박에 시달리는 나는 서둘러 그간 학보사에서 썼던 기사며 산문
을 추려 포트폴리오를 만들었다.

　크리스마스이브, 눈이 펑펑 내리던 신사동 가로수길에서 눈보
다 더 많은 사람들이 나를 밀치고 가는 것을 느끼며, 간신히 매거
진 C의 건물을 찾았다. 안면 윤곽 전문 성형외과와 보톡스 전문 피
부과 건물 사이에 함정처럼 위치해 있는, 도무지 강남 한복판이라

고는 믿을 수 없을 만큼 낡은 4층짜리 건물이었다. 1층 상가에는 간판에 먼지가 잔뜩 낀 천 냥 백화점이 있었고, 그 옆으로 돌아가니 온갖 박스가 쌓여 있는 계단이 나왔다. 나는 박스를 요리조리 피해가며 2층, 매거진 C의 사무실로 들어갔다. 면접장이랍시고 마련된 곳도 뭐 그럴듯한 공간이 아니라, 덩치 큰 책장 뒤로 10인용 테이블이 덩그러니 놓인 곳이었다. 책장에는 매거진 C 과월호들이 차곡차곡 꽂혀 있었다. 나를 제외하고 열댓 명의 면접 대기자들이 더 있었는데 다들 왠지 힙하고, 세련되고, 그러니까 잡지사를 위해 준비된 완벽한 인재들 같았다. 나는 자포자기하는 심정이 되어 오히려 긴장이 풀어졌다.

면접은 평이했던 것으로 기억한다. 면접관들은 거의 다 여성이었는데 편집장만 중년 남자였다. 여자 면접관들이 포트폴리오 중 몇몇 글의 디테일에 관해 물었고, 매거진 C에서 인상 깊게 본 기사가 무엇인지, 언제부터 출근이 가능한지 같은 질문들이 이어졌다. 면접 내내 말이 없던 편집장이 면접 말미에 궁금한 것이 없냐고 했다. 나는 수습기간이 얼마나 되냐고 했고, 그는 의중을 알 수 없는 미묘한 표정으로 "삼 개월 정도"라고 짧게 답했다. 사무실이 너무 추워 면접을 보는 내내 무릎을 쓰다듬었던 기억이 있다. 막상 이틀 뒤, 그러니까 크리스마스 다음날부터 바로 출근하라는 연락을 받았을 때 뭔가 꺼림칙한 기분을 느끼기는 했다. 그때 내 감을 믿었어야 했다.

12월 26일, 출근하자마자 나를 가장 먼저 반긴 것은 동기인 황은채였다. 그녀는 서울 소재의 A여대 국문과를 졸업한 후 인터넷 신문사에서 인턴 기자로 일했으며, 그 경력을 바탕으로 나와 같은 피처 에디터로 들어오게 됐다. 우리는 동갑이라는 이유로 말을 놓기로 했다. 그때 우리 앞으로 허리까지 오는 긴 생머리에 키가 큰 한 여자가 다가왔다. 마치 사극에 나올 것처럼 반듯하게 정중앙 가르마를 탄 그녀는 날카로운 눈매에 창백한 피부였으나 목소리만큼은 아기처럼 앳된 비음이었다. 그럼에도 그 말투에 안정성이랄까, 사회생활 9단 특유의 냉정한 어조가 깃들어 있어 나이나 연차를 짐작게 했다. 그녀가 피처팀의 수석 기자이며 우리를 가르칠 배서정이라고 자신을 소개했다.

배서정은 우리를 이틀 전 면접 자리였던 책장 뒤 10인용 테이블로 데려갔다. 테이블 옆에는 박스가 한가득 쌓여 있었다. 배서정은 나와 황은채에게 첫번째 업무를 배당해주었다. 카페와 정기 구독자들에게 잡지를 발송하는 작업이었다. 방법은 간단했다. 매거진 C의 규격 봉투에 잡지를 넣고 주소 라벨을 붙여서 박스에 집어넣으면 되는 것이었다. 카페나 대학 등지에는 홍보를 위해 무료로 배포된다고 했다. 대외적으로는 매달 이만 부의 발행 부수를 자랑하는 매거진 C였으나, 실상 판매는 그만큼이 아닐지도 모르겠다는 생각이 들었다. 온종일 지루한 단순 작업을 하는 동안 황은채와 나는 서로의 삶을 공유했다. 경상도 출신인 그녀는 다소 새침해 보이는 첫인상과는 달리 사투리가 묻어나는 시원시원한 말투를 구사했고, 성격도 화끈한 것 같았다. 음악이며 영화 취향도 비슷해 우리는 순식간에 가까워졌다. 우리는 그렇게 속닥속닥 수다를 떨며 당시 힙합 오디션 프로그램에 출연해 큰 인기를 끌고 있던 가수의 얼굴을 삼백 개쯤 봉투에 집어넣었다. 아차 하는 사이 내가 종이에 손가락을 베여버렸다. 황은채는 괜찮냐며 호들갑을 떨었고, 배서정이 철썩철썩 슬리퍼 소리를 내며 다가왔다.

"너네 뭐가 그렇게도 즐겁니."

그녀는 특유의 말투로 우리에게 물은 뒤 내 손가락을 빤히 보더니 아무 반응 없이 다시 돌아섰다. 나는 피가 나는 손가락을 입에 문 채, 가뜩이나 가르마를 반듯하게 탄 머리를 과도하게 올려 묶어 배서정의 성격이 더 사나워 보인다는 생각을 했다. 피맛은 비렸다.

황은채와 나에게 다음으로 배당된 업무는 커피가 떨어지지 않게 아침부터 저녁까지 드립 커피를 내리는 것과, 사무실에 놓인 커다란 고무나무에 물을 주는 것이었다. 아침에는 회사에서 집이 가까운 황은채가 커피를 내리고, 점심에는 밥을 빨리 먹는 내가 커피를 내리는 것으로 어렵지 않게 합의를 보았다. 고무나무는 비교적 화분과 자리가 가까운 내가 물을 주기로 했다.

업무를 시작하고 난 후 일주일 동안 우리는 커다란 책장에 백 권도 넘게 꽂힌 매거진 C의 과월호를 보며 잡지의 구성이나 정체성에 대해서 스터디했다. 사수인 배서정이 시시때때로 기사마다 '야마'가 되는 내용을 정리해오라고 했다. 흥미로운 인터뷰가 많았고, 순수예술부터 대중문화까지 문화계 전반을 골고루 다루고 있다는 점이 마음에 꼭 들었다. 잡지를 읽으며 나는 부푼 꿈에 사로잡혔다. 언젠가, 그러니까 삼 개월의 수습기간이 끝나고 머지않아 이런 유명인들을 만나볼 수도 있겠구나 하는 설렘이 차올랐다.

*

며칠 뒤 첫 기획 회의가 열렸다. 기획 회의 자리에는 수석 기자세 명과 편집장, 인턴인 황은채와 내가 모였다. 말이 좋아 기획 회의이지 실은 황은채와 내가 각자의 기획안을 발표한 뒤 일방적으로 평가받고 혼나는 자리였다. 한차례 구조조정이 들어간 뒤 편집부의 인원이 반토막 났다고 했다.

첫 기획 회의가 끝난 후 나와 황은채는 각자 몫의 고민을 안게 되었는데 일단 우리 둘이 발표한 기획안이 하나도 통과되지 않았다. 선배들은 알짜배기 기삿거리를 쏙쏙 가져가버렸고 우리에게 배당된 일은 광고주들이 배포한 보도 자료를 앵무새처럼 받아 적는 홍보용 기사 작성이나, 마감이 늦기로 악명 높은 정신과 전문의가 필자인 상담 코너의 원고 수발, 거리를 쏘다니며 진행하는 앙케트와 미니 인터뷰 정도였다. 게다가 원래 막내들의 담당이라며 회사의 공식 사이트와 SNS 계정을 담당하는 역할까지 부여받았다. 황은채가 공식 사이트의 독자 게시판, 이벤트 페이지 등을 관리하게 되었고 나에게는 트위터 계정을 관리하며 매일 오후 두시에 기사를 업로드하는 역할이 주어졌다. 황은채와 나는 사회 초년생 특유의 과열된 열정으로 모든 일에 힘을 잔뜩 준 채 최선을 다해 일했다. 황은채는 독자 게시판에 올라온 흔하디흔한 이야기들을 마르고 닳도록 읽으며 최적의 사연을 고르기 위해 고심했으며, 나는 사진기자를 대동한 채 압구정동과 신사동 일대를 누비며 인터뷰감이 될 만한 사람들을 찾아 나섰다. 사무실 안은 히터를 틀어도 입김이 나올 만큼 추워서 나는 인터넷으로 만원짜리 중국산 난로를 주문해 발치에 틀어놓았다. 난로는 오래 켜놓으면 너무 뜨겁고 또 끄면 금방 발이 시려 수시로 켜고 끄기를 반복해야만 했다. 우리의 사수였던 배서정은 긴 머리칼을 집게 핀으로 올려 묶고, 검지로 안경을 추켜올리며 특유의 날카로운 눈매로 우리를 관찰할 따름이었다.

어느 날은 화장실의 수도관이 완전히 얼어버렸다. 편집장은 나에게 변기를 뚫으라고 명했고, 나는 언 손을 비비며 한나절 동안 계속해서 변기에 뜨거운 물을 부어댔지만 꽁꽁 언 배관 때문에 물이 내려가지 않았다. 빨갛게 코가 언 채로 총무팀에 이 사실을 알렸다. 출장 수리 기사를 부르면 삼십만원이 넘는 돈이 든다고 했다. 편집장은 이 사실을 전해듣고는 한숨을 내쉬었다. 그리고 내게 '사용 금지'라는 안내문을 인쇄해 화장실 앞에 붙이라고 했다. 그럼 도대체 사무실 사람들이 어떻게 용변을 해결하라는 건지 알수 없었지만 나는 묻지 않고 그저 시키는 대로 화장실 앞에 안내문을 붙였다. 자리에 돌아오자 배서정이 자신의 모니터를 바라본채로 내게 말했다.

"네가 뭘 잘못했는지 말해봐."

순식간에 머리가 하얘졌다. 나는 아무런 대답도 하지 못하고 머뭇거렸다. 배서정이 평온한 목소리로 다시 물었다.

"지금 몇시지?"

"네시입니다."

"두 시간 전의 네가 뭘 했어야 하지?"

그제야 내 담당 업무인 트위터 업로드가 퍼뜩 떠올랐고 나는 반사적으로 고개를 숙이며 죄송하다고 말했다. 차갑게 언 손으로 부랴부랴 트위터에 기사를 업로드했다. 큰 잘못을 저질렀다는 생각에 손이 떨렸다. 진작에 말을 해주었으면 좋았을 텐데. 온종일 변기를 고치기 위해 고군분투하는 내 모습을 가만히 보고만 있었던 배서정에게 왈칵 원망스러운 마음이 차올랐지만, 얼른 그 감정을 떨치려고 노력했다.

지금 나는 수습 신분이다. 즉 새로 일을 배우고 있는 중이다. 배서정 선배는 어디까지나 사수로서 나에게 (정시성을 지키는) 기자의 태도를 가르쳐주고 있는 것이다. 오늘 같은 실수는 '정식 기자'에게는 허용되지 않는다. 그러니까 내 감정은 뒤로 밀어놓자.

　나는 핸드폰의 알람 앱을 열어 매일 한시 오십오분에 알람이 울리게 설정해놓았다.

　한파가 끝날 때까지 보름 동안, 사무실 사람들은 옆 건물 성형외과에 있는 화장실을 이용해야만 했다. 혼자 낯선 병원의 화장실에 갈 만큼 낯짝이 두껍지는 않았던지라, 황은채와 나는 언제나 시간을 맞춰 함께 성형외과로 향했다. 우리는 마치 그곳이 내 집 앞마당이라도 되는 것처럼 조잘대며 얼굴에 붕대를 감고 있는 사람들 사이를 비집고 들어가 볼일을 봤다. 화장실에 갔다가 돌아올 때면 우리 꼴이 우스워 한참을 웃었다. 그렇게 웃고 난 뒤에는 알 수 없는 허탈감에 사로잡히고는 했다.

*

　인턴 기자로 참여한 첫 잡지가 나온 후, 우리가 쓴 기사에 대한 크리틱이 시작됐다. 황은채와 나는 어깨를 움츠린 채 커다란 테이블에 앉았다. 편집장과 선배들은 저마다 우리 기사에 대해 할말이 많아 보였다. 국문과 문예 창작 동아리 출신인 황은채는 문장력과 글쓰기의 기본기가 부족하다는 평을 받았다. 황은채는 자존심이 상했는지 아니면 단순히 추웠던 건지 볼이 빨개진 채 연신 고개를 끄덕였다. 배서정은 내 미니 인터뷰를 보고는 과월호를 던져주며 어떤 방식으로 인터뷰이에게서 신선한 답변을 뽑아내야 하는지 분석해보라고 말했다. 훑어보니 오늘 뭐 먹었어요, 인도 카레 좋아해요, 같은 하나 마나 한 질문만 가득했고 특별할 게 없어 보였다. 그 기사에서 무엇을 분석하고 배워야 할지 알 수 없었다.

이해할 수 없는 것은 그뿐만이 아니었다. 최종교에서 편집장이 내가 인터뷰에 써놓은 "했고요"라는 종결어미를 다 "했구요"로 바꿔놓았다. 나는 회의가 끝날 무렵 조심스럽게 사수 배서정에게 물었다.

"선배님, 그런데 왜 했고요를 했구요라고 쓰나요?"

옆에서 그 말을 들은 편집장이 특유의 능글맞은 미소를 지으며 말했다.

"너희들 입장에서는 헷갈릴 수 있겠군."

그리고 덧붙이기를 우리 잡지는 대중 친화적이고 편안한 언어를 구사하기 때문에 어색한 맞춤법은 바꿔 쓰는 것을 원칙으로 한다고 했다. 때문에 '바람'을 '바램'이라고, '했고요'를 '했구요'라고 표기한다고 했다. 나는 맞춤법을 지키지 않는 것과 대중 친화적인 것이 무슨 상관인지 잠시 고민하다 말았다.

편집장은 갑자기 내 전공을 묻더니, 자신도 영문과를 나왔다며 갑자기 민주화운동에 투신했던 대학 시절 장광설을 늘어놓았다. 그후에는 '고전 읽기에 소홀한 요즘 애들'을 주제로 훈화를 펼치기 시작했다. 우리 신입 기자들이 기초 소양을 쌓고 비판하는 지성을 길러야 한다며 자신의 책상으로 가더니, 책꽂이에서 『데미안』과 『수레바퀴 아래서』를 꺼내 건네주었다. 번역이 엉망인 것으로 유명한 D 출판사의 세계문학 전집이었다. 황은채와 나는 떨떠름한 표정으로 그것을 받아든 채 각자의 자리로 돌아갔다. 나는 『수레바퀴 아래서』를 책상 위에 올려두었다. 그리고 매거진 C에만 적용되는 맞춤법을 메모지에 적어 모니터에 붙여놓았다. 모든 조직에는 그 조직만의 문법이 존재하기 마련이니까. 빠르게 이곳의 문법에 적응하고 싶었다.

*

황은채와 나는 인턴 시절 팔십만원의 월급을 받으며 매일 아홉시 반부터 이르면 저녁 여덟시, 늦으면 열한시까지 일했다. 한 달에 한두 번씩은 무조건 밤을 새워 마감을 했다. 점심과 저녁 식대가 따로 나오지 않아 식비나 출퇴근 교통비를 제하면 남는 돈이 없었지만, 괜찮았다. 이 시기를 버티고 나면 더 나은 삶이 펼쳐지게 될 거라는 희망이 있었으니까.

황은채와 나는 매일 다른 사유로 다채롭게 혼났다. 그래도 우리 둘 다 나름대로 꽤 높은 경쟁률을 뚫고 들어온지라 시키는 일을 아예 수행하지 못하는 편은 아니었는데, 아무리 최선을 다해도 꼭 지적을 받고는 했다.

사수 배서정의 디렉션은 일관성이 없었다. 어떤 날은 인터넷 게시판에나 적합할 만큼 신조어를 많이 쓰는 발랄한 무드를 요구하는가 하면, 가벼운 톤으로 기사를 써가면 문장에 중량감이 떨어지고 수식이 지나치게 많다고 평했다. 그리고 마지막에는 어김없이 매거진 C의 성격과 잘 맞지 않는다며 다시 써오라고 지시했다. 아무리 과월호를 뒤져보고 선배들이 쓴 기사를 외우듯 읽어봐도 매거진 C다운 게 도대체 무엇인지 알 수 없었다. 구체적으로 어떤 부분을 수정해야 하는지 질문했지만 명확한 대답이 돌아오는 경우는 별로 없었다. 무슨 질문에든 "내가 너네들 질문 받아주는 사람이니? 기사 똑바로 분석 안 했지?"라고 쏘아댈 따름이었다. 그러다 함께 점심을 먹을 때면 선배 기자들끼리 요즘 애들은 아무것도 알고 싶어하지도 질문하지도 않는다며 부모님이 시키는 대로 학원을 다니며 수동적으로 공부해 그런 것 같다고, 전혀 참신하지 않은 세대 분석을 했다. 그 말을 한 배서정과 우리가 고작 네 살 차이라는 것이 떠올랐고, '요즘 애들'이라는 말을 쓰기에 네 살 터울은 조금 애매하지 않나, 하는 생각이 들었다.

황은채가 기사 내용 자체로 지적받는 경우가 많았다면 나는 트위터 멘션이나 DM에 즉각 답하지 않는다는 이유로 성실성에 문제가 있다는 평을 듣곤 했다. 결국 나는 핸드폰에서 내 트위터 아이디를 로그아웃한 후, 매거진 C의 아이디로 접속했다. 그리고 새로운 멘션과 DM이 올 때마다 알림이 뜨게 설정해놓았다. 모기를 잡는 것처럼 잽싸게, 독자들의 의견을 처내리라 투지를 불태웠다.

*

처음으로 혼자 취재를 하러 갔던 날을 아직도 기억하고 있다.

한 신진 작가의 개인전을 스케치하기 위해 삼청동의 어느 갤러리로 향할 때 나는 몹시 긴장한 상태였다. 사진을 포함해 반 페이지에 불과한 짧은 기사였으나 내 이름을 달고 나가는 기사였으므로 나름대로 열심히 준비했다. 뉴욕에서 막 귀국했다는 작가의 회화 작업 이력과 배경을 조사했고, 영문 사이트를 뒤지며 그간의 인터뷰들을 인쇄해 갈무리해놨다. 전시는 좋지도 나쁘지도 않았다. 장식적이지만 깊이가 부족해 보였고, 인스타그램에 올리기 좋은 아기자기한 느낌이었다. 그래도 기사의 내실을 다지기 위해 전시장에 상주해 있는 작가와 미니 인터뷰를 진행했는데 과묵한 힙스터처럼 보이는 외견과는 달리 정오의 라디오를 틀어놓은 것처럼 말이 많은 남자였다. 유학 기간 동안의 고충과 자신의 작품에 담긴 심오한 의미며 삶의 궤적, 하다못해 반려견의 품종까지 읊어대는 통에 도대체 말을 끊을 수가 없었다. 예상했던 시간을 훌쩍

26

넘긴 나는 잠시 쉬기로 한 후, 배서정에게 카카오톡 메시지를 보냈다.

　—선배님, 인터뷰가 길어져 아무래도 퇴근 시간까지 사무실에 못 들어갈 것 같습니다.

　—알겠어. 인터뷰 끝나면 바로 퇴근해. 내일 출근 전까지 녹취 풀어놓고.

　—네, 감사합니다.

　—그런데 너, 프사랑 대화명이 그게 뭐니?

　—네?

내 카카오톡 프로필 사진은 한창 유명세를 끌고 있던 아이돌이었고, 대화명은 '꿀꿀이'였다. 실제로 회사를 다니면서부터 갑자기 살이 찌기 시작해서 별생각 없이 달아놓은 대화명이었다.

　—생각이 있는 거니 없는 거니. 애도 아니고 아이돌 사진에 꿀꿀이가 뭐니? 인터뷰이가 보면 무슨 생각 할 것 같아? 넌 밖에 나가면 우리 매체를 대표하는 사람이야. 당장 대화명이랑 프로필 사진 바꿔.

배서정의 프로필을 클릭해보니 프로필 사진은 매거진 C의 이번 호 표지였고, 대화명은 '매거진 C 배서정 에디터'라고 되어 있었다. 나는 프로답지 못한 중대한 실수를 저질렀다는 생각에 얼른 프로필을 바꾸었다. 마치 거푸집으로 찍어놓은 것처럼, 배서정과 똑같은 방식으로.

잠깐의 휴식 후 인터뷰이가 다시 자기 자랑을 늘어놓는 걸 듣다가 녹초가 된 나는 집에 가는 길에 황은채에게 카톡으로 인터뷰이의 수다스러움을 흉봤다. 대화의 말미에 별생각 없이 배서정이 한 말을 전했다. 그러자 갑자기 황은채가 엄청나게 격렬한 반응을 보이기 시작했다.

—야, 너도 당했어?

—무슨 소리야?

—배서정 선배 진짜 이상해. 내가 카톡 프로필에 남친이랑 찍은 사진 올려놨더니 점심 먹다 말고는 세상천지에 남자친구는 너만 있냐고, 당장 바꾸라고 난리 치는 거 있지.

—뭐? 그게 그렇게까지 할 일이야?

—그니까. 게다가 너랑 나 둘 다 왜 공식 계정 팔로우 안 하냐면서, 선배에게 페북 친추도 먼저 하는 게 기본 아니냐고, 너네는 다들 기본이 안 됐다고 게거품 물더라니까.

—우리가 개인 계정으로 뭘 하든 말든. 야, 이거 다 사생활 침해 아냐?

—내 말이. 근데 너 배서정 선배, 와세다대 나온 거 알아?

—말도 안 돼.

—진짜야. 내가 선배들 얘기하는 거 들었어.

—헐 진짜? 하긴 목소리나 분위기가 좀 특이하긴 하잖아. 일본에서 오래 살았대?

—중학교 때 가서 대학까지 쭉 거기서 나왔대. 하루키 후배래!

　—갑자 하루키 ㅋㅋㅋ. 아니 근데 일본 사람들은 원래 남 사생활 터치 안 하지 않아?

　—몰라. 일본 생활 하다 너무 숨막혀서 그렇게 됐나?

　—후배들 잡도리하고 남 일에 참견하는 것만 한국 패치 적용됐나봐.

　그후로도 우리는 집단주의 문화에 젖어 있는 한국사회에 대한 개탄과 개인의 가치를 완전히 잃고 집단에 동화되어버린 배서정 선배를 주제로 약 사십 분간 폭풍 카톡을 했다.

*

　배서정이 우리를 사수로서 엄하게 가르치는 것이 아니라 인간적으로 싫어하는 게 분명하다는 확신을 하게 된 날이 있었다.

　우리가 만든 두번째 잡지가 출간됐을 무렵, 출판 디자인 페어에 매거진 C 단독 부스를 연다는 소식을 들었다. 전국 각지의 잡지사와 독립 출판사 등이 모이는 꽤 커다란 자리였다. 우리 회사에서도 일 년 중 가장 중요하게 여기는 행사라 했고, 때문에 이것저것 챙길 게 많았다. 행사 나흘 전부터 부산하게 사무실에서 짐을 싼 우리는 당일에 가장 먼저 행사장에 도착했다. 운송업체에서 부려놓고 간 박스들 앞에서 황은채와 나는 망연해졌다. 다른 잡지사나 출판사 관계자들은 모두 삼삼오오 모여 분주하게 일하고 있었다. 선배들에게 전화해보니 다들 취재가 있다며 우리끼리 먼저 행사 준비를 시작하라고 했다. 회의 시간에 일러준 대로 부스 외벽에 포스터를 붙이고 과월호를 진열해놓으라고 덧붙였다. 고작 두 명이서 이 많은 것들을 다 할 엄두가 나지 않았지만 그런 생각을 할 겨를도 없었다. 일단 황은채와 나는 미리 마련해둔 천을 테이블에 깔고, 최신호를 눈에 띄게 깔아놓고 그 밑으로 유달리 판매고가 좋지 않았던 과월호들을 펼쳐놓았으며, 페어 측에서 제공한 플라스틱 테이블의 다리 쪽에 포스터들을 이어붙였다. 미리 준비해온 광고물이며 굿즈들까지 부려놓고 나니 페어가 시작하는 열시 무렵이 되었다. 그제야 홍보팀 선배들이 하나둘 행사장에 모습을 드러냈다. 개장하자마자 생각보다 많은 사람들이 몰려들었고(도대체 어디서 이 사람들이 다 나타난 거지?) 황은채와 나는 정신없이 유인물을 나눠주며, 또 팔리지도 않는 과월호를 홍보하며 다른 선배들을 기다렸다.

배서정은 두시가 지나 부스에 도착했다. 그녀는 오자마자 가방을 턱 내려놓으며 우리에게 소리를 질렀다.

"너네 지금 이걸 포스터라고 붙여놓은 거야?"

쉴새없이 사람들이 밀려들고 있었지만 배서정의 눈에는 그것이 보이지 않는지, 테이블 앞쪽에 주저앉아 우리가 붙여놓은 포스터를 떼기 시작했다. 나는 그녀의 옆에 어정쩡하게 서서 같이 포스터를 떼야 하나, 죄송하다고 고개를 푹 숙이고 있어야 하나 고민에 휩싸였다. 황은채는 부스에 몰린 사람들의 질문에 정신없이 대답을 하고 있었다. 갑자기 배서정이 악에 받쳐 소리를 질렀다.

"황은채, 지금 웃음이 나와? 사람들이 너한테 웃어주니까 좋니? 너 지금 내가 뭐 하는지 안 보여? 안 보이냐고."

당황한 황은채는 거의 울 것 같은 얼굴이 되었고 부스를 구경하던 사람들도 놀란 표정으로 자리를 떠났다. 홍보팀 직원들은 우리를 본체만체하며 딴청을 피우고 있었다. 나는 도대체 무슨 말을 어떻게 해야 할지 몰라서 이리저리 눈치를 살피다 결국 배서정이 떼다 남은 포스터를 모두 떼어냈다. 배서정은 다시 한숨을 쉬더니 우리에게 새 포스터를 가져오라고 했다. 배서정은 그걸 이리저리 대보며 가장 이상적인 각을 찾으려 노력했다(배서정은 항상 오와 열, 각에 집착했다). 그러더니 마침내 가장 적합한 구도를 찾은 듯 다시 정성껏 포스터를 붙였다. 우리가 붙인 것과 정확히 같은 형태로…… 배서정은 포스터를 다 붙이기 무섭게 나에게 냉랭한 목소리로 물었다.

"네가 뭘 잘못했는지 말해봐."

"네?"

"지금 몇시야?"

"두시 십삼분요."

"매일 두시에 네가 할 일이 뭐지?"

맞다, 트위터. 나는 고개를 꾸벅 숙이며 죄송합니다, 정신이 없었습니다, 대답을 했다. 배서정은 고개를 절레절레 저으며 요즘 애들은 정말, 이라고 중얼거렸다. 이 난리통에도 트위터를 올리라는 말인가, 하는 생각이 들기는 했지만 어쨌든 내 업무를 충실히 수행하지 못한 것은 사실이었으니까, 더 할 말이 없었다. 나는 불편한 마음을 티내지 않기 위해 더 열심히 웃으며 부스를 찾는 손님을 맞이했다.

네시쯤부터 사람들이 마구잡이로 몰려들었다. 우리는 미리 준비한 앙케트며 과월호 판매를 이어나갔다. 편집장이 느지막이 도착했고, 마치 사찰단처럼 여기저기를 배회하며 우리 부스를 이리저리 품평했다. 배서정은 우리를 대할 때와는 사뭇 다른 싹싹한 태도로 편집장을 맞이했다. 황은채는 확실히 풀죽은 모습이었다. 애써 웃고 있기는 했지만 눈꼬리가 처진 것이 누가 봐도 지친 기색이 역력했다. 하긴 그런 말을 듣고도 괜찮을 수 있는 사람은 많지 않을 것이다.

오후 여덟시, 행사가 끝난 후 우리는 모두 녹초가 된 채로 부스를 정리했다. 편집장은 책 몇 권을 대충 박스에 넣는 시늉만 하더니, 얼른 마무리하고 회식을 하러 가자고 했다. 그리고 뒤도 돌아보지 않고 부스 밖으로 걸어갔다. 나와 황은채는 눈빛 교환을 하며 무언의 욕을 주고받았다. 손바닥에 땀이 나도록 짐을 싸고, 홍보팀 차량에 짐을 실었다.

황은채와 내가 회식 장소인 컨벤션 센터 인근의 중국집에 갔을 때는 우리를 제외한 모든 직원들이 자리에 앉아 있는 상태였다. 편집장은 여느 때처럼 '우리 식구들'의 근황을 묻는 말로 식사를 시작했다. 나와 황은채는 테이블에 놓인 젓가락과 간장 종지를 묵묵히 배분했다. 음식보다 맥주가 먼저 나오자 편집장이 건배를 제안했고 모두가 잔을 들었을 때, 편집장은 뜬금없이 배서정의 어깨를 툭툭 두드리며 배 수석이 오늘 아무것도 모르는 애들 데리고 혼자 일하느라 수고 많았다, 라고 말했다. 나는 마치 그런 그의 생각에 완벽히 동의하는 것처럼 고개를 끄덕였다. 주문한 음식이 나오자 나는 자장면을 코로 마시듯 먹었고, 황은채는 짬뽕을 깨작댔다. 볶음밥을 먹던 편집장이 뜬금없이 말했다.

"그런데 서정아, 너 남자친구는 아직이니?"

도대체 저런 사적인 질문을 왜 하는 걸까 생각하고 있는데, 배서정이 웃는지 찡그리는지 모를 모호한 표정(배서정의 미소는 언제나 그랬다)을 지으며 "네, 그렇죠 뭐"라고 말했고 사람들이 와하하하 웃음을 터뜨렸다. 황은채와 나는 언제나처럼 서로 눈을 마주치며 이게 웃을 일인지 아닌지 고민했고 그런 우리를 보며 편집장은 "얘 얼마 전에 남자친구랑 헤어졌잖아"라고 유쾌하게 말했다. 아무리 가족 같은 회사를 지향해도 이런 얘기까지 나누는 건 정말 아닌 것 같았는데 맞은편의 황은채 역시 당황한 표정이었다. 대화의 주제는 배서정의 연애 얘기로 완전히 넘어가버렸다. 편집장은 우리 서정이가 대학 졸업 하자마자 회사 들어와 일만 하고 사느라 번번이 차이기만 하고 제대로 연애도 못한다며, 어디 소개해줄 좋은 남자 없냐고 내게 물었다. 나는 누가 봐도 작위적인 미소를 지으며 적당히 대답을 회피했다. 배서정은 표정 없는 얼굴로 자기 몫의 단무지를 씹었다. 배서정의 연애 대토론이 끝난 후, 편집장은 나에게도 여자친구가 있냐는 질문을 했다. 나는 입에 음식이 가득한 채 고개를 완강히 저었다. 그리고 입안에 있는 음식물이 보이지 않게 사력을 다해 미소를 지었다. 배서정은 때를 놓치지 않고 내게 톡 쏘아붙였다.

"예전부터 말하려고 했는데 너 옷 입는 것 좀 신경쓰고 다녀. 밖에 나가면 네가 우리 매거진을 대표하는 사람인데 명색이 에디터가 꼴이 그게 뭐니."

나는 갑작스러운 지적에 나도 모르게 허허허 소리를 내며 웃어버렸다. 기분이 나쁘거나 궁지의 상황에서 웃음이 터져버리는 것은 나의 고질병이었다.

"왜 웃니? 재밌어?"

"아니요. 그게 아니라……"

"넌 왜 그렇게 맨날 조증 걸린 사람처럼 갑자기 웃니?"

그럼 울까? 하다 하다 이젠 웃는 것 갖고도 난리였다. 그러는 배서정 본인도 매일 보풀이 일어난 파란 스웨터만 입고 다니면서 (그녀의 말에 따르면 다이칸야마의 빈티지 숍에서 산 옷이라고 했다). 나는 더이상 표정 관리가 되지 않아 빈 접시만 쳐다봤다. 방금 전까지 느꼈던 연민의 감정이 무색할 정도로 불쾌한 감정이 일었다. 그때 편집장이 검지로 자신의 잔을 툭툭 쳤다. 나는 그의 잔이 빈 것을 깨닫고 부랴부랴 맥주를 따랐다. 편집장은 특유의 인자한 미소를 지으며 나에게 물었다.

"남준이는 형제관계가 어떻게 돼?"

"아, 저는…… 혼자입니다."

"역시. 외동이구나. 나랑 친한 밴드 S 알지? 거기 베이시스트도 외동인데 남준이랑 비슷해."

"어떠신데요?"

"자기 세계가 강하고, 독고다이고, 뭐 그런 사람? 혼자 작업해야 하는 아티스트지."

그러니까, 외동인 내가 조직생활에 맞지 않는다는 의미였다. 술한 잔 제대로 안 따라줬다고 이러는 걸까. 내가 별다른 대답을 하지 않자 편집장은 황은채에게도 가족관계를 물었다. 언니 한 명이 있다고 하자, 역시 막내라 그런지 응석이 심한 편인 것 같다는 얘기를 했다. 황은채의 얼굴이 설핏 굳어지는 게 보였다. 편집장은 이에 아랑곳하지 않고 황은채에게 남자친구가 있냐고 물었다. 배서정이 냉큼 끼어들었다. "얘 장난 아니에요. 카톡 프로필이 거의 러브장이잖아요"라며 예의 얼굴을 구기는 미소를 지었다.

"근데 너 그렇게 다른 남자들한테 막 웃어주고 긴 머리 휘날리고 다니면 남자친구가 싫어하지 않니?"

편집장의 질문에 황은채는 애매하게 웃으며 젓가락으로 다 먹은 짬뽕 국물을 휘휘 저을 따름이었다.

그날 황은채와 나는 끈끈한 무언가를 뒤집어쓴 기분으로 집으로 돌아갔다.

*

며칠 뒤 우리 사무실에는 소소한 파란이 일었다. 일단 황은채의 트레이드마크였던 웨이브 진 긴 머리칼이 어깨 위로 짧게 잘려 있었다. 덕분에 내가 처음으로 정장을 입고 출근한 일은 완벽히 묻혀버렸다. 회사 사람들이 황은채에게 한마디씩 건넸다. 머리가 긴 게 낫다느니 짧은 게 더 예쁘다느니, 남자친구랑 헤어졌냐는 등 대답할 가치도 없는 말들이었다. 나는 황급히 자리에 앉아 메신저를 켜고 황은채와의 대화 창을 열었다.

─너 머리 뭐야? 진짜 헤어진 건 아니지?

─아냐. 그냥 기분 더러워서 잘랐어. 근데 나 어제 미용실 갔다 죽을 뻔했다.

─왜?

─머리 자르다가 갑자기 목 졸리는 것처럼 숨이 안 쉬어지는 거야. 커트 끝나자마자 쓰러졌잖아. 구급차 오고 응급실에 실려가

고 난리 났었어.

　—야, 너 괜찮아? 출근해도 되는 거 맞아?

　—링거 맞고 약 먹고 지금은 멀쩡해.

　—큰 병은 아니겠지?

　—공황장애 같대.

　—미친, 그거 연예인들이나 걸리는 병 아냐? 원인이 뭐래?

　—스트레스. 약 먹고 상담 치료 받으래. 이따 점심에 회사 옆 병원에 가보려고.

　—이거 완전 산재 아니냐? 노동부에 신고해버려.

　이후로 황은채는 일주일에 한 번씩, 점심시간마다 사무실 옆 정신과에 치료를 받으러 다녔다. 회사에는 단순 지병이라고만 알렸다. 황은채가 없는 점심때마다 누군가가 황은채의 행방을 물었고, 내가 병원에 갔다고 말해주면 선배들은 노골적으로 싫은 티를 냈다. 진짜 아파서 병원에 간 게 맞는지, 요 근처 병원이면 단순히 미용시술을 받으러 다니는 게 아닌지, 남자친구랑 밥 먹으러 가놓고 아프다고 둘러대는 건 아닌지와 같은 말들. 물론 그 선봉에는 언제나 배서정이 있었다.

　"요즘 애들은 그렇다? 실력은 없는데, 자기가 뭐나 되는 줄 알고. 이름이나 알리려고 하고. 도무지 동료의식 같은 건 없고. 사실 이렇게 함께 밥 먹고 얘기 나누는 것도 다 회사생활의 일부인 건데, 그런 걸 잘 모르더라고. 너희들이 그렇다는 건 아니고. 요즘 그런 애들이 많다고. 친구들끼리 만나면 그 얘기만 하잖아. 체르노빌 때 퍼진 방사능이 88년쯤에 한국에 흘러든 거 같다고."

뒤이어 사람들은 식당이 떠나가라 웃었다. 황은채만을 겨냥해서 한 말은 분명 아니었다. 나는 하나도 웃기지 않았지만, 누구보다 큰 소리로 웃은 뒤, 고개 숙여 묵묵히 볶음밥을 먹었다. 왠지 체할 것 같은 기분이었다.

그후로 나의 삶은 요즘 애들답지 않기 위한 노력으로 점철되었다. 같이 식사 자리에 오면 누구보다 빨리 컵에 물을 따라놓았고, 인원수대로 수저를 깔았다. 사무실에 사람 그림자라도 보이면 고개 숙여 인사부터 했고, 누군가 싫은 소리를 해도 그저 주워 삼켰다. 그렇게 '가족' 같은 회사에 적응하기 위해 안간힘을 다했다. 그러다보니 어느덧 기획 회의에 들어갈 때도, 남이 쓴 기사를 필사하다시피 베끼거나 내 기사가 틀린 맞춤법으로 고쳐질 때에도 나는 별다른 거부감을 느끼지 않게 되었다. 황은채 역시 나와 마찬가지인 듯했고, 이런 우리의 변화가 사회에 적응하는 과정이라 믿었다. 그렇게 나다운 것들을 깨끗이 표백하고 나면 비로소 매거진 C의 색깔이 입혀져 그토록 염원하던 정직원이 될 수 있을 거고 여겼다.

하지만 그런 이후에도 배서정의 태도는 변하지 않았다. 어느 날은 두 시간 분량의 긴 인터뷰를 하고 기진맥진해져 돌아온 나에게 이렇게 말했다.

"너 녹음기 좀 줘봐. 인터뷰 애티튜드 확인 좀 하자."

"선배님, 저 아이폰으로 녹음을 해와서요. 파일 옮겨서 바로 보내드릴게요."

"뭐?"

배서정은 나에게 성의 없이 핸드폰으로 녹음을 해왔다고 혼을 냈다. 그녀의 논지에 따르면 핸드폰 하나 딸랑 들고 가서 녹음하고 얘기 듣는 것만큼 성의 없어 보이는 건 없다고 했다. 나는 일단 반사적으로 죄송합니다, 대답을 했지만 자리에 앉아 핸드폰을 노트북에 연결하는 순간 핸드폰으로 녹음하는 게 뭐가 어때서, 라는 생각이 들었다. 혹시나 하는 마음에 다른 매체에서는 어떻게 인터뷰하는지 검색해보았는데 뉴욕타임스 기자가 대통령을 인터뷰할 때 아이폰으로 녹취를 하는 사진이 떴다. 하물며 백악관의 출입 기자도 취재할 때 핸드폰을 쓰는데, 도대체 왜 안 된다는 건데. 나는 분노를 누르며 핸드폰으로 녹음하는 기자들 사례를 집착적으로 찾아냈다. 그런데 역시나 1절만 하고 끝낼 선배가 아니었다.

"너는 그게 문제라고. 기자가 발로 뛰고 손으로 쓸 생각은 안

하고, 핸드폰 하나 딸랑 들고 가면 끝이니? 그리고 너 회사 올 때는 왜 가방도 안 들고 오는데? 성의 없어 보이게."

나는 그 성의, 라는 게 무엇인지 도무지 알 수 없어져버렸고, 배서정의 찌푸린 미간에 대고 묻고 싶어졌다. 그럼 인터뷰이가 말하고 있는데 선배처럼 다 해진 모닝글로리 수첩에 다시 읽지도 않을 낙서 같은 걸 끄적여야 한다는 건가요? 그럴 거면 녹음기는 왜 켜놔요? 그럴 시간에 질문 하나라도 더 하고 인터뷰이랑 눈을 맞추는 게 낫지 않나요? 가방을 왜 안 들고 오겠어요. 하루에 사무실에 있는 시간만 열세 시간이 넘는데요. 집에서는 잠만 자는데, 칫솔도 치약도 수건도 슬리퍼도 펜도 노트북도 핸드폰 충전기도 다 회사에 있는데, 가방을 왜 갖고 다녀요. 누구보다 또박또박하고 명료한 목소리로 따지고 싶었지만 나는 목구멍까지 차오르는 말을 꾹꾹 눌러 담았다. 대신 메신저로 배서정에게 녹음 파일을 보낸 후, 싸해진 사무실 분위기를 신경쓰며 웃음기 띤 목소리로 오늘 취재 분위기며 인터뷰이의 인상에 대해 늘어놓았다. 셰프님 가게에 우리 잡지가 놓여 있더라고요. 그간 쭉 눈여겨보고 있었다고 말씀해주셨는데……

내 말을 도중에 끊고 배서정이 쏘아붙였다.

"너 왜 웃어? 웃겨? 내가 방금 뭐라고 했는데, 그냥 우습니? 조증 걸린 애처럼 왜 맨날 웃어?"

그러게, 나 왜 웃지.

이렇게까지 이해되지 않는 상황 앞에서도 나는 정말 왜 웃고 있지.

*

면접 때 약속한 삼 개월의 수습기간이 지났지만, 우리는 정직원이 되지 못했다. 아무도 그에 대한 언급조차 하지 않아 황은채와 나는 편집장에게 언제쯤 정식으로 채용될 수 있는지 묻기로 했다. 둘 중 누구도 먼저 말을 꺼낼 엄두가 나지 않아 가장 민주적인 해결 절차인 가위바위보로 대표를 정했고, 결국 황은채가 걸렸다.

점심을 먹은 뒤, 우리는 나란히 편집장 앞에 섰다. 편집장은 특유의 능글맞은 미소를 지으며 무슨 일이냐고 말했다. 황은채가 다 기어들어가는 목소리로 "저희 삼 개월 수습기간이 끝난 것 같아서……"라고 말했다. 편집장은 누구보다도 온화한 목소리로 원래 수습이 끝나는 시점은 업무 수행도에 따라 달라진다고 말했다. 편집장은 아직 우리가 정식 기자가 되기에는 역량이 부족하다며 턱짓으로 배서정을 가리켰다.

"은채야, 너네가 지금 쓰는 글이 서정이 쓰는 기사랑 퀄리티가 같다고 생각하니?"

"아뇨, 그런 건 아닌데……"

"잘 아네. 그런데 어떻게 너희랑 서정이랑 똑같은 기자가 될 수 있겠냐. 그건 요행이고 놀부 심보 아닐까?"

우리는 순식간에 주제 파악을 하지 못하고 고약한 심보를 가진 대역죄인이 됐다. 편집장은 뒤이어 스물세 살에 이곳에 입사한 배서정의 경우 십팔 개월의 수습 생활을 거치고 나서야 비로소 정식 기자로 채용되었다고 했다.

한참 일장연설을 마친 편집장이 칫솔을 들고 밖으로 나갔다. 십팔 개월의 시간 동안 배서정이 어떤 삶을 살았을지, 또 어떤 표정을 지었을지 잠시 상상해보았지만 잘 떠오르지 않았다. 배서정은 여전히 모니터를 바라본 채로 편집장님이 하신 말씀에 너무 상처받을 것 없다며, 너희가 열심히 배우려 노력하고 잘하기만 한다면 언제든지 정규직으로 전환될 수 있다고 우리를 위로했다. 선배에게 인간적인 말을 듣는 건 거의 처음이 아닌가, 하는 생각이 든 찰나 배서정이 덧붙였다.

"나는 일 년 넘도록 버스비도 못 받고 다녔어. 너희는 일도 배우고 돈도 받잖니. 긍정적으로 생각해라."

황은채와 나는 우리가 너무 어리석었다는 사실을 인정하기로 했다. 매거진 C에서는 그 어떤 질문도 허용되지 않는다는 것을, 무슨 질문을 하든 원하는 답을 구할 수 없는 게 이곳의 문법이라는 것을. 적막하고 건조한 사무실에 앉아 있노라니 어이없고 화나고 억울한 마음이 한꺼번에 몰아쳐왔으나 생각을 멈추기로 마음먹었다. 그저 고무나무에 물을 주면서 이토록 춥고 건조한 사무실에서 열대지방의 나무가 이렇게 징그럽게 잘 자랄 수 있다는 사실에 놀라며, 찌꺼기를 남기지 않고 커피 필터를 가는 방법이나 집에 가서 야식으로 무엇을 시켜 먹을지와 같은 것들을 고심하며 이 시절을 버티기로 마음먹었다.

*

어김없이 다음 호 기획 회의가 돌아왔다. 나는 요즘 가장 핫한 극단이 새로 올린다는 공연을 취재하고 싶다는 기획안을 냈다. 배서정은 내 기획안을 보고 가소롭다는 듯 입꼬리 한쪽을 올리며 말했다.

"그 극단, 러시아 희곡은 엉망이야."

"아……"

"가만 보면 네 기획안은 항상 어디서 대충 긁어온 거 같더라? 뭘 제대로 조사하고 쓰는 거 맞니? 아니면 그냥 당대에 유행하는 걸 그냥 다 때려박는 거니."

나는 당대에 유행하는 것을 모아놓는 매체가 잡지 아닌가요, 묻고 싶었지만 그러지 않았다. 앞으로 더 성실히 조사해보겠습니다, 대답하고 말았다. 어차피 내가 무슨 의견을 내든 수용되지 않을 것을 알고 있었다. 뭘 묻고 따지고 배우고 하는 게 쓸모없이 느껴졌다. 편집장이 기획안들을 하나씩 훑어갔다. 국제영화제 행사를 위해 방한하는 일본 유명 영화감독의 인터뷰는 역시나 배서정에게 돌아갔다. 황은채와 내게 행사 스케치와 홍보용 기사가 공평하게 분배되는 가운데 갑자기 편집장이 물었다.

"소설가 K? 이 양반 완전 은퇴한 거 아니었나? 이거 누가 기획안 냈어?"

별생각 없이 회의록을 받아 적다가 화들짝 놀란 내가 대답했다.

"저요. 다음달에 십 년 만에 신작이 나온대요. 이천 매짜리 장편이라고 하더라고요."

"그래? 좋아."

믿을 수 없는 일이 벌어졌다. 처음으로 내게 메인 기사가 배정된 것이다. 심지어 사십 매 분량의 긴 인터뷰 기사. 편집장은 회사로서는 너 같은 새파란 수습한테 이렇게 큰 꼭지를 맡기는 것은 모험이나 다름없다며 고마운 줄 알라고 했다. 제대로 된 일을 처음으로 맡았다는 사실이 기뻐 감사하다고 연신 고개를 조아렸다.

인터뷰 섭외는 고생길이었다. 소설가 K의 은둔하는 성격 탓에 연락부터가 만만치 않았다. 오직 출판사를 통해서만 소통이 가능했다. 거의 상소문에 가까울 만큼 절절한 인터뷰 요청을 출판사에 전달하자 작가의 개인 메일 주소로 답장이 왔다. 언젠가 우리 잡지를 본 적이 있다고 했고, 어릴 적부터 당신의 전작을 따라 읽었다는 나의 메일에 큰 감동을 받았다고 했다. 그러나 결국 대면 인터뷰는 부담스럽다며 고사했다. 나는 이것이 정말 마지막이라는 심정으로 오래전 나의 독서 노트를 꺼내, 그의 소설에서 감명 깊었던 문장들을 필사한 페이지를 찍어 첨부한 뒤, 그 문장들이 나를 지금 기자의 길로 이끌게 되었음을 강하게 어필했다. 한 시간이 지나지 않아 나의 제안을 승낙한다는 답신이 왔다. 나는 전율했다.

인터뷰 날, 배서정은 갑자기 나에게 인터뷰 시트를 들고 오라고 명했다. 내가 쭈뼛대며 질문지를 뽑아 가자, 근황을 묻는 것부터 시작하는 내 질문들이 너무 진부하다며 도저히 인터뷰이에게서 좋은 내용을 뽑아낼 수 없는 형편없는 수준이라고 했다. 그녀는 갑자기 빨간 펜을 들더니 질문의 순서를 마구 바꿔놓은 뒤, 급하니까 자기가 제대로 정리를 해준 것이라고 말했다. 그녀가 고쳐놓은 질문지는 얼핏 훑어봐도 흐름이 어색했다. 나는 그냥 감사합니다, 하고 그녀가 준 빨간 줄이 가득한 인터뷰 시트를 가방에 넣었다. 그리고 수정 전의 것을 한 부 더 인쇄해서 인터뷰 장소인 서울 근교의 작가 레지던스로 향했다.

소설가 K와의 인터뷰는 즐거웠다. 그는 자신이 어떤 사람이며 무엇을 하고 있는지, 무엇을 좋아하고 싫어하는지를 명확하게 알고 있는 사람 같았다. 나는 그게 부러웠는데, 그때의 내게 결핍된 것이 그런 판단이었기 때문이었다. 내가 어디에 있고 무엇을 하고 있고, 그것이 어떤 의미인지에 관한 것들. 내가 내 미래에 대해 생각하지 않게 된 게 언제부터였는지 떠오르지 않았다. 나는 그가 했던 말들을 되새기며 사무실로 복귀했다.

자리에 돌아와 모니터를 켜자 사내 메신저로 메시지가 하나 와 있었다. 배서정이었다.

―네가 뭘 잘못했는지 말해봐.

나는 몸을 살짝 일으켜 맞은편에 앉은 배서정에게 물었다.

"선배님, 무슨 일이세요?"

배서정은 자신의 핸드폰을 톡톡 치며 지금이 몇시인지 보라고 했다. 시간은 네시.

"너 해야 할 일이 있지 않니? 매번 빼먹는 그거."

설마…… 트위터?

내가 일부러 빼먹은 것도 아니고, 그럼 인터뷰하는 도중에 핸드폰을 켜고 트위터를 하라는 말이야? 갑자기 화가 치밀어올랐다. 더는 참을 수 없을 만큼 격렬히. 나는 메신저 창을 열고 배서정에게 메시지를 보냈다.

―선배님, 인터뷰가 길어져서, 인터뷰하는 도중에 폰을 만지는 건 실례인 거 같아서 트위터 업로드를 하지 못했습니다. 죄송합니다.

―너 오늘따라 말이 길다? 내가 오늘 일만 갖고 그러겠니? 넌 언제나 이런 식이잖아. 하는 일이 뭐 얼마나 된다고, 그거 하나 똑

바로 못하니. 내가 팔만대장경을 필사하라고 했니? 아니면 하루에 열 번씩 기사를 올리라고 했니? 트위터 관리 똑바로 하라는 게 그렇게 어렵니? 인터뷰 기사 하나 맡으니까 이제 니가 아주 대단한 기자라도 된 것 같니? 그래서 트위터는 하찮게 느껴지니? 분위기 파악 못하고 조증 걸린 애처럼 실실 웃을 줄이나 알지, 똑바로 하는 일이 있긴 하니?

이성의 끈이 끊어지는 소리가 들렸다. 나는 키보드로 한참 동안 뭔가를 치다가 다 지웠다. 그리고 자리에서 벌떡 일어났다. 배서정에게 말했다.

"선배님, 사무실 밖으로 좀 나와주시겠어요?"

배서정은 기가 찬다는 듯이 어깨를 들썩이며, 그래, 못 나갈 건 또 뭐니, 하며 나를 따라 나왔다. 내 입술이 사정없이 떨리는 게 느껴졌다. 이제 정말 끝을 낼 때가 온 것 같았다. 복도에 나오자마자 배서정이 나에게 소리쳤다.

"내 기자 인생 팔 년 만에 선배를 복도로 불러내는 애는 네가 처음이다. 너 지금 이게 얼마나 말도 안 되는 짓인지 알긴 아니?"

나도 지지 않고 말했다.

"제 인생 이십육 년 동안 선배 같은 사람도 처음인데요? 그 잘난 기자 인생 팔 년 동안 인간 되는 방법은, 타인에 대한 존중 같은 건 못 배우셨나봐요."

그것은 내가 매거진 C에 와서 처음으로 웃지 않는 표정으로 한 말이었다.

*

마지막 출근 날, 편집장이 나를 불렀다. 그리고 배서정이 편집장에게 제출했던 내 평가서를 읽어주었다.

"트렌드를 읽는 감각과 문장의 기본기가 있음. 기복이 심한 성격만 잘 눌러주면 좋은 인력이 될 자질이 있음."

편집장은 나를 정규직으로 채용할 생각이었으나 그날의 소동으로 생각이 바뀌었다고 했다.

"우리 회사는 가족 같은 분위기가 전부인데, 그런 분위기를 망치는 사람이 들어오면 되겠냐."

그러고는 역시 외동이라 그런지 조직생활에 도통 어울리지 않는 것 같다며 나의 사회성에 대한 평가를 마쳤다.

"모두가 조직에 적합한 건 아니잖아? 아예 감이 없는 애는 아니니까 칼럼 같은 것도 쓰고 블로그 같은 것도 하고 그래봐."

나는 빙긋 웃으며 그동안 감사했다는 말을 남기고 자리에 돌아와 빈 박스에 짐을 싸기 시작했다. 배서정은 그런 내 모습을 물끄러미 바라보다 한마디 했다.

"너, 그동안 내가 아무 칭찬도 하지 않아서 화가 났던 거니?"

"아니요, 그것 때문은 아니었는데……"

"이번 인터뷰 기사 잘 썼더라. 소설가 K."

도장을 찍듯이 평가를 마친 배서정은 평소와 같이 의중을 읽기 어려운 표정이었다. 아마도 그것이 그녀가 내게 할 수 있는 최고의 찬사일지도 모른다는 생각이 들었다. 나는 무슨 대답을 할까 고민하다 결국 아무 대답도 하지 않았다. 그리고 전자파를 잡아먹는다는 선인장을 박스에 넣었다. 배서정은 나에게 만약에 '섭섭한' 일이 있었다면 잊고 다시 새롭게 시작하면 좋겠다고, 이런 일을 여러 번 겪어본 사람답게 차분하게 말했다. 처음 들어온 날부터 조증 걸린 애처럼 너무 방방 떠 있길래 그것을 눌러주기 위해, 너를 위해 일부러 칭찬을 하지 않았다고 덧붙였다.

선배 있잖아요, 저는 칭찬을 듣고 싶었던 게 아니라, 그냥 인간 취급을 받고 싶었어요. 실력도 없는 주제에 이름이나 알리고 싶어하는 요즘 애들이 아니라, 방사능을 맞고 조증에 걸린 애가 아니라, 최선을 다해 삶에 적응하려고 노력하는 한 명의 인간으로요.

뭐 이런 얘기를 하고 싶었지만 하지 않았다. 다만 여느 때처럼 내가 할 수 있는 세상 가장 밝은 얼굴로, 배서정을 향해 빙그레 웃으며 지금까지 감사했습니다, 꾸벅 인사했을 뿐이다. 앞으로 무엇을 할 거냐고 형식적으로 묻는 배서정의 말에는 이렇게 대답했다.

"저, 편집장님 말씀대로 제 일을 하려고요."

"무슨 일?"

"뭔지는 잘 모르겠지만, 그런 일요. 사회생활 못하는 사람도 할 수 있는 그런 일."

입사 때에 비해 얼굴에 살이 부쩍 내린 황은채는 짐 박스를 안 아든 나를 부러운 눈빛으로 바라보고 있었다. 돌아서는 나를 향해 배서정이 짧게 말했다.

"나, 너 안 싫어해."

나는 묵직한 박스를 든 채 그 풍경으로부터 멀어졌다. 안간힘을 다해 앞만 보고 걸었다.

*

매거진 C를 떠난 뒤 내 인생은 일사천리로 흘러갔다.

내 인생 두번째 회사는 언론 쪽과는 전혀 상관없는 곳이었다. 자동차 부품을 만드는 회사였는데 매거진 C에 비해서 기본급도 높고 출퇴근 시간도 일정하고 후배 사원이라고 함부로 말을 놓지 않는, 그러니까 인간적인 대우를 해주는 곳이었다. 호봉제가 적용되었고, 연차만 채우면 승진이 가능했다. 선배들도 다들 지루하지만 안전하게 살아가는 사람들이었다. 나는 그곳에서 한 번도 크게 웃거나 뭔가 튀는 행동을 하지 않으며, 시키는 일을 오직 할당된 분량만큼 하는 인간이 되었다. 무료함이 느껴질 때면 연애를 했고, 취미를 만들었다. 그러다 질식할 것 같은 기분이 들 때면 자소서를 썼다. 매거진 C에서 기자 생활을 하며 깨우친 바가 없었던 건지, 아니면 너무나 편한 직장에 다니는 통에 배가 불렀기 때문인지 모르겠지만 언론계에 대한 미련을 차마 버리지 못했다. 때문에 언론 고시 커뮤니티에 기자 모집 공고가 올라오면 일일이 지원했다. 대부분은 서류 단계에서 탈락했지만, 몇 번 최종 면접까지 간 적도 있었다. 연차를 써서 면접을 보고 오면 어김없이 불합격 통보를 받았지만 괜찮았다. 그런 도전의 궤적이 적어도 나를 살아 있는 존재로 만들어준다고 믿었다.

지금 다니는 방송사의 채용 공고가 떴을 때에도 기계적으로 지원했는데, 기적적으로 합격했다. 막상 붙고 나니 정규직 채용을 전제로 하고 있기는 하지만 이 년 동안 계약직으로 근무해야 하는 게 마음에 걸렸다. 사측이 편의에 따라 얼마든지 말을 바꿀 수 있다는 것을 지난 경험을 통해 너무나 잘 알고 있었다. 기껏 잘 다니고 있는 회사를 그만두고 다시 불안정의 세계로 뛰어드는 게 불안했다. 그럼에도 불구하고 직장을 박차고 나올 수 있었던 것은 이 년이라는 정해진 기간이 있었기 때문이다. 때로는 기약이 없는 기다림보다는 끝이 정해진 실패가 편할 수도 있으니까.

그 이 년이라는 계약 기간 동안 예상치 못했던 많은 일들이 벌어졌다. 파업을 위해 자리를 비운 선배들을 대신해 나는 빠르게 현업에 투입되었다. 입을 닫고 귀를 닫은 채 그저 최선을 다해 일했다. 적을 만들지 않고 모두에게 선하려 노력했으며, 공평하게 곁을 주었다. 그런 종류의 기계적 공평함은 오로지 나를 위한 방어기제라는 사실을 잘 알고 있었다. 나의 신념과 나의 마음과 나의 본심을 잊은 채 내가 어떻게 보일지만을 생각하며 살았다. 그러던 중 예상치 못한 행운이 내게 찾아들었다. 정치부 기자 시절, 자정이 넘도록 회사에 남아 있었던 나는 퇴근하던 도중 한 고급 일식집 근처에서 우연히 전직 검사 B와 맞닥뜨렸다. 그는 권력형 비리의 실마리로 지목됐으나 보름이 넘도록 잠적해 행방이 묘연한 상황이었다. 나는 순간 기지를 발휘해 핸드폰으로 동영상 촬영을 하며 도망치는 그의 뒤를 쫓았다. 거의 몸싸움에 가까운 분투 끝에 선명한 그의 모습과 짧은 인터뷰를 따내는 데 성공했다. 내가 핸드폰으로 촬영한 영상과 리포팅이 단독 보도라는 타이틀을 달고 여덟시 뉴스의 맨 첫 꼭지에 배치되었다. 비리의 당사자와 함께 나의 이름이 포털 사이트의 검색어 순위에 오르내렸다. 내가 찍은 영상이 '비리 검사의 빤스런'이라는 제목을 달고 퍼져나갔다. 그해 말, 치열한 계약직 생활이 끝날 때쯤 내게 '주목할 만한 언론인상'이 수여되었다.

정권이 교체되고, 기존 사장의 임기가 끝났다. 새로 부임한 사장은 대통령의 동문이자 친정부 인사로 유명했다. 민영 방송국인 우리 회사에도 정치적 입김이 강하게 작용하고 있다는 걸 암암리에 모두가 알고 있었다. 파업이 끝났고 부당 전보를 받았던 선배들이 현업으로 돌아왔다.

정규직 전환을 위한 최종 면접을 볼 때, 신임 사장이 내게 마지막으로 한 말을 아직도 기억하고 있다.

"김기자는 요즘 애들 같지 않네. 잘 웃고 밝고 사회생활도 능통한 듯하고."

면접장의 문을 닫고 나오며 나도 모르게 웃음이 나왔다. 요즘 애들답지 않은 건, 또 뭘까. 함께 들어온 열한 명의 계약직 사원 중 정규직 전환이 된 사람은 나뿐이었다. 선배들은 그런 나를 두고 두 명의 사장 모두에게 인정받은 것은 너뿐이라고, 이념과 체제를 초월한 인사라고 농담을 건넸다. 그런 말을 들을 때마다 나는 내가 이질적인 존재라는 사실을 더욱 체감할 따름이었다. 불과 얼마 전까지 나와 함께 웃고 떠들고 같은 사무실에 앉아 있던 동기들은 이제는 모두 없는 사람이 되었다. 그렇게 치열했던 일 년 십일 개월의 계약 기간이 끝났고 나는 새로운 신입 사원들과 함께 '두번째' 신입 연수를 받게 되었다. 나에게도 기수라는 게 생겼다. 16기 신입 기자, 김남준. 그것은 내 앞으로 십오 년간 축적되어온 수많은 선배들이 있다는 의미이기도 했다.

정규직이 된 이후에도 나는 계약직 때와 별반 다르지 않은 일들을 했다. 비슷한 방식으로 취재를 했고 기사를 썼으며, 비슷한 뉴스 프로그램을 맡았고, 비슷한 삶을 살았다. 그러나 나를 둘러싼 환경이 격변했다. 바뀐 사내 분위기에 맞게 많은 프로그램이 개편되었다. 여덟시 뉴스의 새 앵커를 뽑는 공고가 사내에 나붙었다. 언감생심 지원해볼 생각조차 하지 못했던 나를 독려한 건 남선배였다.

"남준이 너 처음 들어왔을 때부터 딱 앵커감이라고 생각했어. 오디션 응시라도 해봐."

인생의 경험이라고 생각하며 기대 없이 오디션을 보았다. 선배들을 제치고 내가 앵커로 기용되는 이변이 일어났을 땐 어안이 벙벙했다. 그후로는 회사에서 나를 알아보는 사람이 부쩍 늘었다. 뉴스를 잘 보고 있다고 말하는 그들의 얼굴에선 묘한 거리감이 느껴졌다. 나만 느낄 수 있는 찰나의 쉼표, 지난 몇 년간 나를 항상 둘러싸고 있는 일종의 배타심이자 위화감. 어쩌면 이제는 아예 공기가 되어버린 감정의 흐름이기도 했다.

*

황은채와 나는 사옥 10층에 있는 직원용 카페로 향했다. 내가 회사 근처의 그럴듯한 카페에 가자고 했으나, 황은채는 굳이 멀리 갈 필요 없다고 손사래를 쳤다. 카페에는 사람이 별로 없었다. 우리는 아래가 훤히 내려다보이는 통창 앞 명당 좌석에 자리를 잡았다. 황은채는 밝은 얼굴로 "이제 너 성공했으니 비싼 거 얻어먹어도 되지?"라고 말하며 자몽에이드를 시켰다. 그 시절 나를 버티게 해준 황은채의 너스레가 반가웠다. 내 앞자리에 앉은 황은채의 표정은 적어도 그 시절보다는 훨씬 밝아 보였다.

"너 나가고 나서 나도 결국 한 달 만에 거기 때려치웠잖아."

"역시 그랬구나. 하긴 거기서 누가 버티겠냐."

"나중에 들어보니까 매거진 C, 업계에서 유명했더라고. 헐값에 어린 직원들 뽑아먹고 갈아치우는 걸로."

"우리만 당한 일이 아니었네. 다행이라고 해야 할지 불행이라고 해야 할지…… 그나저나 너 이제 몸은 괜찮아?"

황은채는 매거진 C에서 나오고 나서 공황장애가 나왔으며 지금은 약도 끊었다고 했다. 그럼에도 불구하고 황은채는 아직도 가끔 그 시절이 꿈에 나온다고 했다.

"나 그후로 단 한 번도 사회생활 못한다는 말을 들어본 적이 없어."

"그래, 은채 너 잘하잖아. 보도 자료도 잘 쓰고, 성격 좋고, 커피 필터도 잘 갈고."

"말도 마. 거기 다니면서 우리 둘 다 드립 커피 장인 됐잖아."

"난 지금도 절대 드립 커피 안 마셔. 그때 질려서."

우리 둘 다 웃음이 터져 눈물까지 글썽이며 웃었다. 한참을 웃던 황은채가 갑자기 표정을 바꿔 내게 물었다.

"그런데 있잖아. 너는 괜찮아?"

"뭐가?"

"나는 아직도 그때 생각하면 너무 화가 나고 어이가 없고, 괜히 따지고 싶거든. 내가 뭘 그렇게 잘못했냐고. 우리한테 꼭 그랬어야 했냐고……"

"나도 비슷하지 뭐. 그치만 어쩌겠냐. 우리가 운이 없었던 거지 뭐."

"거기 그만두고 난 뒤로도 이상하게 난 네가 엄청 생각나더라? 이런 말을 하고 싶은데 할 사람이 아무도 없더라고. 근데 연락할 방법이 있어야지. 퇴사하자마자 전화번호도 바꾸고 SNS는 흔적조차 없고. 근데 모르는 새 이렇게 유명 인사가 됐을 줄이야."

"유명 인사는 무슨. 너도 알잖아. 그냥 죽지 못해 산다."

"엄살도 여전하고 말이야."

"사람이 어디 가겠냐."

"너 배서정 선배 소식 들은 거 있어? 소문에는 다른 회사로 옮겼다고 하던데."

"신기하네. 죽을 때까지 매거진 C 벽돌로 남을 것만 같았는데."

"거기 완전 망했잖아. 너 몰랐어?"

황은채의 말을 듣고 매거진 C를 검색해보았다. 포털 사이트에 공식 홈페이지 링크가 남아 있긴 했지만 들어가보니 빈 페이지였다. 검색창에 내 이름과 잡지의 이름을 함께 검색해보니 기사 제목 몇 개가 떴다. 청담동에 막 오픈한 스타 셰프 D의 레스토랑, 도요타에서 출시된 새 자동차 시승기, 홍대 섹스토이 숍 구매 후기, 십 년 만에 신작으로 돌아온 소설가 K의 인터뷰…… 그중 어떤 글도 살아 있는 것은 없었다.

"진짜네. 아예 없어졌네."

"응, 없어. 이제 다 사라졌어."

황은채는 다 마신 자몽에이드 잔을 빨대로 휘휘 젓더니 갑자기 주머니에서 명함을 꺼내 내게 건넸다.

"아까 촬영하느라 정신이 없어서 깜빡했다."

명함에는 유튜브팀 팀장 황은채, 라고 되어 있었다. 그 직책이 못내 어색하고 심지어는 조금 감동적이기까지 해 나는 몇 번이고 반복해 같은 문구를 읽었다. 황은채는 내게도 명함을 달라고 했다. 나는 명함 지갑을 꺼내 새 명함 한 장을 주었다. 황은채는 명함을 주머니에 넣더니 차가 밀리기 전에 얼른 가봐야 할 것 같다며 황급히 자리를 떴다. 나는 그녀를 엘리베이터 앞까지 배웅하고 다시 카페로 돌아왔다.

황은채가 떠난 자리를 물끄러미 바라보았다. 커다란 유리창 너머로 광장이 내려다보였다. 광장에 한 무리의 사람들이 현수막과 피켓을 들고 서 있었다. 이곳에서는 잘 보이지 않지만 아마도 공정 채용이나 일자리 미끼 규탄, 고용 정상화와 같은 단어들이 쓰여 있을 터였다. 그들은 작년 이맘때까지 나와 같은 사무실에 정장을 입고 앉아 있던 동료들이었다.

카페의 카운터 앞에 남선배가 나타났다. 남선배는 심각한 어조로 누군가와 통화를 하고 있었다. 큰 목소리가 아니었음에도 워낙에 또렷한 음성이라 무슨 말을 하는지 대충 알아들을 수 있었다.

아마도 최근에 분양받았다는 회사 근처 아파트의 잔금 처리 문제인 것 같았다. 남선배는 커피가 나오고 나서도 한참 동안 카운터 앞에서 전화를 붙들고 있었다. 전화를 끊은 남선배가 나를 발견하고는 곧장 내 앞에 와 앉았다.

"사무실 안 들어가고, 여기서 혼자 뭐 하나?"

"방금 전까지 황은채 피디랑 같이 있었어요."

"아까 그 유튜브 피디? 둘이 엄청 친해 보이더라."

"네. 오랜만에 만나는 거라 할말이 많더라고요."

남선배는 핸드폰으로 부산하게 뭔가를 보내더니 심각한 표정으로 내게 말했다.

"너 그거 아냐? 인생은 부동산이다. 이제 서울 시내에 아파트 사려면 신혼 특공 말고는 답이 없어. 덮어놓고 일단 결혼부터 해라."

뭘 안다고 다짜고짜 결혼을 해라 마라야. 괜히 사나운 마음이 들었지만 당연히 티를 내지는 않았다. 그저 "어디 결혼하기가 쉽나요"라고 웃으며 대답하고 넘겼다. 남선배는 나쁘지 않은 사람이었고, 심지어는 롤 모델로 삼아도 될 만큼 꽤 좋은 선배였다. 가끔씩 회식을 하자고 조르기는 했지만 귀여운 강요 수준이었다. 그는 술을 마실 때마다 꼭 파업 때 얘기를 하며 울었다. 그의 눈물을 볼 때마다 측은한 마음보다는 그의 인생에 그만큼 큰 고비가 없었던 것 같다는 주제넘은 생각이 들고는 했다. 나는 (그 옛날 매거진 C에서의 경험 이후) 적어도 회사 사람들 앞에서는 과잉된 감정을 보여준 적이 없었다. 하나 누구나 예상 가능하고 공감할 수 있는 수준의 통증을 딱 그만큼만 전시하는 것이 이곳에서는 유효한 전략인 것 같았다. 모두가 남선배와 함께 눈물을 흘려주고는 했으니까. 나 역시 이제는 사회생활 9단이 다 돼 좀체 타인에게 내 감정을 내어주지 않는 법을 배우게 되었다. 그러나 이 자리까지 오면서 나도 모르게 누구에게도 공감받을 수 없을 종류의 눈물이 차오르는 날도 있었다. 나는 내 눈물의 방향을 정할 수 없어 가끔은 화가 났고 대개는 고독했다.

남선배가 자꾸만 비껴가는 내 시선을 눈치채고는 고개를 돌려 창밖을 바라보았다. 시위하는 사람들을 안타까운 표정으로 보던 선배가 한숨을 내쉬었다.

"쟤들이 무슨 죄가 있겠냐. 윗사람들이 나쁜 놈들이지. 너무 마음 쓰지 마라, 너도."

"네, 선배님. 감사합니다."

"그래도 참 다행이지 않냐?"

"뭐가요?"

"네가 여기에서 우리와 함께하고 있다는 게."

나는 아무런 대답도 하지 못했다. 그저 멍하니 유리창 너머를 바라보며 생각했다.

여기와 저기, 또 우리와 우리가 아닌 것들을 가르는 선이 무엇인지에 대해.

남선배는 나와 자신의 빈 커피잔을 들더니 먼저 일어나겠다고 했다. 내가 대답할 새도 없이 입구 쪽으로 걸어간 선배는 플라스틱 컵과 종이컵을 분리해 버리고는 특유의 힘찬 걸음걸이로 빠르게 사라져갔다. 언제나 정치적으로 올바르고 타인의 귀감이 될 법한, 그야말로 남선배다운 행동이었다.

보도국의 사무실로 돌아와 나의 자리에 앉았다. 파티션에 붙어 있는 내 이름표를 손가락으로 쓰다듬었다. 새로 만들어져 아직 반질반질한 내 이름 세 글자를.

사무실은 한산했고, 나는 문득 황은채와의 대화가 떠올라 핸드폰으로 배서정을 검색했다. 인스타그램에서 어렵지 않게 그녀의 흔적을 발견할 수 있었다. 배서정의 프로필명은 '라이프 스타일 매거진 F, 배서정 에디터'였다. 아래의 정보란에는 '『マガジン F』ベ・ソジョン エディター'라고 적혀 있었다. 피드에 올라온 사진을 훑어보니 매달 자신이 쓴 기사를 포트폴리오처럼 올려놓은 것이며, 이따금 등장하는 셀카 속 반듯한 정중앙 가르마까지 예전과 달라진 게 하나도 없었다. 피드의 가장 아래쪽으로 내려가보니 매거진 C 시절의 사진이 나왔다. 출판 디자인 페어에 참가했던 날, 나와 배서정, 황은채가 나란히 부스 앞에 서 있는 사진이었다. 여느 때처럼 뚱한 표정의 배서정과는 달리 나와 황은채는 해맑게 웃는

얼굴이었다. 그 웃음이 아득하게 느껴져 화면을 꺼버렸다.

검은 화면에 내 얼굴이 비쳤다. 미간이 잔뜩 구겨지고 신경질적인 표정이었다. 그 옛날 배서정이 자주 지었던 표정과 닮아 있는 얼굴. 나는 화들짝 놀라 버릇처럼 얼른 손가락으로 주름을 꾹꾹 눌러 폈다. 그럴 때면 나는 내가 아직도 배서정과 매거진 C의 영향권 안에 있음을 깨닫고는 했다.

매거진 C를 떠나고 딱 한 번, 배서정을 본 적이 있었다. 폭설이 내리던 날. 강남역의 회사에서 버스를 타고 집에 가던 길이었다. 눈 때문에 완전히 멈춰버린 버스 안에서 나는 창에 기대 꾸벅꾸벅 졸고 있었다. 눈을 떴을 땐 사위가 완전히 어두워져 있었고, 버스는 신사역 정류장을 목전에 두고 있었다. 차창 너머로 정류장에 앉아 있는 긴 머리의 여자가 눈에 들어왔다. 그녀는 고개를 숙인 채 뭔가를 보고 있었다. 파란 스웨터에 커다란 코트를 걸친 그녀의 무릎에는 커다란 잡지책이 펼쳐져 있었다. 무엇이 쓰여 있는지 잘 보이지 않았지만, 나는 그것이 매거진 C라는 것을 알 수 있었다. 멈췄던 눈이 다시 세차게 내리기 시작했다. 그녀의 정수리에 뽀얗게 눈이 내려앉기 시작했다. 그럼에도 불구하고 그녀는 오지 않는 버스를 기다리며, 어쩌면 버스가 오리라는 기대를 아예 저버린 것처럼 잡지만 뚫어져라 봤다. 당장 책 속으로 빨려들어가버릴 듯, 잔뜩 허리를 구부린 채, 그렇게.

꽤 오랫동안 나는 배서정과 매거진 C의 사람들을 원망했었다. 그들의 면전에 대고 신입 사원에 불과했던 우리에게 도대체 왜 그랬냐고 묻고 따지고 싶었다. 어느덧 나는 그때의 배서정과 비슷한 나이가 돼버렸고, 딱 그만큼 나이든 모습이 되었다.

서른한 살, 벌써 네번째 신입 사원이 된 나는 스물세 살에 잡지 사에 들어와 내 나이 무렵에 이미 팔 년 차 직장인이었던 배서정의 삶에 대해 생각한다. 나도 모르는 새 내 삶에 옮겨붙은 어떤 안간힘의 궤적을 말이다. 그리고 이제 나는 조금은 알 것 같기도 하다. 내가 배서정을 이해하기 위해 노력했던 만큼 배서정 역시 자신의 방식으로 나와 황은채를, 요즘 애들이라고 이름 붙여진 불가해의 영역을 이해하기 위해 노력했던 것일지도 모르겠다는 사실을. 어떤 종류의 이해는 실패하고 나서야 비로소, 삶의 자세로 남기도 한다. 내게는 그 시절이 그랬다.

보름 이후의 사랑

—

고찬호

—

성격이 곧 운명이다.

후에 나는 몇 번이고 그 말을 되뇌었다.

*

그때, 그 하늘에 보름달이 뜨지 않았더라면 어땠을까. 보름달이
뜬 그날 야근을 하지 않았더라면, 야근을 마친 후에 한영의 차를
얻어 타지 않았더라면 뭔가 달라졌을까?

고작 이 년 전의 일인데, 세상에 야근이라는 게 존재했었다는 게
어쩐지 까마득하게만 느껴졌다. 그날 한영과 나는 단둘이서 이백
명이 넘는 규모의 행사를 준비했다. 나와 같은 해에 태어난 한영은

고등학교를 졸업하자마자 군대에 다녀온 뒤 수능을 쳐서 늦게 대학에 들어갔고, 호주로 워킹 홀리데이를 갔다 오는 등 나름 요란하게 한창때를 보내느라 내가 사 년 차일 때에야 우리 회사 E사에 입사했다. 그는 출근 첫날 내 부사수로 배정됐다. 피부가 까맣고 덩치가 커서 회사원보다는 운동선수 같아 보였는데, 중키에 평균보다 조금 호리호리한 나로서는 다소 움츠러드는 느낌이 들었다. 막상 이야기를 나눠보니 첫인상과는 달리, 성격이 유하고 배려심이 몸에 밴 사람 같았다. 우리는 술을 좋아하면서도 회식 자리는 혐오하는 공통점으로 동갑에 사수와 부사수, 라는 다소 애매한 관계를 뛰어넘어 순식간에 가까워졌다. 둘이 하도 붙어다니는 통에 심지어는 회사 사람들이 남자인 우리 둘을 오피스 와이프와 허즈번드, 라고 놀리기에 이르렀다.

우리 회사는 당시 미국발 경기 호황을 타고 수출 호재를 누리고 있었다. 연일 시가총액이 최고치를 경신했고 전 세계의 제조 공장이 불이 나게 돌아갔다. 회사는 목표 영업이익을 한참이나 초과한 매출 달성에 세금 폭탄을 맞게 될까 즐거운 비명을 지르고 있었고, 급하게 돈 쓸 구실을 찾기 위해 안달이 나 있었다. 업계의 소문난 전문가를 데려와 (돈 먹는 기계가 될 게 뻔한) 신사업을 꾸리기 시작했다. 마케팅 본부에도 여러 프로젝트가 떨어졌다. 가장 각광받고 있던 셀럽들을 광고 모델로 기용하고, 각종 사회 공헌 사업을 부랴부랴 세팅하는 등 돈잔치와 더불어 한바탕 업무 대잔치가 벌어졌다.

　그날 서초동 본사의 대강당에서 열린 행사도 마찬가지였다. 책정된 강연료에 거마비까지 요구한 작가, 한 힙합 경연 프로그램에 나온 후 몸값이 천정부지로 뛰어오른 래퍼를 불러 토크 콘서트를 개최했다. 신입 사원을 대상으로 하는 내부 행사였는데 사전 신청은 삼 분 만에 종료되었고, 행사 당일에 결원도 거의 없어 대강당이 미어터졌다. 작가의 강의는 하품이 났다. 경쟁에 쫓겨 자신의 감정을 돌보지 못하는 현세대를 개탄하는 동시에 위로하는, 그야말로 병 주고 약 주는 내용이었는데, 젊은 날을 미래에 저당잡힌 채 자신의 감정을 등한시하는 것은 바보 같은 짓이라며 사랑하다 죽어버려라, 같은 무책임한 선동을 하는 그를 보며 나도 저렇게 아무 말이나 지껄이고 돈을 버는 삶을 살아보고 싶다는 생각을 했다. 래퍼가 당초 예정된 시간보다 이십 분이나 늦게 왔지만 공연은 다행히 열광적이었다.

　행사는 무사히 막을 내렸고, 수많은 이벤트 업체 중 가장 평판이 좋은(그러니까 비싼) 대행업체에 의뢰한 만큼 무대 철거와 뒷정리도 막힘없이 진행됐다. 한영과 나는 대강당 구석에 의자를 하나씩 차지하고 앉아 일사천리로 철거되는 무대를 지켜보았다. 뒷정리가 모두 끝나고 대강당의 문을 잠갔을 땐 아홉시가 다 된 시간이었다.

　지하 주차장으로 향하는데 평소와 달리 지치거나 힘들지 않았다. 오히려 마음이 잘 맞는 사람과 성공적으로 업무를 끝마쳤을 때 그 특유의 흥분까지 느껴져, 아무래도 한잔하고 들어가야만 할 것 같았다. 나는 한영에게 요 근처 이자카야에서 하이볼이나 한잔하고 들어갈래, 말했고 한영은 차를 갖고 왔다며 고개를 저었다. 그 대신 내게 집까지 태워주겠다고 말했다.

당시 나는 막 대리로 승진을 한 상태였고, 연봉의 오십 퍼센트 가까이 되는 특별 인센티브가 지급되어 연일 이어지는 격무에도 지칠 줄을 몰랐다. 한영 역시 벼락처럼 떨어진 인센티브 덕분에 삼십육 개월 할부로 새 차를 사게 되었으며, (호황을 누리는 것이 우리 회사만은 아니었으므로) 예약 후 육 개월도 넘게 기다린 끝에 BMW 세단 인수에 성공했다. 첫 차를, 그것도 외제차를 산 대개의 사람들이 그렇듯 한영은 누구라도 차에 태울 구실을 잡으려고 안달나 있었으며, 때문에 집까지 지하철로 이십 분밖에 걸리지 않는 나를 거듭 붙잡았다. 거절하면 길거리에서 아무나 태울 기세라 하는 수 없이 그의 차를 얻어 탔다.

강남대로는 꽉 막혀 도무지 차가 나갈 생각을 하지 않았다. 어차피 다음날은 토요일, 무엇도 두렵지 않았던 우리는 교통 체증조차 낭만으로 여기며, 2000년대 초반에 유행했던 가요를 틀어놓은 채 늦여름 밤을 만끽했다. 그 무렵 한영이 무리해서 산 것은 신형 BMW뿐만이 아니었다. 핸들에 걸쳐진 한영의 왼손 약지에는 금반지가 빛나고 있었다. 그것은 한영과 그의 애인인 철우씨의 커플

링이었다.

실은 한영과 내가 가까워지게 된 계기가 철우씨라고 봐도 무방하다. 한영은 태생적으로 꼼꼼하지 못하고 덜렁대는 성격인데, 신입 사원 시절 누가 봐도 연애를 하고 있는 사람처럼 온갖 티를 내고 다니다 나에게 딱 걸린 적이 있었다.

여느 때처럼 점심을 먹고 둘이 카페에 앉아 상사를 흉보다가 한영이 화장실에 갔다. 테이블에 놓인 그의 핸드폰에서 연신 진동이 울려 흘끗 보니, 철우(붉은 하트), 라는 사람이 한도 끝도 없이 메시지를 보내고 있었다. 화장실에 가면서 핸드폰을 들고 가지 않은 것도, 메시지 내용이 화면에 고스란히 보이게 설정해놓은 것도 지극히 한영답다고 생각했다. 철우씨의 메시지는 내 얼굴이 다 화끈해질 정도로 진득한 애정이 담겨 있었다. 때마침 자리로 돌아온 한영은 자신의 핸드폰 화면에 가득차 있는 메시지와 그것을 보고 있는 나를 번갈아 보며, 누가 봐도 당황한 것 같은 표정을 지었다. 나는 얼른 말했다.

"미안해, 한영님. 훔쳐보려 한 건 아니었는데."

철우(붉은 하트), 라는 사람이 보낸 메시지에는 육체적 관계가 동반된 사이에서나 통용 가능한 언어들이 포함돼 있었다. 당황한 한영에게 나는 얼른 대답했다.

"걱정할 거 없어. 한영님 이쪽인 거, 예전부터 알고 있었어. 나도 마찬가지고."

후에 생각해보면 신기한 일이었다. 내가 군이 먼저 한영에게 그런 말을 꺼낸 것은. 함께 지낸 시간이 길지 않았지만 한영에게서 모종의 안정과 신뢰감을 느꼈던 것은 아닌지 추측해볼 따름이었다.

그날 이후 한영과 나는 자연히 서로 말을 놓게 되었고, 회사 남자들 중 누가 잘생겼고 몸이 좋은지를 품평하는 단짝이 되었다. 회사에서 남자 얘기를 나눌 수 있는 이쪽 동료가 있다는 것은 일종의 축복이었다. 그 동료가 나와 업무 스타일이 잘 맞는 사람이라면 더더욱.

구름 한 점 비치지 않는 밤하늘에 달이 떠 있는 게 보였다. 이지러진 데 없이 꽉 찬, 보름달이었다. 딱히 뭔가를 믿거나 의지하는 성격도 아니면서 나는 어릴 적부터 보름달만 보면 소원을 빌고는 했다. 대학 입시도 군대도 취업도 비교적 수월하게 잘 풀려왔던 이유가 보름달의 신통력 덕분인 게 분명하다는, 혼자만의 이상한 신념이랄까 종교에 가까운 믿음이 내게는 있었다. 차가 또다시 멈춰 섰고, 나도 모르게 한영에게 말했다.

"야, 보름달 떴다. 소원 빌어."

한영은 너 별걸 다 한다, 퉁명스레 대답하면서도 나와 함께 달을 물끄러미 바라보았다. 무슨 소원을 빌었는지 묻지 않았지만 왠지 알 것만 같았다. 한영은 철우씨와 엮여 있는 삶이 앞으로도 잘 흘러가길, 그래서 카펫처럼 아름답게 직조되길 바라고 있다는 것을 나는 알고 있었다. 연애에 조금은 심드렁한 나와는 달리 한영은 누구로도 대체할 수 없는 공고한 관계를, 어쩌면 한없이 '정상 가족'의 형태에 가까운 삶을 인생의 최우선 과제로 삼았다. 소원을 비는 잠시 동안의 침묵이 끝난 뒤 한영이 내게 물었다.

"너 뭐 빌었어?"

"비밀. 소원 말하면 안 이뤄진대."

"요즘 같은 정보화 시대엔 꿈도 사랑도 널리널리 알려야 이뤄지기 마련이란다."

"주택 청약 당첨되게 해달라고 빌었다. 됐냐?"

"너 미쳤어? 좋은 사람 만나게 해달라고 애걸복걸 빌어도 시원찮을 판에."

그 말을 듣고 나서야 나는 살면서 단 한 번도 '좋은 사람'을 만나게 해달라는 소원을 빌어본 적이 없다는 사실을, 좋은 사람은커녕 심지어 연애와 관련된 그 어떤 소원도 빌어본 적이 없다는 사실을 깨달았다. 아무리 미래를 기약하기 힘든 (게이라는) 특수성을 지니고 있다고 한들 삼십대 중반이 되도록 단 한 번도 그런 소망을 품어본 적이 없다는 것은 조금 기이한 일이기는 했다. 한영의 경우 '사랑교 신도'라고 불러도 될 만큼 낭만적인 연애 관계를 신봉하고 있었고, 때문에 철우씨와 사귄 지 몇 달 만에 철우씨가 살고 있는 보광동 투룸 빌라에서 동거를 하기 시작했다. 두 사람은 처음 몇 달은 철천지원수처럼 싸웠지만 지금껏 성공적인 동거생활을 이어나가고 있었다. 나는 그런 한영이 부러운 한편 도무지 이해가 불가능하다는 마음도 품고 있었다.

어떻게 나 아닌 타인과 이십사 시간 동안 살을 부비며 살 수 있는 거지?

화장실의 소음과 코골이, 퀴퀴한 땀냄새를 공유하며?

전반적으로 가치관이 잘 맞는 우리였지만, 연애에 있어서만은 판이하게 다른 생각을 갖고 있었다. 덕분에 나는 주말밤에도 차갑게 식은 베개를 껴안고 홀로 잠들어야 하는 신세이긴 했지만 말이다.

"한영아, 도대체 내 문제가 뭘까. 나 그렇게 별로냐?"

"아니, 멀쩡하지. 얼굴도 못 봐줄 정도는 아니고, 키도 작지 않고, 지 앞가림도 잘하고. 근데 너는 결정적으로 용기가 없어."

"무슨 용기."

"상대한테 투신하는 용기. 연애가 별거니? 그냥 눈 꽉 감고 한 몸 던져버리는 거야. 근데 넌 겁이 너무 많아. 발가락 하나 걸치지 못하는데 누구랑 연애를 하냐."

"너도 알잖아. 나 남자 복 없는 거."

"복? 말은 똑바로 해야지. 넌 복이 아니라 남자 고르는 안목이 없는 거야."

그 말은 뼈아픈 진실이었다. 어릴 적 교실에서 돌려보았던 인터넷 소설의 영향에서 벗어나지 못한 탓인지 나는 언제나 좀 하자가 있는 사람들을 좋아했다. 눈초리가 매섭게 올라가고 몸에 문신이 새겨져 있거나, 직업이 없거나, 아니면 아예 불법적인 일에 종사하는 그런 사람들. 누가 봐도 공격적인 기운이 서려 있고, 나사가 반쯤 풀려 있는 사람을 보면 심장보다 먼저 아랫도리가 동하고는 했다. 그런 종류의 관계들은 대개는 뜨겁게 불타올랐다가 하얗게 잿더미가 되어 처참한 결말을 맞이하기 마련이었다. 하긴 그런 열정마저도 이미 다 사그라든 지 오래였고, 한영이 철우씨와 살림을 차리는 동안 나는 그 흔한 '썸'은커녕 심지어 두 번 이상 데이트를 한 사람도 손에 꼽을 정도였다.

"그래, 네 말이 맞다. 내 취향 별로인 거, 유명하지."

대충 얼버무리고 넘어가려 했는데, 한영은 그날 아주 날을 잡고 일장 연설을 했다.

"성격이 곧 운명이야."

"요즘 사주 배우니?"

"셰익스피어가 한 말이다. 무식한 놈."

"진짜? 그 아저씨는 별 점쟁이 같은 말까지 다 했대."

"진리가 원래 그런 거 아닐까? 더러는 점 같고, 혹은 사이비 같고. 곱씹다보면 얼추 맞는 것 같기도 한 그런 거. 근데 사실 진짜 셰익스피어가 한 말은 아닐지도 몰라. 무슨 명언이라 하면 다 셰익스피어가 했다잖아. 그 양반 너무 많은 책이랑 희곡을 쓰고 온갖 말을 남겨서 실은 한 사람이 아니라 열 명이라는 말도 있고."

"요즘으로 치면 부캐 같은 건가?"

"부캐라기보다는 창작 집단이라고 봐야겠지. 아무튼 그게 중요한 게 아니라 성격이 곧 운명이라고. 취향? 애인이 뭐 배스킨라빈스 아이스크림이냐. 그렇게 단순한 문제가 아니라고. 삶을 안정적으로 만들어줄 배경을 만들려는 노력, 좋은 사람과 지속 가능하고 행복한 관계를 맺기 위한 노력, 그런 게 다 성격에 포함돼 있는 거야. 그 성격 덕분에 네 연애사는 이 지경인 거고. 인정하지?"

명절에 부모님한테 잔소리를 듣는 기분이라 나는 그냥 입을 다물어버렸다. 한영은 굴하지 않고 계속 잔소리를 이어나갔다.

"지금부턴 정신 똑바로 차리고 진짜 좋은 사람, 오래 만나도 괜찮은 신뢰 가는 사람을 찾아봐. 너도 그럴 나이야."

외제차 한번 얻어 탔다가 별소릴 다 듣는다 생각하며 나는 얼른 한영의 차에서 내렸다. 도망치듯 집으로 걸어가는 동안 가로등처럼 환하게 거리를 비추는 밝은 달을 바라보았다.

성격이 곧 운명이다, 라……

그간 연애를 하지 않은 것은 아니었지만 어쩌면 삶의 중심에 단한 번도 누군가와의 관계를 놓아본 적이 없다는 생각이 들었다.

좋은 사람.

그 흔해빠진 네 글자가 괜히 생경하게 느껴졌다. 저 달 너머 무지개 세계에나 존재하는 환상의 동물과도 같은 느낌이라, 나는 눈을 흐리게 떴다.

*

모든 말에는 힘이 있다. 특히나 어떤 말은 주술에 가까울 만큼 강력한 힘을 가지고 있어, 알지 못하는 새 마음을 파고들어 삶의 각도를 아주 조금 바꿔놓기도 한다. 그때, 그 보름날 한영의 말 덕분인지 아니면 외로움의 시효가 다 됐기 때문인지는 몰라도 그날 이후 나는 일 센티미터 정도 다른 사람이 되어버렸다.

몇 달 만에 데이팅 앱을 깔았고, 심지어는 얼굴과 몸이 선명히 나온 사진까지 올려두었다. 그것도 두 장이나. 평소 같으면 회사나 집 근처에서는 얼굴을 가려놨겠지만 까짓것 인생 별거 있나 싶어 그냥 뒀다. 몇몇 남자들에게서 메시지가 왔고 그중 소수와 데이트를 했으며, 또 그중 몇몇과는 두번째 데이트까지 했으나 당연히 별 실속은 없었다.

그럼 그렇지, 셰익스피어고 나발이고 안 되는 놈은 뭘 해도 안되기 마련이다, 생각하며 미련 없이 데이팅 앱을 지우려 했을 때, 한 남자에게서 안녕하세요, 하고 메시지가 왔다. 프로필 사진을 눌러보니 셔츠를 입고 얼굴은 흐리게 지워놓은 남자였다.

180-72-33 / well educated person / 사대보험 직장인 / 이쪽 활동 안 함 / 저와 비슷한 분 찾아요

뭐랄까, 허우대는 멀쩡한 듯 보였지만 보란 듯이 'well educated person'이라고 적어놓은 뻔뻔함이 참으로 나이브하고 재수없어 보였다. 뭐 얼마나 대단한 교육을 받았길래…… 미련 없이 계정을 차단하려고 하는데 메시지 하나가 더 왔다.

—우리 본 적이 있어요.

무슨 개수작일까 싶었는데, 이태원 사거리의 횡단보도 앞에서 나를 봤다고 했다. 길 건너에서도 웃는 모습이 예뻐서 몇 번이고 쳐다봤다고. 어쩌면 철우씨의 가게 앞일지도 몰랐다. 한영과 가까 워진 후 우리는 철우씨의 가게를 아지트 삼아 주말을 보내고는 했 다. 금요일 밤이면 철우씨의 이자카야에서 카운터 앞 자리에 앉아 수다를 떠는 일상이 이어졌다. 한영과 근처의 바나 클럽에서 술을 한잔한 후, 철우씨의 가게를 함께 마감해주고 집에 들어가기도 했 다. 이웃해 있는 가게 사람들과도 안면을 트게 되면서 인간관계의 폭이 꽤 넓어졌다.

나는 아무 답신도 보내지 못했다.

—제가 원래 이런 성격은 아닌데…… 그때의 기억이 워낙 인 상적이라 먼저 메시지를 보냈습니다.

나는 상대에게 얼굴이 똑바로 나온 사진을 좀 볼 수 없겠느냐고 했다. 그는 사정이 있어서 얼굴 사진을 보여주기 힘들다고, 원한 다면 언제든지, 오늘밤에라도 만날 수 있다고 했다. 필요하면 내 가 있는 곳까지 오겠다고, 직접 얼굴을 보고 판단하는 게 낫지 않

겠냐고 말하는 그에게 몹시 피로한 기분이 들었다. 대통령 출마라
도 하시나. 뭐 대단한 사정이 있기에 이토록 방어적인지. 예전 같
았으면 이런 피곤한 사람은 얄짤없이 걸어냈겠지만, 기꺼이 달라
지기로 마음먹은 때였다. 나는 정말 마지막이다, 라는 주술적인
마음을 담아 집 앞 이십사 시간 카페의 주소를 알려준 뒤, 모자를
푹 눌러쓰고 밖으로 나섰다.

한류 스타라도 납시려나 싶었는데 카페 안으로 들어오는 남자
는 난생처음 보는 얼굴이었다. 한없이 평범한, 그래서 이쪽에서는
되레 드문 외모였다. 평소의 내가 만나왔던 남자들보다 훨씬 마른
편인 대신 키가 컸으며, 눈 코 입의 위치가 적절했고, 얼굴에 별다
른 트러블이나 요철이 없어 맑고 깔끔한 인상이었다. 아무런 기대
가 없었기 때문인지 첫인상은 호감이었다. 그리고 듣기 좋은 저음
의 목소리에 귀기울이고 말을 주고받으면서 멀쩡한 사람이라는
느낌을 받았다. 왜 그토록 강경하게 얼굴을 숨긴 거냐고 묻자, 방
송 계통 일을 하고 있어서 피곤한 일을 겪은 적이 몇 번 있기 때문
에 앱에서는 절대 얼굴을 공개하지 않는다고 했다. 그런 것치곤
너무 생소한 얼굴인데…… 나는 그에게 그때 횡단보도에서 본 사
람이 정말 내가 맞느냐고 물었다. 그는 톤이 조금 올라간 목소리
로 확실하다고, 자신은 한 번 본 사람은 절대 잊어버리지 않는다
고, 그것이 기자인 자신의 직업병이라고 묻지도 않은 말을 했다.
하도 정색하며 얘기를 해서 별다른 대답조차 할 수 없었다. 자신

을 직접 만나보니 어떠냐는 그의 물음에는 훌륭하시죠, 라고 약간 삐딱하게 대답했다. 그리고 제가 교육을 잘 받은 편은 아니라 괜찮으실지 모르겠다고 했다. 그는 당황하는 표정으로 앱에 써놓은 소개 멘트는 큰 의미가 없다고, 이상한 사람을 워낙 많이 만나다 보니까 그렇게 됐다고 황급히 둘러댔다. 자기가 얼마나 재수없어 보이는지 알긴 아나보군. 객관적인 판단이 아예 안 되는 사람 같지는 않았다. 나는 조금 마음이 풀어져서 그에게 물었다.

"형이라고 불러도 될까요?"

"그건 좀……"

"제가 조금 주제넘었나봐요. 죄송합니다."

"아니, 그게 아니라…… 사실 우리 동갑입니다."

"왜 가짜 나이 써놓으셨어요?"

"그게…… 신분 보호를 위해……"

나도 모르게 폭소가 터져나왔다. 당황해 순식간에 벌게진 그의 얼굴. 그게, 귀여웠다.

그는 예상과 달리 내게 학력도 직업도, 종로나 이태원에 자주 나가는지도 이쪽 친구들이 많은지도, 그 무엇도 묻지 않았다. 대신 내가 첫인상보다 더 밝고 좋은 사람인 것 같다며 전화번호를 교환할 수 있느냐고 물었다.

좋은 사람.

솔직히 말해 그는 한눈에 반할 정도는 아니었다. 그래도 어딘가 어설프지만 진솔한 성격이 싫지는 않았다. 게다가 누가 봐도 칙칙하기만 한 내 얼굴에서 밝음을 찾아내는 사람이라면, 나를 좋은 사람으로 느끼는 사람이라면, 잔뜩 꾸드러빠진 내 마음에도 촉촉한 기운을 전달해줄지도 모른다는, 환상에 가까운 기대가 생기기 시작했다.

무엇보다 그는 지금까지 내가 만났던 (개차반인) 남자들과는 완전히 다른 부류의, 안정을 아는 사람 같았다. 나는 그에게 내 전화번호와 이름을 알려주었다. 그도 자신의 번호와 이름을 알려주었다. 김남준, 이름 세 글자를 저장한 그 찰나의 순간이 내 인생의 아주 많은 부분을 바꿔놓았다.

*

남준의 방어적인 태도를 이해하게 된 건 세 번쯤 데이트를 하고 난 뒤였다. 처음에 워낙 기대가 없어서 그랬는지 만날수록 나쁘지 않은 남자라는 생각이 들었다. 남준의 이름을 검색하면 여러 뉴스 기사와 영상이 나왔다.

'김남준'은 우리 또래에게는 생소했지만 중장년층 사이에서는 꽤 유명 인사였다. 인터넷에 검색해보니 언론 노조 파업 무렵 방송사에 입사했고 '주목할 만한 언론인상'을 받았으며, 새로 취임한 사장이 그를 대놓고 밀어줘 이른 나이에 여덟시 뉴스 메인 앵커 자리에 앉았다. 시청률과 화제성이 높은 시사 프로그램의 메인 진행자로도 활동중이며, 번듯한 인상 덕에 보수와 진보 계열 정당에서 고루 영입 제안을 받고 있다고 했다. 스크롤을 다 내리기도 전에 두통이 올 지경이라, 나는 인터넷 창을 꺼버렸다. 암암리에 이쪽 사람이라고 소문난 연예인들이 적지 않았지만 대부분은 그런 이미지나 소문을 영리하게 이용하는 편이었다. 남준의 회사에서의 위치를 따져볼 때 이쪽 사람, 이라는 사실이 결코 유리하게 작용하지 않으리라는 사실은 자명했다.

남준도 나에 대해 예상치 못한 게 많은 것 같았다. 그다지 특별할 것도 없는 내 직업과 살아온 과정을 듣고는 토끼처럼 눈을 크게 떴다.

"왜 그렇게 놀라?"

"보기보다 멀쩡해서."

직업도 없이 방구석에서 굴러다니는 놈팽이인 줄 알았나. 불쾌해야 정상인 건데 이상하게 웃겼다. 내가 봐도 나는 별로 착실하게 생긴 얼굴은 아니었으니, 그의 반응이 이해가 됐다. 그럼 도대체 왜 나한테 메시지를 보냈냐고 묻자 남준은 골똘히 생각하더니 신중하게 대답했다.

"멍한 표정이…… 마음에 들어서?"

얼굴도, 몸도 팔도 다리도, 하다못해 손이나 목선도 아니고, 멍한 표정이라니. 그 세밀한 모호함이 우스워 나는 박장대소를 했다. 사소한 것 하나까지도 형태소 단위로 정확하게 표현하고 싶어 하는 그의 강박이 싫지 않았다.

서로 알게 된 지 한 달이 지났을 무렵, 나는 남준에게 혹시 내 친구들과 함께 만나 술을 마실 생각이 있느냐고 물었다. 남준은 펄쩍 뛰며 자신은 그런 자리가 불편하다고 했다. 그럼 네 친구들과 함께 보는 건 어떠냐고, 굳이 우리 사이를 밝힐 필요는 없이 그냥 다 같이 편하게 놀고 싶다고 얘기했다. 남준은 고개를 완강히 저으며 자신의 친구들은 모두 재미없는 샌님들이며(유유상종이니 충분히 그럴 만했다) 둘만 있기에도 모자란 시간을 그렇게 쓰고 싶지 않다고 말했다. 나는 실망했지만 상심하지 않은 척 그래, 우리 둘이 놀면 되지, 대답했다.

그 무렵 한영에게 슬쩍 남준의 이름을 꺼내보았다. 언론 홍보 담당이기도 한 한영은 기자인 김남준의 존재를 잘 알고 있었다.

"B방송국의 개 맞지? 언제였더라, 메인 뉴스 앵커 꿰차면서 한 번 난리 났었잖아."

그 사람이 이쪽이라는 소문도 심심찮게 들린다는 말까지 고명처럼 얹어주었다. 나는 뜸을 들이다 다 기어들어가는 목소리로 "사실 개랑 나, 요즘 만나. 한 달쯤 됐어"라고 말했다. 한영은 손바닥으로 내 등을 찰싹찰싹 때리며 얌전한 고양이가 부뚜막을 홀랑 태워먹고 있었네, 호들갑을 떨어댔다. 분리수거도 안 되는 남자들만 골라 만나며 솔로 투혼을 불사르던 내가 그런 멀쩡한 남자를 만나게 될 것이라고는 상상조차 하지 못했다는 말도 덧붙였다. 그건 나 자신도 마찬가지였다. 아무래도 관계가 더 진지해질 것 같다는 말에 한영은 사귀기 전에 자기가 먼저 검사를 해봐야겠다며 남준을 데리고 철우씨네 가게에 꼭 놀러오라고 했다. 한영은 자기가 이쪽 생활 십몇 년 차 반무당이라며, 한번 괜찮은 놈인지 봐주겠다고 호언장담을 했다. 나는 한숨을 쉬며 말했다.

"걔 이쪽 사람들 만나는 거 질색팔색해."

"그래, 그 얼굴이 1절만 할 관상은 아니지. 걱정 마. 다 방법이 있어."

그 주의 주말, 나는 철우씨의 이자카야 카운터 앞 2인석 테이블에 남준과 마주앉았다. 물론 남준에게는 이곳의 정체를 말하지 않은 채였다. 남준은 회가 싱싱하고 육질이 좋다며 감탄했다. 바쁜 일이 있는지 자리를 비운 철우씨를 대신해 가게를 보게 된 한영과 나는 눈이 마주쳤다. 그의 입꼬리가 출렁이는 걸 보았다.

그날, 2차로 해방촌 근처의 루프톱 바에 갔을 때 한영에게서 문자가 왔다.

─네가 걔 왜 좋아하는지 알겠다.

긍정도 부정도 아닌 문자였다.

나란히 앉아 알코올 도수가 높은 모히토를 연이어 세 잔이나 마신 남준과 나. 밤공기는 건조했고 남준은 약간 초라해 보이는 서

울의 야경을 내려다보며 내게 말했다.

"나랑 진지하게 사귀어볼래?"

*

그날 이후로 우리는 '연인 관계'라는 것이 되었다. 이십대 초반의 연애처럼 불타는 사랑은 아니었지만, 군불처럼 은은히 지속되는 감정이었다. 크고 작은 다툼은 있었지만 과거의 연애 때처럼 목숨을 건 큰 싸움이 벌어지지는 않았다.

내가 한영, 혹은 다른 이쪽 친구들을 만나러 갈 때면 남준은 내심 섭섭한 티를 내기는 했다. 연애나 성애의 목적이 아닌 이쪽 관계에 대해서, 오롯이 우정으로 엮인 친구들에 대해서 잘 이해하지 못하는 것 같았다.

"지금 네가 같이 술 마시러 간다는 친구들은 다 게이인 거잖아."

"응, 당연하지."

"그 사람들이랑 밤새 술을 먹는다고? 심지어 바나 클럽에도 간다고? 그럼 그 사람들 모두 잠재적인 섹스 상대인 거 아냐?"

"넌 친구들이랑 눈만 맞으면 섹스하니? 술집에도 섹스하러 가고?"

"그건 당연히 아니지만……"

중세의 공작부인도 아니고, 친구랑 술 마시러 가는 게 이렇게까지 검열을 당할 일인가. 도대체 뭔 구닥다리 같은 태도인가 싶어 언성이 높아지고는 했다. 남준은 매사 도저히 이해할 수 없다는 표정이었다.

"다른 남자랑 교미하러 가는 거 아니고, 뭐 이상한 거 하는 거 아니고 그냥 술 마시고 춤추고 노는 거라고."

"널 못 믿겠다는 게 아니라. 그런 목적으로 오는 사람도 있잖아."

"그러니까 한 번만 같이 가보자니까. 내 친구들이랑 인사도 하고, 같이 놀고 나면 불안한 마음도 많이 가실 거야. 술 많이 안 마셔도 돼."

"아냐, 그건 됐어."

외골수 같은 그의 답답함에 부아가 치밀어올랐다. 이게 이렇게까지 이해 못할 일인가 싶기도 했지만, 남준의 입장에서 생각해보면 그럴 수 있었다. 그는 지금껏 연애나 (성적 해소를 위한) 하룻밤 만남 외에는 이쪽 남자들과 그 어떤 친분도 쌓아본 적이 없었다. 심지어는 인간관계 자체가 좁은 편이라 가까운 사람들이라고 해봤자 대부분 방송국에서 업무상으로 얽힌 사람들이었고, 그곳이 엄격한 윤리가 강요되는 공간이라는 것을 생각해보면 그의 과민한 태도가 이해되지 않는 것은 아니었다. 거기다 남준은 대학을 졸업하고 현재의 직장에 자리를 잡을 때까지 꽤나 고생을 한 모양이었다. 술 자체를 좋아하지 않는데다가 지금껏 유흥을 즐길 상황도 아니었던 것이다. 열아홉 살, 수능을 친 뒤 곧장 이쪽 커뮤니티에 진입해 클럽을 전전하는 이십대를 보냈던 나는 대학 마지막 학기에 운좋게 지금의 회사에 들어왔다. 주말마다 상사를 안주 삼아 술을 마셨고, 만취한 상태에서 여전히 이태원의 여러 클럽을 전전해왔다. 그런 내가 남준을 이해할 수 없는 것도 당연했다.

남준은 내게 자주 팔자 좋다는 소리를 했고, 그것은 상당 부분 사실이었다. 평일 주말 가리지 않고 회사에서 콜이 오면 즉각 달려나가야 하는 남준과는 달리, 나는 비교적 출퇴근 시간이 잘 지켜졌고 유연 근무제가 도입돼 컨디션이 좋지 않을 때면 반일 정도 일정을 쉽게 뺄 수 있었다. 나 하나 구멍을 내도 대체할 사람이 얼마든지 있었고, 업무상 스트레스가 큰 편도 아니었다. 어느새 내 삶은 남준의 스케줄에 맞게 변해가기 시작했다.

한 달에 여덟 번이던 술자리 또한 네 번으로, 두 번으로, 한 번으로 줄어갔다. 남준과 함께 사계절을 보내는 동안 저절로 많은 친구들이 정리되었다. 주말이면 남준의 차를 타고 함께 남양주나 양평, 파주에 있는 카페 같은 데를 다니며 커피를 마시고 서로의 사진을 찍어주는 (그러나 절대 함께 사진을 찍지는 않는) 뜨뜻미지근한 연애가 이어졌다.

*

그렇게 사귄 지 일 주년을 맞았고, 나는 여느 평범한 커플처럼 일 주년 기념 파티를 열자고 했다.

피차 집인지 방인지 구별이 안 되는 손바닥만한 공간에 사는 것은 매한가지였으나 남준의 분리형 원룸보다 방이 하나가 더 있고 커다란 테이블과 소파가 있는 내 집이 파티 장소로 딱이었다.

남준은 일 주년, 이라는 기념일에 생각보다 심드렁해했는데, 이전에 만난 세 명의 연인과 모두 삼 년 이상은 사귀었기 때문에 일 년이라는 시간이 그다지 대단하게 느껴지지는 않는 것 같았다. 내 경우는 (조금 부끄럽지만) 누군가와 일 년 넘게 연애를 해본 적이 없었다. 모든 처음이 주는 설렘을 담아 특급 호텔의 스위트룸을 빌려 친구들을 죄다 모아놓고 그럴듯한 파티를 열거나, 아예 커다란 파티 룸을 잡아 내가 아는 모든 사람들을 초대해 디너쇼나 다름없는 성대한 프로그램을 짜서 온 세상에 내가 연애를 하고 있음을, 그러니까 안정적이고도 평범한 연애 관계가 가능한 사람임을 전시하고 싶었다. 내 바람을 들은 남준은 역시나 펄쩍 뛰었다. 그런 그에게 나는 내 친구들은 다 번듯한 직업을 갖고 있으며(왠지 남준에게는 그게 중요할 것 같았다), 네가 어떤 사람인지 떠들고 다닐 만큼 어린애들은 아니라고, 그 점은 걱정하지 않아도 된다고 말했지만 씨알도 먹히지 않았다. 나에게 중요한 친구들이니 우리 기념일도 함께하고 싶다고 여러 번 설득했다. 남준은 우리 둘의 관계가 오직 두 사람의 것이었으면 좋겠다고 말했다. 둘이서 함께 쌓는 모래성처럼 그렇게, 애틋한 것이었으면 좋겠다고.

그건 애틋하기보다는 수치스러운 관계가 아닐까? 그 어디에도 비치고 싶지 않고 누구에게도 들킬 수 없는 관계. 게다가 모래성은 세상 무엇보다 손쉽게 무너지고 흩어지는 것 아닌가. 그의 사소한 비유 하나까지 거슬리기 시작했다. 할 만큼 했다. 나는 폭발하고 말았다.

"내가 라푼젤이야?"

"그게 무슨 소리야."

"그렇지 않고서야 어떻게 일 년 동안 방안에 갇혀서 얼굴만 들여다보고 지낼 수 있어! 라푼젤도 이것보다는 덜 답답하겠다고!"

나는 악다구니를 썼다. 남준 역시 조금 더 격앙된 어조로 연애라는 게 원래 그런 것 아니냐며, 서로의 얼굴만 들여다보고 있어도 편안하고 즐겁고, 하루해가 모자란 게 사랑 아니냐고 했다. 나는 네 얼굴이 넷플릭스라도 되냐고 어떻게 천년만년 계속 들여다볼 수 있겠냐고, 지겨워 미칠 것 같다고 소리질렀다. 다시 남준이 말했다.

"어차피 웃고 떠드는 건 친구들이나 누구랑도 다 할 수 있잖아. 난 우리가 그 이상의 교감을 하고 있다고 생각했는데."

교감 같은 소리 하고 자빠졌네. 대화가 거기까지 이르자 남준과 내 연애관이 너무나도 다르다는 게 확실해졌고, 더이상은 힘들 것 같다는 생각에 이르렀다. 입을 꾹 다물고 있는 내게 남준이 달래 듯 말했다.

"내 사정 알잖아. 남들한테 알려지면 좀 그런 거."

"네 사정이 뭐? 알려지면 뭐? 사람들 이미 다 알아. 네가 게이인 것도, 나 만나고 있는 것도 다 안다고!"

지난 일 년간 참아왔던 말들이 마구 쏟아져나왔다. 나는 남준이 나오는 유튜브 클립에 이따금 달리는 댓글에 대해서('저 남자 앵커 ㄱㅇ라던데') 말했다. 이쪽 온라인 커뮤니티에는 B방송국 여덟시 뉴스 앵커가 이쪽이냐고 묻는 게시 글이 몇 번이나 올라온데다가 그 밑에는 너와 만났다던 이들의 잠자리 품평까지 댓글로 달렸다고, 이미 알 사람은 다 안다고 말했다. 어쩌면 네가 그토록 두려워하고 걱정하는 것처럼 회사 사람들도 알고 있을 거라고, 모두가 알고 있고 모두가 떠들어대도 아무 일도 없었다고, 그러니 제발 정도껏 하라고 남준의 가슴에 진심을 담아 비수를 꽂았다.

하지 않아도 될 말이라는 것을 알면서도 나는 멈출 수 없었다.

남준은 전에 보지 못한 표정을 짓고 있었다. 충격이라는 말로는 설명할 수 없는 복잡한 감정이 그의 얼굴을 스쳐갔다. 나는 사람의 얼굴이 그 짧은 순간에 그토록 다양하게 변화할 수 있음을 남준을 통해 배웠다. 제일 마지막으로 그의 얼굴에 깃든 표정은 실망, 그리고 단절. 남준이 아무 말 없이 현관 쪽으로 걸어갔다. 곧 문이 열리는 소리가 들렸고, 남준은 홀연히 사라졌다. 내 방에 완전한 정적이 찾아들었다.

성격이 곧 운명이다.

언젠가 한영이 내게 했던 말이 떠올랐다. 내가 그럼 그렇지. 지금껏 대부분의 관계에서 상대방의 기행들을 참고 버티다 결국 시한폭탄처럼 터져 관계를 망쳐버리는 건 언제나 내 몫이었다. 필요 이상으로 불같이 화를 냈고 상대방의 가슴에 가장 치명적일 비수를 꽂았다. 그건 내가 잘하는 일, 성격이라고 불러도 좋을 만큼 나다운 짓이었다. 일 년이면 오래 버틴 건가. 나는 양손으로 얼굴을 감싸쥐었다.

*

보름 후, 비가 많이 오는 어느 날 밤 열시, 누군가 현관문의 비밀번호를 누르는 소리가 들렸다. 문을 열고 들어온 남준의 머리칼과 어깨가 잔뜩 젖어 있었다. 그의 손에는 우산 대신 케이크 상자와 작은 종이봉투가 들려 있었다. 남준 입에서 옅게 술냄새가 났다. 나는 남준에게 입을 옷과 수건을 내어주었다. 남준은 수건을 받아들고 곧장 내게 말했다.

"우리 함께 살자."

"갑자기 무슨 뚱딴지같은 소리야?"

"나랑 너랑 아파트 사서, 같이 살자."

남준의 말투에는 강한 결기가 담겨 있었다. 갑작스러운 폭탄 발언에 내가 정신을 못 차리는 사이 남준이 종이봉투 속에서 축축한 종이 몇 장을 꺼냈다. 종이에는 영등포구와 마포구에 위치한 아파트의 실거래가와 평면도가 빽빽이 인쇄돼 있었다. 그중 몇몇 매물에는 형광펜으로 표시까지 되어 있었다. 그냥 동거도 아니고 함께 아파트를 사자니.

"이러려고 보름 동안 연락 한 번 없던 거였어? 그냥 남들처럼 평범하게 사과를 하는 건 어때?"

"같이 살자. 그게 유일한 해답이야."

나와 전에 없이 크게 싸운 뒤 남준은 사흘 동안 진지하게 이별을 고민했다. 그리고 도저히 나와 헤어질 수 없다는 결론을 (일방적으로) 내렸다. 부지런히 내 마음을 돌릴 방법을 물색하기 시작했으나 모두 미봉책에 불과했다. 재빨리 문제를 진단하고 해결책을 찾는 것은 남준을 지금의 자리까지 오게 한 특기 중 하나였다. 남준은 내가 스스로를 '라푼젤'로 비유한 것에 주목했다. 누구에게도 선보이지 않고 답답한 공간에서 둘만의 관계를 이어나가는 것이 문제라고 진단했다. 가장 손쉬운 방법─주말마다 종로와 이태원에서 술을 마시며 돌아다니는 것─은 도저히 채택할 수 없었기에, 서로의 여가 시간을 철저히 희생하는 지금의 관계 방식 대신 사생활을 철저히 보장해주는 방향으로 패러다임을 전환해야 한다는 결론을 내렸다. 우리는 언제 만나는 것이 합당한가?

일상에서.

그러니까, 살림을 합쳐야 한다.

손바닥만한 라푼젤의 성을 이십 평대의 방 세 개짜리 아파트로 넓히면 모든 문제가 해결될 것이다.

삶의 조건을 바꿔보려고 경우의 수를 따져봤을 남준의 모습이 떠올랐다. 지금처럼은 똑같은 싸움이 반복될 게 뻔하므로 집을 사야 한다는 결론을 내린 것까지, 그 모든 해결 방식이 지독히 남준다워 괜히 웃음이 나왔다.

"갑자기 무슨 아파트야. 그것도 전세도 아니고 자가로? 너 돈 그렇게 많이 모았어?"

"아니, 누가 아파트를 자기 돈 주고 사냐."

남준은 학자금 대출을 전부 갚고 갖가지 할부금도 밀린 적 없어 신용등급이 높은 상태이며, 여태껏 무주택자로 살아왔기에 첫 주택 구매 대출을 받기 유리하다고 했다.

"대출이 다 나올까? 요즘 대출 규제도 심해졌다며."

"그러니까 우리 둘이 함께 대출 받아서 사는 거지."

"우리가 같이 대출을 받을 수가 있어? 가족도 아닌 사람들이? 한국이 그렇게나 선진국이었어?"

"그럴 리가 없지."

남준이 자신의 명의로 집을 사면, 내가 전세 자금 대출을 받아 그 집에 세를 들어오는 형태로 집값을 분담할 수 있다고 했다. 혼인 신고를 하지 않은 일반 신혼부부들도 적잖이 쓰는 편법이며, 요즘처럼 부동산 값이 널뛰는 시기에 비빌 언덕이 없는 우리가 집을 가질 수 있는 유일한 방법일지도 모른다고 말했다. 남준이 건넨 서류의 마지막 페이지에는 우리 회사의 주거래 은행에서 제공하는 전세 자금 대출 상품에 대한 설명이 적혀 있었다. 남준은 우리 회사의 사내 대출 상품들이 이율이 낮기로 유명하다고 했다.

주택 보유 및 대출로 인해 발생하는 세금과 이자, 기타 생활비는 모두 절반으로 나누어 지불하며, 혹여 우리 사이가 잘못되거나 다른 사정 때문에 집을 팔게 될지라도 이익금이나 손해금을 정확히 반으로 나누는 계약서를 작성하면 된다고, 공증을 받으면 법적으로 보호받을 수 있으니 불안할 게 하나도 없다고 청산유수로 읊어댔다.

나는 보험설계사에게 상품 설명을 듣는 것 같은 기분으로 남준을 바라보았다. 과연 김남준의 자료 조사는 꼼꼼했고, 한 치의 빈틈 없이 완벽한 플랜이었다. 그러나 도통 현실감이 들지 않았다.

남준이 작은 붉은색 함을 두 개 내밀었다. 열어보니 똑같은 화이트골드 색상의 까르띠에 팔찌였다. 백화점에서 사이즈까지 같은 까르띠에 팔찌 두 개를 달라고 말하는 남준을 떠올리자 웃음이 났다. 점원에게는 뭐라고 말했으려나…… 생각하는데 남준이 나의 왼쪽 팔에 팔찌를 채운 뒤 동봉된 드라이버로 이음매의 나사를 조여주었다. 그리고 다른 하나를 자신의 손에 채우고 낑낑댔다. 보다 못한 내가 나사를 조여주었다. 팔찌를 나란히 끼자, 마치 수갑을 한쪽씩 나눠 낀 느낌이었다. 그게 싫지 않았다. 반지가 아니라 팔찌인 것도, 골드도 로즈골드도 아닌 화이트골드 색상인 것도 지독히 김남준다웠다. 나는 젖은 남준의 몸을 안았다. 남준의 몸에서 비 냄새와 섬유 유연제 냄새가 동시에 났다.

*

내 팔찌를 가장 먼저 눈치챈 사람은 역시나 한영이었다. 브랜드와 사이즈, 컬러까지 한눈에 알아보고는 혹시 재결합을 한 거냐고 눈치 좋게 물었다. 우리가 동거까지 하게 됐다는 얘길 듣고는 기절하듯 놀랐다. 살다 살다 고찬호가 장기 연애도 모자라 동거까지 하게 되리라고는 꿈도 꾸지 못했다고 했다. 심지어 아파트를 매매한다는 말을 듣고는 거의 비명을 내질렀다.

"너 안 무섭냐?"

"뭐가?"

"너무 엄청나잖아. 사실상 살림 차리고 결혼하는 거나 다름없는데? 큰돈이 얽히는 거기도 하고."

그런가? 그렇게까지 진지하게 생각한 건 아니었는데…… 그제야 남준과 함께 살림을 꾸린다는 것의 의미에 대해서 깊이 체감하게 되었고 뒤늦게 서늘한 기분이 들었다. 나는 한영에게 너희는 보증금이나 월세, 공과금 같은 걸 어떻게 해결하느냐고 물었다.

"우린 그냥 월세야. 둘이 딱 반반씩 내."

"둘이 집 살 생각은 없어?"

"한 번도 해본 적이 없네. 형이 자영업자니까 대출 받기도 좀 그렇고. 이사하는 거 귀찮기도 하고. 사실 집을 꼭 사야 하는지도 잘 모르겠고, 그래."

사귄 지 며칠 됐는지를 더이상 세지 않는, 거의 부부나 마찬가지인 삶을 사는 한영과 철우씨 커플도 감히 도전하지 못한 그 길을 나는 가려 하고 있었고 뒤늦게 미지의 세계에 대한 두려움에 사로잡혔다.

*

막상 함께 집을 사기로 결정한 후에도 몇 번이나 계획이 무산될 위기가 찾아왔다. 일단 마땅한 매물을 찾기가 힘들었다. 입지가 좋고 깨끗한 집은 비쌌고, 예산에 맞는 집들은 둘러보기도 전에 누군가 계약을 해버리곤 했다. 가계약금을 걸기 직전에 새치기를 당한 적도 있었다. 아예 포기할 지경이 될 때쯤, 가까스로 영등포구 변두리의 한 소형 단지 아파트를 계약하게 되었다. 2000년에 지어진 구옥이었으나 13층이라 경치가 좋았고, 9호선 지하철역과 올림픽대로가 있어 남준과 나 모두 출근하기가 어렵지 않을 듯했다. 문제가 아예 없지는 않았는데, 현 세입자의 전세 계약 기간이 육 개월 가까이 남아 있어 살림을 합치는 데 시간이 조금 더 걸린다는 점이었다. 우리는 각자 살고 있던 집 주인에게 양해를 구하고, 월세를 조금 더 올려 주거나 복비를 부담하는 등의 조건을 걸고 이사 날짜를 맞추었다. 그리고 찬찬히 이사를 준비하기로 마음먹었다.

그사이에도 집값은 연일 요동쳤다. 우리는 매일 아침 부동산 사이트에 들어가 우리 아파트의 시세가 오르는 걸 확인하는 재미로 하루를 버텼다.

이사 날짜가 한 달 앞으로 다가왔을 때부터 우리는 분주해지기 시작했다. 다행히 세입자가 계약 기간보다 한 달 일찍 나가서 집 수리를 빠르게 할 수 있었다. 크게 손대지 않고 그저 오래된 부분만 고치겠다는 당초의 다짐과는 달리 남준이 하나씩 욕심을 내기 시작했다. 결국 벽지와 바닥재, 몰딩과 화장실까지 통째로 새로하게 됐다. 신경쓸 게 많았다. 우리는 둘 다 대학 때부터 사용했던 변변치 못한 가구를 버리고, 새 살림을 장만해나갔다. 나는 회사 임직원 몰에서 특가로 올라온 가전제품들을 구매했다. 건조기와 세탁기 일체형 워시타워, 65인치 텔레비전, 냉장고, 스탠드형 에어컨과 독일산 스피커가 차례대로 배송되어 오기 시작했다. 남준은 침대와 옷장, 서랍장과 소파 같은 가구를 두세 가지씩 골라 나에게 링크를 보냈다. 평소 남준이 입는 옷과도 크게 다르지 않은, 무채색의 무난한 컬러들이라 선택이 어렵지 않았다. 우리는 마치 협업을 하는 것처럼 차곡차곡 집안의 물건들을 채워나갔다. 에어

컨이나 냉장고 설치 기사가 방문하는 날이면 남준이나 나 둘 중 한 명이 반차를 쓰거나 외근을 빨리 끝내고 집을 지켰다. 하얀 벽에 식탁 하나가 덩그러니 놓인 공간에서 노트북을 두드리고 있는 나 자신이 생소하게 느껴졌다.

대망의 이삿날, 각자 다른 동네에서 두 대의 용달차가 나란히 짐을 싣고 들어왔다. 이미 새 가구와 가전제품들이 다 세팅되어 있었고 간단한 살림살이만 채워넣으면 돼 이사는 어렵지 않았다. 남준이 끌고 온 오래된 책들과 내 많은 옷들 때문에 방 하나가 아수라장이 되었으나, 포장 이사 전문가들의 힘으로 순식간에 사람 사는 꼴로 완성되었다.

이삿짐센터 직원들이 떠난 후, 남준과 나는 주민등록증과 도장을 들고 나란히 단지 앞 부동산으로 향했다. 중개인은 잔금 처리가 끝난 영수증과 전세 계약서를 우리에게 내밀었다. 전세 계약서의 임대인과 임차인 칸에 남준과 내 이름이 쓰여 있었다. 우리 둘의 이름과 주민등록번호가 한데 등재된 서류를 갖게 된 게 어색했다. 그 어색함이 싫지 않았다. 계약서를 들고 주민 센터에 가서 전입신고를 했다. 서류상으로 남준의 주거지는 여전히 천안의 부모님 댁이었고, 나 혼자 우리 둘이 사는 아파트의 세대주가 되었다.

동거를 시작하고 첫 한 달이 꿈같이 빠르게 흘러갔다.

그 꿈이 꼭 아름다운 형태는 아니었지만.

치약을 어디서부터 짜야 하는가 하는 보편적인 문제부터, 침대 이불을 둘둘 말아놓는 습관, 식기를 물에 담가놓지 않는 것 같은 문제들로 크고 작게 싸웠다. 진심을 다해 전의를 불태우면서도 그조차 삶의 재미인 것 같다는 생각까지 하게 됐다.

둘 중 누군가의 부모님이 서울에 올라올 때, 그래서 불시에 집에 들를 때마다 난리가 났다. 냉장고에 마그네틱으로 붙여놓은 서로의 사진들과, 화장대 위 방콕과 피지에서 돈을 주고 찍은 스냅 사진들을 가방에 쓸어넣고, 둘 중 하나가 피난을 가듯 무거운 가방을 짊어지고 집을 떠나야만 했다. 홀로 모텔이나 비즈니스호텔의 침대 위에 짐을 내려놓고 나면 도대체 이게 무슨 개고생인가 싶어 허탈감이 찾아들기도 했다.

그런 일상의 소소한 고난에도 불구하고 남준과 함께 그저 나란히 침대에 누워 있을 때면 비로소 흩어져 있던 조각들이 모두 맞춰진 것 같은 기분이 들었다. 성적 욕망이나 사랑이라고 단순화되곤 하는 그런 감정을 초월한, 어떤 안정감 같은 것이 마음속에 차올랐다. 나와 내 주변을 구성하고 있는 모든 기둥들이 단단히 뿌리를 내리고 있다는 그런 신뢰감. 내 삶에 가장 결핍되어 있던 그

것. 어쩌면 지금 이 순간을 위해 숱하게 연애에 실패하는 경험이 필요했을지도 모른다는 생각이 들었다. 그간 내가 불장난하듯 단숨에 빠져들었다가 쉽게 망쳐왔던 지난 관계들이 바로 현재를 위해서 존재했던 걸지도 모른다는, 한껏 고취된 자의식.

남준을 만나기 전까지만 해도 누구에게도 깊이 마음을 열지 못했던 나였는데. 사람이 이렇게까지 변할 수 있다는 사실이 놀라웠다.

*

봄이 다가오면서, 전 세계를 휩쓴 전염병이 한국에도 돌이킬 수 없이 퍼져나갔다. 외국에서 입국한 사람들뿐 아니라 내국인들 사이에서도 확진자가 속출하고 있다는 소식이 연일 언론을 장식했다. 뒤이어 기업형 종교 시설에서 확진자가 폭증했다는 기사가 떴고, 몇몇 종교 단체들이 비난의 표적이 되었다.

전국적으로 마스크 품귀 현상이 일어났다. 아침마다 약국 앞에 마스크를 사는 긴 줄이 생겼다. 나는 다행히 사태가 시작되기 바로 전에 마트에서 대용량 덴탈 마스크 두 박스를 사놨다. 가격이 싸기 때문인지 빰이 자주 쓸렸고, 하루종일 마스크를 끼고 나면 귀 뒤가 빨갛게 붓고는 했다.

남준이 방송국에서 급작스레 전화를 받고 달려나가는 일이 잦아졌다. 숙직을 하느라 외박을 하고 집에 돌아와 반나절 넘게 잠만 자기도 했다. 가끔은 정규 편성이 아닌 속보 방송에 얼굴을 비치기도 했다. 화면 속 남준의 피부가 조금은 까칠해 보였다. 내내 강박에 가까울 정도로 철저히 마스크를 쓰고 다닌 탓 같았다. 하루종일 사무실에서 마스크를 쓰고 일하는 내 얼굴 역시 자주 화끈거렸다. 집에 오면 같이 얼굴에 팩이나 붙이고 있어야지, 생각했다.

*

한영이 신사업을 위해 만들어진 경쟁 부서로 인사이동을 하게 되었다. 같은 팀에 있을 때보다 얼굴 볼 일이 줄어들게 되었다. 매일 회사 메신저로 수다를 떠는 습관은 여전했지만 어쩐지 조심스러워진 기분이었다.

그와 상관없이 한영은 얼른 집들이를 하라고 성화였다. 나 역시 이따금 인스타그램에 집의 일부를 찍어 올리는 것 말고는 달리 자랑할 데가 없어 누구든 초대하고 싶은 마음이었다. 기껏 큰돈을 들여 집을 사고 태어나서 처음으로 인테리어까지 했는데. 나는 남준과 텔레비전을 보다 슬쩍 의향을 물어보았다. "한영이 집들이를 하자네." 남준은 가볍게 "하면 되지" 대답했다. 남준의 옆얼굴을 보며 "근데 너도 같이 있었으면 좋겠다는데" 말했다. 남준은 끄응, 하며 앓는 소리를 한 번 내더니, "그래"라고 짧게 대답했다. 나로

서는 예상치 못한 대답이었고, 뛸 듯이 기뻤지만 그런 티를 내지는
않았다.

　나는 남준의 마음이 바뀌기 전에 얼른 대답했다.

　"날짜 잡는다."

*

　우리 커플과 한영 커플, 고작 네 명이 모이는 것임에도 불구하고
날짜 하나를 잡기가 참으로 어려웠다. 그 어느 것 하나도 확실히
약속할 수 없는 시절이었으니까. 확진자 수는 일 단위로, 또 주 단
위로 요동쳤고, 그때마다 번번이 남준이나 한영, 혹은 내게 사정이
생겼다. 철우씨도 손님이 끊기자 매출 부진을 타개하기 위해 업체
를 끼고 배달 사업을 알아보고 있다고 했다.

　그러다 가까스로 다 함께 모일 수 있는 날을 잡게 되었다.

　5월 초에 닷새간 징검다리 연휴가 만들어졌다. 연휴의 마지막
인 어린이날, 성대한(?) 하우스워밍 파티를 열기로 했다. 나는 모
바일 청첩장 제작 사이트에서 '찬호와 남준의 하우스워밍 파티'라
는 제목의 초대장을 제작했다. 남준과 함께 양양 여행을 가서 찍
은 풍경 사진을 배경으로 걸고, 우리집의 약도와 주소, 준비물을
첨부했다. 남준의 경우 어린이날 당일에도 출근을 해야 했지만,
다섯시 전에 일을 마치고 올 수 있으니 집에서 저녁식사를 함께

할 수 있을 거라고 했다. 철우씨도 매장에 손님이 많지 않을 거라며 일찍 가게를 닫고 온다고 했다.

*

5월이 가까워오자 눈에 띄게 확진자 수가 줄었다. 사람들 사이에 느슨한 희망이 퍼져나갔다. 연휴 기간이 되자 나라 전체가 들썩이는 것 같은 환각이 찾아왔다. 회사 사람들도, 이쪽 친구들도, 어쩌면 이 땅에 존재하는 모두가 다들 전염병을 핑계로 몇 달간 억압해놨던 놀고 싶은 욕망과 근질대던 몸을 풀기 위해 안달이 나 있는 것 같았다. 한 달여간 문을 닫았던 이태원의 클럽이며 바가 재개장을 한다는 소식이 SNS 피드에 올라왔다. 모두 마스크를 잘 쓰자는 당부의 메시지도 함께였다.

남준은 날짜를 잡을 때까지도 시종일관 무덤덤하고 뚱해 보이더니, 막상 파티 전날이 되자 부산하게 집을 청소하고 향초를 피우고 난리를 쳤다. 심지어는 인터넷 쇼핑몰에서 커다란 갈런드까지 주문해 벽에 달았다. 갈런드는 금색 바탕에 핑크색으로 'Home Sweet Home'이라고 적힌데다 보라색 하트까지 덕지덕지 붙어 있어 요란했지만 심심하고 단조로운 우리집의 분위기를 띄워주었다. 샴페인을 마셔야 한다며 길쭉한 잔도 세트로 사놨다. 아무튼 뭘 했다 하면 끝장을 보는 남준답다는 생각이 들었다.

집들이 당일 남준은 열시쯤 느지막이 출근을 했다. 나는 오후 두시까지 늘어지게 잔 뒤, 일어나 텔레비전을 보다 좀이 쑤셔 한영에게 연락을 했다. 한영은 철우씨네 가게에서 일을 돕고 있다고 했다. 생각보다 더 한가하다며, 심심하면 놀러오라고 말했다. 나는 잠시 고민하다 모자를 눌러쓰고 택시를 탔다.

아직 해가 지지 않은 시간, 이자카야에는 손님이 많지 않았고 나는 이전에 남준과 함께 앉았던 카운터 앞 자리를 차지하고 한영과 주거니 받거니 사케 한 병을 비웠다. 술기운이 올라왔고, 기분이 점점 들뜨기 시작했다.

이른 마감을 하고 한영과 철우씨와 함께 가게를 정리했다. 가게에서 팔다 남은 음식들을 바리바리 싸들고 철우씨의 차에 올라탔다.

저녁 여덟시쯤 집에 도착했다. 먼저 와 있던 남준은 샤워까지 했는지 아침보다 훨씬 더 말끔한 얼굴이었다. 남준은 이미 테이블 세팅을 마쳐놓았고 흰 셔츠까지 곱게 차려입고 소매를 팔뚝까지 걷어붙이고 있었다. 게다가 한영과 철우씨에게 서글서글한 표정으로 먼저 인사를 건넸다. 나는 그런 남준의 모습에 웃음이 터졌다. 마치 연극을 하는 것 같은 남준을 가증스럽다는 듯 바라보며 자리에 앉았다.

우리의 대화는 새벽까지 이어졌다. 적절한 농담이 오갔으며, 자주 웃었다.

행복했던 시간으로 기억한다.

*

　일주일 뒤, 확진자 수가 다시 급증하기 시작했다.

　특히 기남시의 55번 확진자가 슈퍼 전파자로 언론의 메인 뉴스를 장식했다. 그가 연휴 기간 동안 돌아다닌 동선, 업소의 명단이 공개되었고, 인터넷에는 그가 만났던 사람들과 그의 회사까지 낱낱이 까발려졌다. 그가 갔던 곳들은 이쪽 사람들을 대상으로 한 이태원 클럽과 술집이었다. 다행히 철우씨네 가게는 아니었다. 한영은 며칠 새 그 지역 가게들이 문을 닫아걸었다고 말했다.

　기남시 55번 확진자의 회사가 통째로 셧다운됐으며, 거기서 근무하는 천여 명이 모두 자가격리에 들어갔다고 했다. 포털 사이트 뉴스난에 들어가보니 유흥에 미쳐 타인에게 피해를 주는 사람들, 이 시국에 성적 욕망을 풀기 위해 거리로 술집으로 뛰쳐나온 더러운 동성애자들이라며 댓글마다 비난이 가득했다.

　내 회사 단체 채팅방에도 온갖 찌라시들이 올라왔다. 55번 확진자의 이름과 출신 학교, 회사명과 직책, 동거인의 신상 캡처본이 조롱조로 올라왔다. 동기인 누군가가 요즘 인터넷에서 유행하는 짤방이라며 링크를 올렸다. 55번 확진자가 들렀던 게이 클럽의 전경이라고 했다. 마스크를 쓴 채 걸 그룹 노래에 맞춰 춤을 추는 사람들의 모습이 흘러나왔는데 영상 제목이 '암컷 게이가 수컷들에게 구애를 하는 춤'이었다.

—이걸 춤천지라고 부른대

—ㅋㅋㅋㅋㅋㅋㅋㅋㅋㅋㅋㅋ

채팅방 사람들이 연신 웃어댔다. 나는 전혀 웃기지 않았다. 저 무대 위 사람들이 구애를 위한 몸짓을 하는 것처럼 보이지 않았다. 그것은 차라리 일주일 내내 구겨져 있던 이들이 모든 걸 다 내려놓고 추는 살풀이에 가까워 보였다. 나는 아무 말도 하지 않고 창을 닫아버렸다.

집에 오자 나보다 이르게 퇴근을 한 남준이 뉴스를 보고 있었다. 텔레비전 화면에는 영등포 72번(36세) 확진자의 동선이 자막으로 떠 있었다.

을동 드림캐슬 — 을동초등학교 — 또래호프 을동점(마스크 미착용) — 캣츠모텔(마스크 미착용) — 을동 드림캐슬 — 을동초등학교 — AB피트니스센터 — 프레시마트 을동점 — 을동 드림캐슬……

남준이 한숨을 쉬었다. 피로에 지쳐 조금 나이들어 보이는 것 같은 그의 모습. 나는 말없이 남준의 어깨를 주물러주었다. 딱딱하게 굳은 남준의 어깨의 감촉에 나까지 숨이 막히는 기분이었다.

*

보건소의 문자메시지를 받은 것은 이틀 뒤였다. 확진자와 동선이 겹치니 검사를 받으러 오라는 내용이었다. 곧바로 한영에게서 전화가 걸려왔다.

"너도 문자 받았지?"

"어. 이게 뭐야?"

한영이 자초지종을 설명해주었다. 기남시의 55번 환자에게서 전염된 확진자 중 한 명이 어린이날 철우씨네 가게에서 두 시간 동안 머물렀다고 했다. 철우씨네 가게는 곧장 폐쇄됐으며 수기로 출입을 기록한 나와 한영, 그리고 철우씨 모두가 검사 대상이라는 것이었다.

그 이야기를 듣고 나는 곧바로 김무진 부장에게 가서 보고했다. 마케팅2부의 유한영과 내가 둘 다 검사 대상자가 되었다고 말했다. 부장은 어떻게 된 일인지 연유를 물었다. 연휴 때 한영과 함께 식당을 갔는데, 같은 곳에 있던 손님이 확진자였다고 간단히 덧붙였다. 혹시 이태원 클럽 같은 곳에 간 것이냐고 조심스레 묻는 부장에게 그냥 음식점이었다고, 밥을 먹을 때 빼고는 마스크를 쓰고 있었으니 걱정할 필요가 없다고 답했다. 거짓말을 하는 것도 아닌데 큰 죄를 지은 것처럼 자꾸만 목소리가 작아졌다. 부장이 말했다.

"둘 다 아무 증상 없는 거지? 그렇지?"

"그럼요, 부장님. 열도 안 나고, 기침도 없고 완전 멀쩡해요."

"우리 회사 지금까지 확진자 한 명도 없는 거 알고 있지?"

"네, 당연하죠. 걱정 마세요."

부장이 걱정하는 게 나와 한영의 건강이 아니라는 것쯤은 알고 있었다. 우리 회사가 확진자가 한 명도 나오지 않았다는 것을 자랑거리로 삼고 있다는 걸 모르지 않았다. 병에 걸린 사람이 없다는 사실이 자랑거리가 될 수 있다는 게 이상하다는 생각을 해왔다. 병은 언제 어디에나 있는 것 아닌가. 병은 병일 뿐인데, 어떤 병은 흉이며 죄가 되기도 한다. 어쩌면 인생 전체를 통째로 뒤흔들 수 있는 그런 종류의 죄. 뭐 그런 생각을 하는데 부장이 마침표를 찍듯 말했다.

"2부 부장이랑 인사팀한테는 내가 잘 말해놓을 테니까 너무 걱정하지 말고, 검사 잘 받고 와. 잡고 있던 일은 일단 며칠 동안 보류해둬. 어쨌든 둘 다 이 주 동안 격리는 확정인 거니까. 노트북은 들고 가. 내가 보안팀에 연락해서 재택근무 할 수 있는 방법을 알아볼게."

이 와중에 일 시켜먹을 궁리나 하고 있다니, 참으로 김무진 부장다웠다.

보건소에서는 대중교통을 이용하지 말고 자가용이나 도보로 인근 선별 진료소에 가 검사를 받으라고 안내했다. 한영과 나는 조퇴를 한 뒤 걸어서 회사 인근 선별 진료소로 향했다(한영은 아침에 차가 막힌다는 이유로 그 잘난 BMW를 끌고 오지 않았다). 도보로 이십 분 정도 되는 거리였다. 하필 구두를 신고 와서 발뒤꿈치가 아팠다. 가는 동안 한 번, 남준에게 전화를 걸었지만 받지 않왔다. 수화기 너머로 지금은 전화를 받을 수 없다는 안내음이 흘러나왔다. 나는 남준에게 문자를 남겨놓았다.

—어린이날에 확진자 한 명이 철우씨 가게에 왔대. 지금 나랑 한영이랑 검사 받으러 가. 우리 둘 다 아무 증상도 없으니까 걱정하지는 말고. 이거 보면 전화 줘.

검사가 끝난 후, 남준에게서 전화가 왔다. 녹화를 하느라 연락을 받지 못했으며, 전염병 상황이 점점 나빠지고만 있다고 했다. 확진자들은 계속 마녀사냥을 당하고 있으며 전국 단위로 확진자 수가 비약적으로 늘고 있다고 말하는 남준의 음성은 너무 지쳐 있었다. 남준이 조심스러운 목소리로 내게 물었다.

"그날, 클럽이나 바 같은 데 간 건 아니지?"

"남준아, 정신 차려. 나 오후 네시에 이태원 갔잖아. 네시부터 여는 클럽이 어딨냐? 그날 밤에는 너랑 한영이랑 같이 집에서 놀았고. 기억 안 나?"

"그치. 그랬지. 그런데…… 네가 만약 양성이면, 나는?"

"……아닐 거야."

결과가 언제 나오는지 묻는 남준에게 나는 내일, 이라고 짧게 대답했다. 그리고 한번 숨을 고른 뒤, 음성이더라도 보름 동안 홀로 자가격리를 해야 한다는 말을 덧붙였다.

"뭐라고?"

남준의 목소리가 싸늘하게 가라앉았다.

집에 도착했을 때는 여덟시가 넘은 시간이었다. 대중교통을 이용할 수 없어 강남에서 영등포의 우리 아파트까지 공유 자전거 따릉이를 타고 왔다. 한 시간 반에 걸친 라이딩을 마쳤을 때 셔츠와 바지가 모두 땀에 젖어 있었다. 발뒤꿈치가 까져 쓰라렸다. 나는 옷을 허물처럼 벗어버리고 곧장 화장실로 들어갔다.

샤워를 마치고 나왔는데도 몸에 열이 나는 것 같았다. 모든 게 다 피곤하고 짜증이 났다.

안방에 들어가니 옷장과 서랍장이 전부 열려 있는 게 보였다. 도둑인가 해서 심장이 덜컥한 것도 잠시, 알고 보니 내가 자전거를 타고 낑낑대며 오고 있던 사이 남준이 먼저 집에 들러 잽싸게 옷가지를 챙겨간 거였다. 남준의 정장 몇 벌과 티셔츠, 속옷이 있던 자리가 텅 비어 있었다. 많이 급했던 건지 양말이며 화장품 같은 것들이 바닥에 정신없이 널려 있었다. 정리를 할까 하다가 그냥 침대에 누워버렸다. 텔레비전을 틀자, 남준이 브리핑을 하는 뉴스 특집 영상이 흘러나왔다. 지역별로 확진자 수가 빨간색으로 표시되었고 그것을 읽어내려가는 남준의 목소리는 여느 때처럼 안정적이었다. 다만 파운데이션을 두껍게 발랐는지 얼굴이 가면처럼 허옇게 떠 있었다.

*

다음날 나는 일어나자마자 핸드폰 문자함을 확인했다. 보건소로부터 문자가 와 있었다.

―고찬호님, PCR 검사 결과 음성입니다.

나는 음성이라는 두 글자에 가슴을 쓸어내렸다. 한영에게 전화를 걸어보니 철우씨와 한영도 음성 판정을 받았다고 했다. 나는 이 사실을 곧바로 김무진 부장에게 알렸다. 부장은 집에서도 사내 인트라넷에 접속할 수 있으니 곧바로 업무에 복귀하라고 답했다.

어쩌면 양성 판정을 받았더라도 같은 대답을 들었을지도 모르겠다는 생각을 했다.

뒤이어 남준에게 전화를 걸었다. 남준은 밤을 새운 듯 칼칼한 목소리로 다행이네, 라고 대답했다. 남준은 방송국 앞 비즈니스호텔에서 보름 동안 머물 예정이라고 했다. 나는 내 안에서 휘몰아치는 온갖 감정들을 숨기기 위해 노력하며, 대답했다.

"보름이야. 보름 뒤에 보는 거야, 우리."

"맞아. 고작 보름이야."

이내 우리 사이에 정적이 감돌았다. 남준이 조심스럽게 말했다.

"혹여 그럴 일은 없겠지만…… 혹시나…… 누가 물어보면…… 보건소나 아무튼 뭐 그런 데서 연락 오면, 우리는 만난 적 없는 거다. 집주인과 세입자의 관계일 뿐인 거야. 알지?"

"내가 바보니."

대답을 하면서도 힘이 빠졌다. 남준은 B방송국과 우리 아파트, 헬스장을 오가는 동선을 가진 사람은 전국에 자신밖에 없을 거라고, 그래서 괜히 걱정이 돼서 그런 거라고 수습하듯 말했다.

"너도 알잖아. 나…… 불편하게 사는 거."

남준답지 않게 흔들리는 목소리였다.

근데 있잖아 남준아…… 집 앞 편의점 알바생이 네 얼굴을 알아보는 눈치던데…… 헬스장이며 아파트며 엘리베이터 CCTV, 주차장에 있는 수많은 자동차 블랙박스에 네 모습이 찍혀 있을 텐데…… 심지어 네 차가 아파트 관리사무실에 등록돼 있잖아. 너, 여기서 나랑 같이 살고 있잖아…… 정말 이대로…… 정말 괜찮겠어? 우리 이대로 괜찮은 걸까?

하고 싶은 말들이 목구멍까지 차올랐지만, 하지 않았다. 대신 그가 가장 듣고 싶어하는 말을 했다.

"아무 문제 없을 거야."

"그렇지?"

"밥 잘 먹고, 잘 지내고, 보름 후에 만나자."

나는 할 수 있는 한 가장 밝은 목소리로 대답한 후 전화를 끊었다. 입맛이 없어 아무것도 먹고 싶지 않았다. 나는 냉장고에서 생수병을 꺼내 입을 대고 쭉 들이켰다. 남준이 봤더라면 기함했을 모습이었다. 아무리 물을 마셔도 갈증이 가시지 않았다.

어쩌면 남준이 나를 원망하고 있을지도 모른다는 생각이 들었다. 나에게 퍼붓고 싶은 모진 말들을 안간힘을 다해 누르고 있을지도 모른다는, 그런 생각.

그때 보건소에서 전화가 걸려왔다. 자가 격리자들이 필수로 깔아야 하는 '안전 보호' 앱을 안내해주며 위치 추적이 되므로 지금 이 시간부터 격리 종료 시점까지 절대로 격리 장소를 떠나면 안 된다고 했다. 이탈을 방지하는 차원에서 불시에 담당 공무원이나 경찰이 방문할 수 있으니 그 사실을 항상 주지하고 있으라는 말도. 격리 통지서와 더불어 자가 격리자를 위한 키트를 배송해놓았으니, 안내에 따라 이 주 동안 격리 생활을 하면 된다고 덧붙였다. 마지막으로 보건소 직원이 내게 물었다.

"혹시 격리 장소에 함께 사는 가족이 있나요?"

나는 잠시 주저하다, 없다고 대답했다. 함께 살던 사람이 있었으나, 가족은 아니었고, 심지어 지금은 함께하지 않으니 거짓은 아니었다. 직원은 키트 속에 포함된 체온계로 매일 체온을 재서 하루 두 번 앱에 기록해야 하며, 고열이 반나절 이상 지속되면 곧바로 연락을 하라고 강조했다. 나는 알겠다고 답한 뒤 전화를 끊었다.

핸드폰을 소파에 던졌다. 그 어떤 연락도 받고 싶지 않은 기분이었다. 문득 보건소 직원의 말이 떠올라 나는 현관으로 나갔다.

현관문을 살짝 열어보니 정말로 벌써 커다란 박스가 와 있었다.

그것을 신발장 위에 들여두었다. 열어볼까 하다가 귀찮아서 그만뒀다. 거실 벽에는 'Home Sweet Home'이라고 적힌 갈런드가 여전히 붙어 있었다. 집들이를 했던 게 고작 얼마 전이라는 사실이 믿기지 않을 정도로 아득하게 느껴졌다. 갈런드를 떼어낼까 하다가, 관뒀다. 지금으로서는 저것이 남준이 남긴 거의 유일한 흔적 같았으니까.

묘하게 기운이 쭉쭉 빠졌다. 이마에 손을 짚어보니 미열이 있는 것 같기도 했다. 음성 판정을 받았는데, 이상했다. 다시 방으로 돌아가 침대에 누웠다. 옷장과 서랍장은 어제 남준이 열어놓고 간 그대로였다. 나는 마치 커다란 구멍이 뚫린 것 같은 옷장을 바라보며 생각했다.

성격이 곧 운명이다.

한영에게서 그 말을 처음 들었던 그날, 보름달을 보며 소원을 빌었던 그 밤을 떠올렸다. 그날 이후로 내가 스쳐온 보름달들과, 그 보름달을 바라보며 남모르게 빌었던 소원들도 떠올려보았다. 모두, 남준과 나의 사랑과 안녕을 비는 소원들이었다. 그 소원의 크기만큼 쌓여버린 남준과의 시간들이 주마등처럼 나를 스쳤다. 귀찮고 짜증나고 절망적이기까지 한 일들도 많았지만 대체로 무난하고 무탈했다.

어쩌면 내 인생 가장 아름다운 시간이라고 불러도 될 만큼.

나는 이불 속으로 파고들어 눈을 감았다. 지금으로부터 보름 이

후의 삶에 대해, 그 길고 막막한 시간 앞에서 소원을 빌어보려고
해봤지만 그럴 수 없었다.

아무것도 떠오르지 않았다.

우리가 되는 순간

—

유한영과 황은채

—

황은채가 회사에 이직해 왔을 때, 한영은 리나 이모를 떠올렸다. 둘 다 여대를, 그것도 같은 대학을 나왔다는 공통점 때문도 있지만 눈빛이며, 목선이 훤히 보이는 단발머리, 깡마른 몸 같은 게 비슷하다고 느꼈다. 첫 직장이 언론 계열인 것도, 또 다니던 직장을 박차고 나와 삼십대의 나이에 구태여 직업을 바꾼 것도 같았다.

때문에 한영은 은채를 바라볼 때마다 복잡한 감정에 휩싸이곤 했다.

아무런 병마도 세월의 할큄도 찾아들지 않은 젊고 건강한 막내 이모의 모습을 떠올리는 것은 한영에게는 일종의 통증에 가까운 일이었으니까.

*

　한영이 은채의 이력을 소상히 알게 된 것은 순전히 우연이었다. 한영이 속한 마케팅 1부의 다른 팀원들이 모두 외근을 나갔을 때, 마케팅 2부 부장인 진연희가 무슨 일인지 함께 점심식사를 하자고 연락해왔다. 당시 마케팅 1부와 2부가 모두 동원되는 대규모 사업이 진행되고 있었다. 유관 업무의 특성상 수차례 함께 회의를 진행하고 메일을 주고받은 터라 2부 부장과의 식사가 아주 어색한 일은 아니었으나, 한영에게는 충분히 어색했다. 한영뿐 아니라 누구에게도 진연희는 함께 식사를 하기에 편한 상대는 아니었다.

　진연희와의 점심식사 장소는 당초에 한영이 예상했던 구내식당이 아니라 회사 앞 고급 양식당이었다. 부장인 진연희가 몸소 예약까지 해놓은 것을 보면 편안한 식사 자리는 아닌 것이 분명했다. 한영은 가뜩이나 부담스러운 자리가 더욱 불편하게 느껴졌다.

　식전 빵이 나오자마자 진연희는 빠른 속도로 음식을 먹기 시작했다. 그녀는 이번에 뽑은 마케팅 2부의 경력직 팀장에게 거는 기대가 큰 것 같았다. 꽤 유명한 유튜브 채널을 운영하는 한 뉴미디어 회사의 팀장을 '웃돈을 주고' 데리고 오게 됐다고 말했다. 면접 때 이력서를 보니 자신과 같은 여대의 국문과 출신이라며 학번으로 따지면 조카뻘에 가깝다는 묻지 않은 정보까지 늘어놓았다.

　"그러고 보니 유한영씨는 학번이 어떻게 되지?"

한영은 군대를 갔다 온 뒤 다시 수능을 쳐서 대학에 입학해 같은 학번인 사람들보다 나이는 세 살 더 많다고 답했다. 역시나 진연희는 아무렇지 않게 (진득한 의도를 담아) 불편한 주제를 들먹이는 재주가 탁월했다.

"그럼 새로 오는 팀장이랑 유한영씨랑 동갑이네. 고찬호씨랑도 동갑이라고 했지?"

"네, 나이는 같습니다."

"그래? 사람 인연이라는 게 참 공교로워. 그치? 그럼 이야기가 조금 더 쉽게 풀릴 수도 있겠네."

한영은 당최 진연희가 무슨 소리를 하는 것인지 알아들을 수 없었다. 곧 주문한 파스타가 나왔고, 한 술을 뜨기 무섭게 진연희는 바로 본론으로 들어갔다. 새로 들어오는 팀장을 내세워, 마케팅2부 산하에 팀을 하나 만든다고 했다. 그 팀장이 기존 회사 직원들까지 세 명이나 데리고 오는지라 새 팀을 조율해줄 사람이 필요하다고 했다. 마케팅 본부의 문화를 잘 이해하고 있으면서 실무도 도맡을 일 잘하는 직원이 필요한데, 가장 먼저 떠오른 게 한영이라고 했다. 한영은 최대한 고민하는 척하며 천천히 대답했다.

"부장님, 그런데 얼마 전에 1부에서 새 사업을 론칭한다 해서 아무래도 조금……"

진연희는 입꼬리가 한쪽만 올라가는 특유의 미소를 지으며 말했다.

"그거야 다른 애들한테 넘기면 그만이고. 내가 생각하는 유한영씨 롤은 그 정도 급이 아냐."

진연희는 회사에서 디지털마케팅에 훨씬 비중을 둘 계획이며, 그 분야에 꽤 큰 규모의 예산이 배정돼 있는 거 알고 있지 않냐고 말했다.

"인사이동 하면서 대리도 달아야지. 고찬호씨 과장 특진했던데. 고과장 기세에 아무래도 유한영씨 찬밥 신세인 것도 사실이잖아. 언제까지 꽃받침 노릇만 할 거야?"

진연희의 우수한 점은 그것이었다. 모두가 알고 있지만 남들은 굳이 입 밖에 꺼내지 않는 민감한 사항을 기어이 들춰내고야 만다는 점. 거스러미처럼 올라와 있던 아주 작은 갈등 요소를 포착해 기꺼이 뜯어내고, 갈라진 상처 틈을 파고들어 결국에는 타인을 자신이 원하는 방향으로 끌어당긴다는 점. 한영 역시 자신과 동갑이지만 직급이 차이 나는 찬호를 보며 가끔 불안감에 사로잡혔다. 그럼에도 불구하고 찬호와는 '오피스 부부'라고 불릴 정도로 쭉 절친한 사이로 지내왔다. 무엇보다 회사에서 유일하게 말을 터놓고 지내는 '이쪽' 친구인지라 경쟁심을 의식적으로 느껴본 적은 없었다.

진연희가 한영에게 쐐기를 박듯 덧붙였다. 이미 1부 부장과 이야기를 해놓은 상태라고. 그러니까 다 결정된 일이라는 의미였다.

그렇게 마케팅1부의 유한영은 대리로 승진했으며, 마케팅2부의 신생 팀인 디지털마케팅팀으로 전출되었다.

*

새 사무실로 옮겼을 때, 한영은 경미한 두통을 느꼈다. 1층의 발송실 바로 옆에 위치한 사무실은 막 정비를 마쳐 페인트 냄새가 진동했다. 창문도 하나 없고 천장 불빛의 조도도 낮아 답답했다. 스튜디오랍시고 꾸며놓은 별도 공간은 가벽을 세우고 크로마키 스크린을 쳐놓은 것에 불과했다. 영상 장비 일부와 짐벌, 기존에 업무용으로 지급받아 쓰던 자사의 노트북 대신에 영상 편집용 맥북 프로와 아이맥을 지원해준 게 전부라면 전부였다. 꽤 큰 규모라던 예산이 도대체 전부 어디로 가버린 것인지 알 수 없었다. 일종의 좌천이나 다름없다는 생각이 들었다.

새로 온 팀장 황은채는 이직과 이른 승진으로 성공가도를 달리며 어린 나이에 팀장으로 스카우트된 알파형 인간이라기보다는, 오히려 맡은 바를 수행하는 서포터에 가까운 성격 같았다. 팀원은 팀장인 은채를 포함해 총 다섯 명이었는데, 한영을 제외하면 기존에 같은 회사에서 합을 맞추다 넘어온 사람들인지라 그 사이에 섞여들 수 있을지 걱정되었다. 그런데 낙동강 오리알 신세가 될 거라는 한영의 우려와 달리 그들은 그렇게 친밀해 보이지 않았다. 그들은 각자 이어폰을 낀 채 알아서 짐을 나르고 자신의 컴퓨터

를 세팅했고, 말을 할 때면 서로 존댓말을 했다. 거추장스러운 장
비와 책상 정리를 마친 뒤, 한영은 아이스 브레이킹도 할 겸 근처
에서 함께 브런치 시간을 가져보는 게 어떠냐고 제안했다. 은채가
조심스럽게 한영에게 말했다.

"저희 팀은 업무 외 시간에 모일 때는 최소 하루 전에 고지하는
게 관례라서요……"

말투에 악의가 있어 보이지는 않지만 한영은 조금 상처를 받
았다. 결국 점심시간이 끝난 후 회의실에 모여 간단한 티타임을
갖기로 타협한 후, 팀원들은 뿔뿔이 흩어져 사라졌다. 식사도 각
자 따로 하는 것 같았다. 한영은 홀로 구내식당으로 향했다. 찬호
와 후배들과 함께 삼삼오오 식당 줄을 섰던 게 불과 엊그제였는
데, 왠지 쓸쓸했다.

이른 식사를 마치고 사무실로 다시 돌아왔을 때 은채 혼자 회
의실 테이블에 앉아 핸드폰을 보며 뭔가를 집어먹고 있는 게 보였
다. 한영은 빙긋 웃으며 은채의 맞은편에 앉았다. 은채 앞에 놓인
봉지의 겉면에 닭가슴살 칩이라고 적혀 있었다.

"팀장님, 관리하시나봐요. 배 안 고프세요?"

"아, 이미 샐러드도 한 팩 비웠어요. 그런데 한영님, 우리 호칭
을 정리해야 할 것 같아요."

은채는 한영에게 회사의 원래 호칭 체계를 물어보았다. 한영은
직급과 상관없이 모두가 이름 뒤에 '님'자를 붙이는 게 원칙이지

만 실질적으로 사원들끼리만 그렇게 부르고, 대리부터는 아예 직급으로 통일되어 있다고 일러주었다. 은채는 조금 고민하더니 우리 팀은 아무래도 사내 방침과는 다른 방식으로 서로를 불러야 할 것 같다고 했다. 이전 회사에서 그랬던 것과 같이 서로 닉네임을 쓰자고 한영에게 제의했다.

"닉네임이라고 하면 영어 이름을 새로 지으라는 말씀이신가요?"

"영어도 되고, 일본어도 되고. 그냥 별명요. 일단 저는 채채고, 윤나영씨는 나나, 박윤환씨는 라이언, 임경인씨는 켄지, 라고 서로를 부르고 있어요. 한영님도 닉네임을 지어보시는 게 어떨까요?"

한영은 다수의 스타트업과 IT 기업에서 이런 호칭 체계를 사용한다는 것을 알고 있었지만 서른이 넘어서 닉네임을 붙이려니 겸연쩍은 기분이었다. 도무지 떠오르지 않는다고 은채에게 대신 닉네임을 지어달라고 부탁했다. 은채는 삼 초 정도 고민하다 가볍게 말했다.

"한스로 하죠? 본명이랑 비슷하고, 기억하기도 쉽고."

"한스요? 〈겨울왕국〉에 나오는 그 느끼한 왕자요?"

"저는 〈플랜더스의 개〉 생각했는데…… 파트라슈 기르는 소년. 한영님 인상이랑 비슷한 것 같아서. 별로예요?"

"거기 한스는 악역으로 나오는 집주인 아저씨예요. 소년 이름은 넬로고."

"아, 제가 착각했나봐요. 죄송해요."

"아니에요. 사실 마음에 들어요. 한스로 해요, 채채님."

"님 빼고, 그냥 채채요."

한영은 마케팅1부에 있을 때 파티션에 붙여놓았던 이름표를 책상 서랍 속에 넣어놔야겠다고 생각했다.

팀원들이 모두 돌아왔고, 다 함께 테이블에 앉아 대화를 나누기 시작했다. 라이언과 켄지는 냉정하고 무뚝뚝해 보이는 첫인상과는 달리 수더분한 성격 같았다. 나나는 무슨 말을 해도 단답형으로 돌아와 알고리즘이 매우 단순한 로봇 같았다. 모두가 애써 사회적인 가면을 쓰려고 노력하는 회사에서 좀체 찾아볼 수 없는 캐릭터의 등장에 한영은 얼떨떨함을 느꼈다. 은채는 이전 회사에서 해왔던 작업 방식을 알려주었다. 각자 역할이 확실히 나누어져 있었다. 은채는 기획과 제작 전반을 담당하고 있고, 라이언과 켄지가 주로 장소 섭외와 조명 준비, 촬영을 하고, 나나는 잡무와 편집을 도맡아 하고 있었다. 모여 일하는 게 큰 의미가 없어 워크 툴의 공유 채널을 통해서 업무 상황을 체크하는 방식으로 협업을 한다고 했다. 실질적으로 위클리 미팅 시간을 제외하고는 완벽한 자율 출근을 하고 있는 것이나 다름없었다. 은채는 이러한 시스템을 고수하고 싶어했고 면접 때 부장에게 어느 정도 허락을 구해놓은 듯했다. 그럼에도 한영은 불길한 격무의 기미가 느껴져 골치가 아파오기 시작했다.

원래는 회사 네트워크 시스템을 관리·개발하는 계열사가 존재해, 그곳에서 배포한 업무용 메신저와 웹하드를 사용하고 있었고 외부 프로그램을 활용하는 것은 엄격하게 통제(사실상 금지)되고 있었다. 거기다 보안상의 이유로 직원들의 핸드폰 카메라조차 보안 실을 붙이게 하는 이곳에서, 도대체 얼마나 많은 설득과 회유를 거쳐야 이 '채채 팀' 시스템을 정착시킬 수 있을까. 유연 근무제가 실시되고 있기는 하나 아침 일곱시부터 밤 열한시까지 일하는 진연희 부장의 눈치를 보느라 마케팅2부는 암묵적으로 출퇴근 시간이 정해져 있었다. 진연희가 허락한다고 쳐도, 본부 내 다른 사람들 시선도 신경쓰였다.

티타임이 끝나기 무섭게 나나가 자리에서 벌떡 일어났다.

"먼저 가보겠습니다."

그녀는 대답도 듣지 않고 자신의 노트북과 가방을 챙겨 사무실을 떠났다. 얼빠진 표정을 짓고 있는 한영에게 은채가 말했다. 사회성이 다소 떨어지지만 편집은 기가 막히게 잘하는 친구라고.

디지털마케팅팀을 사실상 독립적인 부서로 두겠다는 진연희의 말이 감언이설에 불과했다는 게 드러나는 데는 오랜 시간이 걸리지 않았다. 새로운 촬영 장비와 프로그램을 들여올 때마다 한영은 엄청난 시간을 들여 결재 서류를 작성해야 했다. 진연희는 한 번에 결재를 승인하는 법이 없었다. 매번 한영을 호출해 구입을 희망하는 기기와 프로그램이 필요한 이유를 논리정연하게 설명할 것을 요구했다. 한영은 말이 좋아 독립이지, 상감마마 휘하가 따로 없다는 생각을 했다. 자사의 네트워크가 아닌 해외 워크 툴을 사용하는 것에 딴지를 걸며 팀원 모두를 불러다 자신을 설득해보라고 명령했다. 은채의 주도로 프레젠테이션이 시작됐다. 영상 제작 부서는 다른 팀에 영향을 받다보면 재미를 잃고 도태되기 십상이며, 우수 사례로 언급되는 타사의 유튜브 채널도 모두 자율성이 철저히 보장된 상태에서 만들어진 것이고 그래야만 콘텐츠의 질적 강화에 도움이 될 수 있음을 어필했다. 진연희는 손깍지를 낀채로 잠시 고민하다 책상을 탁 치며 말했다.

"아예 풀어놓으라 이거지? 좋아. 결과가 모든 걸 말해주겠지."

진연희 부장은 결정적인 순간에 의외의 결단을 내릴 줄 아는 사람이었다. 은채는 진연희에게 꾸벅 인사하며 최선을 다하겠다고 말했다. 그때 진연희가 빙긋 웃으며 말했다.

"이 팀은 패밀리 레스토랑이야? 다들 이름이 왜 그래."

반쯤은 조롱이 섞인 그 말을 은채는 웃음으로 모면했다.

나나와 켄지, 라이언은 딴 세상 일인 양 멀뚱멀뚱 앉아 있었고, 한영은 왠지 이 지난한 갈등이 무한히 반복될 것 같은 불길한 예감에 사로잡혔다.

*

회사 홍보를 위한 유튜브 채널이 만들어졌다. 기업 페이지를 개설할 때는 뭔가 대단한 절차를 거쳐야 하는 줄로만 알았는데, 그냥 한영이 구글 계정으로 아이디를 만들어 회사의 법인 계좌를 연결하기만 하면 됐다.

꽤 큰 투자를 할 거라는 진연희 부장의 말이 아예 허풍은 아니었는지, 제작비로 많은 예산이 책정되었고 홍보부를 통해 포털 사이트에 유튜브 영상을 바이럴하는 포스트도 대량으로 유통되었다. 영상이 올라가자 은채의 능력이 빛을 보았다. 이전 직장에서 제작과 출연, 편집까지 모두 담당해온 실무자의 인사이트가 화면에 고스란히 드러났다. 나나는 음침해 보이는 인상과 대비되는 촌철살인의 자막으로 영상에 감칠맛을 더했다. 한영은 망쳤다고 생각했던 원본 영상이 나나의 손끝에서 환골탈태하는 광경을 몇 번이나 목격했다.

은채의 기존 팀원들은 진연희 말대로 '웃돈을 주고' 데려올 만큼 우수했다.

은채와 한영이 기획한 콘텐츠는 줄줄이 대박이 났다. 모든 기업에서 철마다 걸어놓는 공채 입사 비결을 이 분짜리 초고속 Q&A로 제작한 것이 조회수 폭발의 신호탄이었다. 은채와 한영을 주인공으로 하는 마케터 시점의 사내 브이로그부터 층별로 다른 에스

프레소 머신을 사용하는 것에 착안한 사내 커피 테이스팅 배틀, 화제의 인물을 초대하는 예능 프로그램을 제작하기도 했다. 채채와 한스, 그들은 꽤 유명해졌다. 사옥의 출입문에 그들의 얼굴이 떡하니 걸렸으며, 엘리베이터의 작은 스크린에 그들이 종횡무진하는 영상이 떴다. 이제 회사에서 두 사람의 얼굴을 모르는 사람은 없었다. 몇몇 직원들은 회삿돈으로 (관심과 주목을 받고 싶다는) 사적 욕망을 충족하고 있는 게 아니냐고 흉을 보기도 했으나, 회사를 넘어서 대중에게까지 파급력이 날로 커지고 있다는 사실을 부정하는 사람은 아무도 없었다.

디지털마케팅팀에서 제작한 영상이 한 주 걸러 한 번씩 한국에서 가장 많이 본 영상 순위에 오르내렸다. 그리고 기업의 유튜브 운용 우수 사례로 꼽히기 시작했다. 몇몇 경영학회와 경제지에서 이 성공에 주목해 인터뷰를 요청하기도 했다.

다섯 명의 팀원으로는 감당할 수 없을 만큼 많은 일들이 주어졌다. 디지털마케팅과 한 글자라도 관련된 일은 모두 밀려든다고 해도 과언이 아니었다. 한영은 몇 번이고 퇴사의 충동에 시달렸지만 매달의 월급과 성과급을 포기할 수 없었다. 늦게 시작한 만큼 견뎌야 했고, 더이상 자신은 어린 나이가 아니었다. 주차장에서 퇴근을 기다리는, 매끈하게 잘빠진 BMW를 보면서 마음을 고쳐먹고는 했다. 게다가 오랜 기간 동거를 해 가족이나 다름없는 철우가 사정이 좋지 않아, 한영이 실질적으로 가장의 역할을 도맡아야 했다. 식비에 월세, 공과금 같은 것들을 합치면 매월 적지 않은 고정 지출이 있었다.

돈을 벌어야 했다. 죽도록.

지긋지긋한 전염병이 전 세계를 휩쓸면서 마케팅의 중심이 텔레비전이나 영화 같은 대형 광고 매체에서 유튜브와 SNS로 이행되는 시점이기도 했다. 세계에 있어서는 철저한 불행이었으나, 한영과 은채에게는 천하의 호재였다. 시절이, 온 세상이 디지털마케팅팀을 도와주는 것만 같았다.

마케팅1부, 2부가 협력해 주최하는 전국 단위의 강연 행사와 사회 공헌 사업 홍보도 대체로 온라인으로 이관되었고, 책임자로 은채와 한영이 나란히 지목되었다. 1층 한구석에 꿔다놓은 보릿자루처럼 외따로 있었던 사무실과 스튜디오가 고층으로 올라왔다. 최근에 리모델링 공사가 끝나고 한강 전망이 한눈에 보여 임원 대상으로 쓰이던 15층에 위치한 사무실이었다. 다섯 명이었던 팀원이 여덟 명으로 늘어났다.

은채와 한영은 다음해 S등급 고과를 받았다. 철우도 한영이 이토록 열성적으로 회사에 가는 모습은 처음 봤다고 할 정도였다. 한때 한영과 찬호가 사내에서 오피스 와이프와 허즈번드로 소문났듯, 이번에는 한영과 은채가 오피스 허즈번드와 와이프로 소문이 났다. 한영과 은채는 그 소문을 웃어넘겼다.

*

은채는 공평하고 책임감이 있는 팀장이었다. 어찌 보면 리더의 기본이라고도 볼 수 있지만, 그 기본 소양을 가진 사람을 만나기 쉽지 않은 게 현실이었다. 누가 어떤 시간에 태스크를 올려도, 은채가 가장 먼저 체크를 했다. 한영과 손발이 잘 맞았고, 자신이 맡은 일은 끝장을 볼 때까지 놓지 않았다. 회사에서 야근을 권장하지 않음에도 은채는 자발적으로 야근을 했다. 홍보 영상이든 기획서든 은채가 만지면 뭔가 달랐다. 한영과 후배 사원들 모두에게 자신감 있게 구체적인 디렉션을 주었으며, 대부분 적절했다. 때문에 기분이 상할 일은 없었으나 가끔은 피곤하게 느껴졌다. 어떤 순간에도 공적인 균형감을 잃지 않으려는 은채는 팀원들에게 진정성을 담은 조언을 자주 했고, 때로는 그럼으로써 팀원들을 숨막히게 했다. 한영은 타고나기를 덤벙거리는 성격이라 이따금 실수를 저지르곤 했으므로 타인의 실수에도 너그러운 편이었다. 실은 타인에게 무심하고 관심이 없는 성격에 가까웠는데 후배들은 그런 한영을 조금 더 편하게 여기는 것 같기도 했다. 시간이 흘러 은채와 한영이 돌아가면서 악역과 선역을 분담하는 게 어느새 자연스러워졌다.

한영은 은채가 좋았다. 나이 차가 있는 상사였으면 다를 수도 있었겠지만 동갑이라 비교적 수평적인 관계를 유지할 수 있어서

인지 은채의 조언이 싫지 않게 들렸다. 실타래처럼 꼬인 문제도 은채와 대화를 하다보면 금세 술술 풀려 있는 신묘한 경험을 하기도 했다. 강제성이 없으면 그 어떤 회식도 참석하지 않던 한영이 은채와 단둘이 회사 근처에 남아 술잔을 기울이는 날이 잦아졌다. 어느덧 둘은 사적 영역까지 공유하는 사이가 되었다.

한영은 은채와 함께 술을 마시다 충동적으로 자신의 애인이 실은 이태원에서 이자카야를 경영하고 있다고, 작년에 그의 가게에서 연휴 기간 동안 일을 돕다 밀접 접촉자가 되었었다고 털어놓았다. 그 이후로 괜히 애인에게 화가 치밀어오르곤 한다고. 그게 온당치 않다는 것을 알면서도 그렇게 된다고 솔직하게 말했다. 은채는 말없이 한영의 머리를 가볍게 쓰다듬었다. 순간 한영은 자신도 모르게 또다시 리나 이모의 잔상을 떠올렸다. 한영을 대하는 태도, 말하지 않은 것에 대해선 묻지 않고, 설사 뭔가를 알게 됐더라도 그저 가만히 들어주는 자세, 상대방을 있는 그대로 두는 자세가 꼭 닮아 있었다.

어느 날 은채는 평소에 함께 자주 가던 와인 바에서 술을 먹다 말고 한영에게 물었다.

"한스, 넌 권태기 느껴본 적 없어?"

한영은 처지가 처지인지라 그간 은채와 연애 이야기를 나눈 적은 없었다. 각자 오래 만나는 사람이 있다는 것 정도는 알고 있었으나 그 이상은 알지 못했다. 한영이 '여자친구' 같은 보편적인 표현을 사용하지 않는 것을 통해 넌지시 눈치챈 것인지 아니면 본래 사생활의 선을 잘 지키는 성격인지는 몰라도 은채는 한영에게 깊게 캐묻지 않았다. 본인의 사생활에 대해서도 시시콜콜 털어놓는 편은 아니었는데, 그날은 달랐다. 술이 좀 된 것 같아 자리를 정리하려는데, 은채가 폭탄을 던지듯 말했다.

"사실 남자친구가 집에 안 들어온 지 사흘이나 지났어."

"응?"

"걔랑 나랑 같이 살고 있었거든……"

은채는 그 말을 마치자마자 배관이 새는 것처럼 눈물을 줄줄 흘렸다. 한영은 당황해 아무 말도 하지 못한 채 냅킨을 건네주었다. 그렇게 한참을 울던 은채는 이내 정신을 차렸는지 코를 풀더니 정신없이 이야기를 늘어놓기 시작했다.

남자친구와는 대학 때부터 만나왔다. 그는 오 년도 넘게 행정고시에 도전했지만 결국 실패했다. 나이 탓인지 모자란 경력 탓인지 취업 시장에서도 번번이 고배를 마시다 최근 경기도 외곽의 한 공기업에 운좋게 취직했다. 연수원에서 신입 사원 연수를 받고 얼마전에 집으로 돌아왔다. 둘의 대화가 뜸해진 건 그 시점부터라고 했다. 은채는 동기들에 비해 나이가 많은 남자친구가 눈에 띄게 회사에 적응하기 힘들어했으며, 자신 역시 일이 많아 매일 야근을 하느라 남자친구를 신경쓸 겨를이 없었다고 했다. 여기까지 신나게 쏟아내고 나서야 은채는 뭔가 과했다는 생각이 들었는지 다시 특유의 차분한 표정으로 돌아와 황급히 수습을 하기 시작했다.

"내가 너무 말이 많았다. 오늘 한 말은 다 잊어줘."

한영은 은채에게 한 발짝 더 다가서기로 마음먹었다. 그래서 웃으며 은채에게 말했다.

"걱정 마. 나도 동거하고 있어."

비밀의 등가교환.

은채는 조금은 놀란 눈치였다. 한영은 자신 역시 남들보다 훨씬 늦게 취직을 한 것을 알지 않느냐고, 남자친구의 마음을 이해할 수 있다고 덧붙였다. 한편 자신의 애인도 나이가 많아 때로 답답해 죽겠다고 토로했다.

한영이 격하게 공감하자 은채는 자신의 상황을 더욱 상세히 털어놓기 시작했다. 사흘 전 사소한 일로 다툰 뒤 집을 나간 남자친구가 그 이후로 아예 연락이 되지 않는다고. 오래 사귀어오면서 크고 작은 싸움은 잦았으나 이렇게 연락이 안 된 적은 처음이라고 했다.

한영은 조심스럽게 추측했다. 연수원에서 다른 사람을 만났을 수도 있다고. 그런 식으로 관계의 위기를 맞는 커플을 많이 봐왔다고 말했다.

"생각해봐. 멀쩡하게 생겼고, 조건 비슷한 젊은 남녀를 한 건물에 이십사 시간 가둬놓는 거잖아. 애정촌이나 다름없다고."

은채는 말없이 와인 한 잔을 쭉 들이켜고는 천천히 고개를 끄덕였다. 분명히 연수원을 다녀온 이후부터 관계의 양상이 눈에 띄게 달라졌다고 했다. 둘은 한참 여러 경우의 수를 따지며 은채의 가출한 남자친구의 행방과 심리를 분석했다. 은채는 대화를 하는 내내 한영이 애인과 어떻게 만났는지, 어떤 사람인지 구체적으로 캐묻지 않았고, 한영은 그것이 좋았다. 한영은 은채와 자신이 동지애를 넘어서, 상담자와 내담자 간에서나 느낄 법한 일종의 라포르를 형성하고 있는 것 같다는 착각에 빠져들었다.

한영은 그날 대리운전 기사가 운전하는 자신의 차 뒷좌석에 앉아 이 익숙한 기분이 뭘까 하는 생각에 사로잡혔다. 그리고 곧 깨달았다.

단발머리의 여자가 숨죽여 우는 모습. 물이 가득찬 댐처럼 잔뜩 비밀을 끌어안고 있다가 결국 한영에게만 아주 작은 틈을 내어주던 사람.

리나 이모.

*

리나 이모는 한영을 꼭 영이야, 라고 불렀다.

영아, 도 아닌 영이야, 라고. 이름의 끝 글자만 따서 애칭처럼 부르는 엄마의 고향 사투리였는데 다른 외가 사람들이 사투리 억양으로 그렇게 부르는 건 자연스러웠으나, 리나 이모가 서울말로 영이야, 라고 부르는 건 뭔가 특별하게 느껴졌다. 엄마는 고향에서 중학교 때까지 살았으나, 리나 이모는 태어나자마자 바로 서울에 왔으므로 사투리를 쓰지 않았다. 그럼에도 이모는 언제나 영이야, 라고 한영을 불렀다.

리나 이모는 딸만 다섯 명인 딸부잣집의 막내였다. 바로 위 이모와도 아홉 살 터울이었으며, 장녀인 한영의 엄마와는 열다섯 살이나 차이가 났다. 조카인 한영과 열세 살 차이밖에 나지 않았으니, 세대로 따지자면 한영과 더 가깝다고도 볼 수 있었다.

리나 이모의 본명은 귀춘이었다. 한자로 귀할 귀에 봄 춘 자를 써, 봄에 온 귀한 손님이라는 뜻을 담고 있었으나 어디까지나 호적 신고를 위해 부랴부랴 지은 이름에 불과하다는 것을 가족 모두가 알고 있었다. 십수 년간 해바라기처럼 아들을 바라왔던 외조부에게 막내 이모는 불청객이나 다름없었으니까. 어원이 뭐든 간에 '귀춘'은 예나 지금이나 특이하고 촌스러운 이름이었다. 언니들의 이름이 명옥과 명숙, 명신과 명자인 걸 생각해보면 유일하게 돌림자를 쓰지 않는 이름이기도 했다. 그 특이성 때문인지 리나 이모는 언제나 남다른 삶을 살아왔다.

리나 이모는 국민학교 5학년 때 이미 리나, 라는 국적 불명의 이름을 직접 지어 주변에 널리 알렸으나 그 이름으로 불러주는 사람은 아무도 없었다. 상심한 리나 이모는 외가에 맡겨져 있던 어린 한영에게 리나라고 부르라 교육했으며, 때문에 한영은 자신의 이름보다 리나, 라는 이름을 먼저 학습했다.

군 장성이었던 외조부는 리나 이모가 국민학교를 졸업할 무렵 전역을 했다. 그후 경기 남부로 이주해 퇴역연금을 일시금으로 지급받았으며, 인맥을 죄 끌어다 골프장 사업을 시작했고, 가진 재산을 모두 말아먹었다. 관사 근처의 학교에서 귀한 취급을 받으며 자란 언니들과는 달리 리나 이모는 모든 것을 투쟁해서 얻어냈다. 타고나기를 영민하고 공부를 잘했지만 대학 입학조차 단서가 붙었다. 서울대 혹은 A여대에 진학할 때만 등록금을 내줄 것이라고 외조부는 엄포를 놓았다. 그리고 정말로 리나 이모는 A여대에 전액 장학생으로 합격했다. 그 말인즉, 입시 배치표에서 더 상위권인 학교에 진학할 수 있는 성적을 받고도 A여대를 선택했다는 의미였다. 결국 리나 이모는 외조부의 원조를 한 푼도 받지 않고 영문학사 학위를 취득했고, 공영 방송국의 강원 지국에 취직해 아나운서 생활을 시작했다. 수도권에 있는 몇몇 회사에도 합격했으나 미련 없이 강원도로 향한 것은 명백히 가족에게서 벗어나겠다는 의지가 담긴 선택이었다.

지금까지 리나 이모를 리나, 라고 부르는 사람은 전 세계에서 한영이 유일했다.

리나 이모는 한영의 모든 것을 알았다.

해가 바뀌고 탄탄대로를 달리고 있던 디지털마케팅팀에 심상치 않은 바람이 불었다. 15층으로 올라간 게 호재만은 아니었다. 타 부서의 사람들과 임원들이 디지털마케팅팀을 두고 온갖 말로 찧고 빻기 시작했다. 유연 근무제를 빌미로 근태가 엉망진창이라는 등, 출장은 핑계고 법인 카드로 놀러 다닌다는 등 모함과 헛소문이 돌았다. 한영은 모난 돌이 정 맞는다는 옛말이 사실임을 피부로 느낄 수 있었다.

이런 와중에 임원 승진 기간이 되자, 마케팅2부의 진연희 부장이 상무 자리를 두고 마케팅1부의 김무진 부장과 경합을 벌인다는 소문이 돌았다. 둘은 공채 동기이며 수십 년 동안 나란히 승진 가도를 달려왔다. 필연적으로 라이벌이 될 수밖에 없는 구도였다. 마케팅 본부에는 지나가는 새조차 숨죽일 만큼 긴장이 감돌았다.

그러다 곧 문제가 터졌다. 월요일, 주간 회의 직전에 진연희 부장이 은채와 한영을 급하게 호출했다. 둘은 12층의 마케팅2부 사무실로 내려갔다. 백 명도 넘는 사람들의 시선이 일제히 그들에게 향하는 게 느껴졌다. 진연희는 책상 앞으로 다가온 그들을 책망하기 시작했다.

"지금 디지털마케팅팀 근태로 말 나오는 거 알아, 몰라?"

은채가 한 글자 한 글자 신중히 말을 뱉었다.

"아무래도 시국이 시국인지라…… 또 저희 업무의 특성상 편집을 전담하는 직원 말고는 대부분 외근이나 재택근무를 하고 있기 때문에 그렇게 보일 수 있을 것 같습니다."

"시국? 우리 회사 확진자 제로인 거 몰라? 다른 부서 사람들은 뭐 신이 나서 출근해 자리 지키고 있는 줄 알아? 회사가 놀이공원이야? 기분 내키면 오고가는 데냐고. 내가 지금까지 많이 참은 거 니들도 알고 있지? 아무리 외근이 많더라도 팀원이 절반도 넘게 회사를 비우고 있는 게 말이 돼? 너희 팀도 엄연히 마케팅2부 소속인데 그렇게 출퇴근 시간을 싹 무시하고 따로 놀면 다른 사람들 기분이 어떻겠니?"

"죄송합니다. 제가 생각이 짧았습니다. 다만 처음에 이 회사로 이직해 올 때 독립적인 팀 운영을 약속하셔서, 그래도 될 거라 판단했어요. 무엇보다 성과가 중요……"

"아무리 그래도 기본은 지켜야지. 어린 사람을 팀장으로 앉혀 놔서 눈치가 부족한 건가? 유대리, 너는 뭐 하고 있었어? 황팀장이 뭘 모를 때 적절히 조율하라고 네가 거기 앉아 있는 것 아냐?"

"죄송합니다."

우리는 갑작스러운 잡도리에 얼이 빠진 채 담임에게 꾸중을 듣는 학생처럼 고개를 숙이고 아무 말도 하지 못했다. 진연희 부장의 책상 위에는 사내 소식지가 올려져 있었다. 진연희가 표지 모델인 이번 호의 타이틀은 '부드러운 리더십으로 온라인 마케팅을 휘어잡다!—진연희 부장'이었다. 한영은 소식지 속 진연희의 눈을 보고 있었다.

"말이 나와서 말인데 너희 팀 윤나영은 도대체 뭐 하는 애야?"

윤나영, 그러니까 나나가 전무님이 사무실에 시찰을 왔을 때 맨발로 양반다리를 한 채 앉아 고개 하나 까딱하지 않았다는 말이 사내에 쫙 퍼졌다고 했다. 한영은 처음 듣는 말이었지만 나나가 충분히 저지를 법한 일이라는 생각이 들었다.

"전무님이 걔는 누구냐고 묻더라. 그 소리 듣고 내 얼굴이 다 화끈거리더라. 걔 미국인이야? 예절을 잘 모른대? 너희 팀 옷 입고 다니는 꼴은 또 그게 뭐니?"

사내에서는 비즈니스 캐주얼을 입는다는 암묵적인 합의가 있었으나 그 규칙은 디지털마케팅팀에서는 통용되지 않았다. 켄지나 나나는 사무실에서 반바지나 맨발에 슬리퍼 차림으로 돌아다녔다. 한영이 몇 번 은채에게 복장 얘기를 해야 하지 않겠냐고 말했으나 은채는 팀원들에게 업무 외적인 것에 대해 터치하고 싶지 않다고 단호히 말했다. 진연희가 마침표를 찍듯 말했다.

"너희 팀만 튀는 거, 더는 용납 못해."

엘리베이터를 타고 15층의 사무실로 올라가며 한영은 은채의 어깨에 더께가 두껍게 내려앉은 것 같은 느낌을 받았다.

*

　보름이 채 지나지 않아 인사팀에서 윤나영을 징계 처리할 예정이라고 알려왔다. 은채는 촬영을 위해 남양주로 외근을 나가 있던 참이었다. 한영은 복장이 좀 불량하기로서니, 징계까지 갈 일인가 싶었다. 그런데 알고 보니 나나가 입사 직후 제출했어야 할 졸업 증명서를 아직 제출하지 않았다고 했다. 한영은 곧장 나나를 불러다 졸업 증명서를 왜 내지 않았느냐고 물었다.

　"저 제적됐는데요."

　나나는 대학 4학년 1학기를 다니던 중 전 회사에 취직을 했고, 이후 학교에 연락을 취하지 않아 자동으로 제적 처리가 됐다고 했다. 한영은 일단 알겠다고 말한 뒤, 곧장 빈 회의실에 들어가 은채에게 전화를 걸었다.

　"채채, 너 나나가 대학 졸업 못한 거 알고 있었어?"

　은채는 나나를 국립 예술대학의 영상학과 졸업자로 알고 있다고 힘주어 말했다. 입사 후 별다른 얘기가 없다가 갑자기 무슨 일이냐고 묻는 은채에게 한영은 일단 전후 사정을 더 알아보겠다고 한 뒤 전화를 끊었다.

　한영은 곧바로 인사팀의 동기 K에게 전화를 해 별다른 방도가 없냐고 물었다. 그는 사규를 찾아보더니 이제라도 다시 학교를 다녀 학위를 받지 않으면 노사 간 신의 훼손으로 해고를 하는 게 원칙이라고 했다. 이미 비슷한 사유로 해고를 한 전례가 있어서 편의를 봐줄 수 없다고도 덧붙였다. 한영은 전화를 끊고 왼손으로 관자놀이를 눌렀다. 두통이 몰려오는 것 같았다.

다음날 은채와 한영은 머리를 맞대고 방법을 고심했다. 한영은 특장점인 리서치 능력을 살려 나나가 직장생활과 병행할 수 있을 만한 학점은행제와 몇몇 사이버 대학을 찾아놓았다. 은채는 한영이 뽑아놓은 목록을 들고 나나에게 갔다. 인사팀에는 지금 학사이수를 위한 학점은행제를 알아보고 있다고, 올해 안으로 졸업할 수 있다고 말하라고 했다.

"꼭 그렇게 시간 아깝게 해야 하나요? 일만 잘하면 되잖아요."

"그건 그렇죠."

"전 직장 잘 다니고 있었는데, 채채가 저 여기 데려온 거잖아요. 이 회사가 더 안정적이고 일하기 편할 거라고 설득했던 거 기억 안 나요?"

"미안해요, 나나. 그렇지만 회사마다 요구하는 기준이 다르다는 거 알잖아요. 여기는 규모가 크고 오래된 기업이니까 예외를 적용하기가 어려워요. 꼭 따라줘요."

나나는 대구 없이 입을 앙다문 채로 외장 하드를 챙겨들고 밖으로 나갔다. 한영은 어딜 가냐고 소리치고 싶었으나 목구멍에서 말이 막혔다. 사무실 유리문이 닫히기 무섭게 은채의 입에서 떨리는 목소리가 흘러나왔다.

"요즘 애들은 도대체……"

욕보다 더 진득한 무엇이 담긴 말. 은채는 스스로도 놀랐는지 손으로 입을 막았다. 견딜 수 없이 분노에 찬 상황에서도 별것도 아닌 말에 입을 막아버린 은채. 그 모습을 보며 한영은 지금껏 은채가 겪어온 시간과 지금 겪고 있는 압박에 대해서, 사원들에게 고압적인 태도를 보이지 않기 위해 얼마나 많은 노력을 기울이고 있는지 새삼 알게 되었다. 한영은 심호흡을 하고 있는 은채의 뒷모습에서 리나 이모의 잔상을 느꼈다.

*

리나 이모의 결혼 소식을 들었을 때, 고등학생이었던 한영은 소스라치게 놀랐다. 세상 누구보다 결혼과는 거리가 먼 사람이 리나 이모라고 생각해왔기 때문이었다.

"가스나, 아 들어섰다 안 카나."

결혼도 모자라 아이라니. 외조부와 외조모가 차례대로 돌아가신 이후 한영의 엄마가 실질적인 가장의 역할을 맡고 있을 때였다. 리나 이모의 남편이 될 사람은 평생 강원도 촌구석에 살았던 촌놈에(그 말을 하는 한영의 엄마도 지방 출신이었다) 인물도 없고 집도 절도 없는데다 나이까지 많지만 '그래도' 국립대 전공의라고 했다. 한영은 그래도, 라는 단어를 그렇게도 쓸 수 있다는 것

을 그때 처음으로 배웠다. 엄마는 한숨을 쉬며, 명백히 우리 쪽으
로 기우는 결혼이라고 말했다.

"왜, 대학 병원 다니는 의사 정도면 괜찮지."

아빠가 대꾸하자 엄마는 이모가 다른 곳도 아닌 A여대를 나온
여자 아니냐고 역정을 냈다. 게다가 공영 방송국의 정규직 아나운
서라는 것을 강조했다. 배가 부르기 전에 식을 올리려고 부랴부랴
날짜를 잡기는 했지만, 기분이 영 찜찜하다고 했다.

결혼식 날, 이모부가 될 사람의 얼굴을 처음 본 한영은 몹시 실
망했다. 얼굴이 검고 약간은 억울해 보이는 인상에 키도 작았다.
아무리 봐도 이모와의 그림이 그려지지 않았다. 신부 대기실에서
만난 이모는 촌스럽고 두꺼운 화장을 하고 있었다. 오밀조밀하고
산뜻한 이목구비를 가려놓아 답답해 보였다. 도대체 여기서 왜 이
런 꼴을 하고 있느냐는 한영의 질문에, 이모는 어쩌다보니 이렇게
돼버렸다고 말했다.

"저 사람 뭐가 그렇게 좋아?"

"그냥, 무난해서."

"그게 뭐야. 티셔츠 고르는 것도 아니고."

이모는 뭐가 그렇게 웃긴지 깔깔대며 웃었다. 그 웃음이 단순히
행복이나 기쁨만으로 구성된 것이 아님을 십대의 한영조차 느낄 수
있었다. 이모는 한영에게 대단한 비밀을 말하는 것처럼 속삭였다.

"영이야, 누가 한 말이더라, 아무튼 성격이 곧 운명이라는 말이

있다?"

그때까지만 해도 한영은 그 말의 의미를 알지 못했다.

무난한 줄로만 알았던 강원도 촌놈이 평균도 못 되는 개차반이라는 게 밝혀지는 데는 오랜 시간이 걸리지 않았다. 식을 올린 지 얼마 되지 않아 뱃속의 아이가 잘못됐다는 소식을, 한영은 부모님이 나누는 대화로 전해들었다. 이모에게 몇 번이고 전화를 걸고 싶었지만, 무슨 말을 어떻게 해야 할지 몰라 그럴 수 없었다. 불행은 거기서 그치지 않았다. 그 촌놈의 새끼가 이모를 때리기까지 해, 세 달 만에 신혼집에서 도망친 리나 이모가 집에 찾아왔을 때, 문을 열어준 것은 한영이었다. 이모는 엉망이 된 얼굴로 한영을 보고 웃었다.

"그새 많이 컸네."

한영은 무슨 말을 해야 할지 고민하다 이모가 가장 듣고 싶어할 말을 해주었다.

"어서 와, 리나 이모."

이모는 한영을 안아주었다. 체온이 전달될 만큼 강하게. 이모의 짧은 단발머리가 한영의 뺨에 닿았다.

이모의 남편이라는 사람의 병적인 집착은 쉽게 끝나지 않았다. 용서를 빌겠다며 낮과 밤을 가리지 않고 이모에게 전화를 해댔고, 이모가 전화를 피하자 서울 집으로 찾아오기까지 했다. 한영의 부친이 몇 시간이나 어르고 달래 억지로 집으로 돌려보낼 때까지 이모는 한영의 방에서 숨을 죽이고 있었다. 이모의 아랫니가 떨리는 게 보였다. 며칠 지나지 않아 이모의 핸드폰으로 또다시 테러에 가까운 전화가 걸려오기 시작했다. 이모가 한영에게 물었다.

"너 혹시 녹음기 있니?"

한영은 자신의 전자사전에 녹음 기능이 있다는 것을 기억해냈다. 이모는 한영에게 전자사전을 가지고 오라고 말했다. 자신이 전화를 하는 동안 옆에 앉아 통화 내용을 녹음하면 된다고 했다. 이모는 전화를 받고 스피커폰으로 돌렸다. 한영은 녹음 버튼을 눌렀다. 손에 땀이 났다. 남자가 이모를 욕하는 말들이 들려왔다. 애초부터 너는 문란한 여자였고, 자신의 진심을 가지고 놀았으며, 결정적으로 임신 초기에 조심성 없이 밖으로 나돌아 아이를 유산하고 말았다는 얼토당토않은 소리를 했다. 이모는 깊게 한숨을 쉬더니 차분한 목소리로 말을 이어나갔다. 아이가 유산된 것은 나의 잘못이 아니다. 그것을 내 탓으로 돌리는 것은 배우자로서 무책임할 뿐만 아니라 의료인으로서도 부적절하다. 무엇보다 당신이 하고 있는 행동은 엄연한 폭력이다……

흥분한 남자는 이모가 다니는 방송국에 이 모든 사실을 알릴 것이라고 했다. 세상 사람 모두에게 네가 부정한 여자라는 사실을 알릴 것이며, 그 어떤 남자와도 결혼할 수 없게 만들 거라고 울며불며 소리를 질러댔다. 전화를 마친 후 이모는 사십 분짜리 녹취록을 갖게 되었고, 육 개월 만에 무사히, 이혼소송을 끝낼 수 있었다.

이모는 병가를 내놓았던 방송국에서 퇴사하고 다시 서울로 돌아왔다. 그리고 이듬해 모교이기도 한 사립학교에 영어 교사로 부임했다.

한영은 이모가 학년 부장과 염문설이 났다며 분노한 채 집에 들어왔던 날을 기억했다.

"다 찌그러진 밥통같이 생긴 늙은이랑 나랑 엮어 붙이는 게 말이 되니?"

이혼녀라고 만만하게 보는 게 분명하다고 이모는 씩씩댔다. 모교가 직장이 된 것은 그런 의미이기도 했다. 자신의 지난 결혼식에 왔던 몇 명의 하객들과, 그들이 만드는 소문을 일상에 주렁주렁 달고 살게 되었다는 것.

리나 이모는 그렇게 삼 년 동안 한영과 함께 살았다.

한영이 같은 남성에게 성적인 욕망을 느낀다는 것을 세상에서 가장 처음 눈치챈 것도 리나 이모였다. 고등학생이었던 한영은 확신할 수 없는 자신의 성적 지향과 욕망을 가지고 여러 가지 실험을 해보던 중이었다.

그날은 같은 아파트 단지에 살고 있던 한 살 많은 같은 학교 형과 함께 '실험'을 하기로 합의했다. 실험 장소로 놀이터나 공원 벤치, 가로등 아래와 같은 선택지를 고려하지 않은 것은 아니었으나, 세간의 시선이 걱정되었던 둘은 결국 '등잔 밑이 어둡다'는 속

담에 착안해 아파트 한중간의 사각지대인, 10층과 11층 사이의 계단에 앉았다. 허용된 스킨십은 키스가 전부였던 시절, 둘은 입술이 부르트도록 입을 맞추었다. 그러던 어느 순간 인기척이 느껴졌고, 한영은 화들짝 놀라 상대방의 몸을 밀쳤다. 이내 검은 형체가 한영의 시야에 들어왔다. 땀복에 후드를 뒤집어쓴 리나 이모였다. 리나 이모의 눈이 조금 커진 채 한영과 선배를 훑었다. 한영은 뭔가 변명할 말을 찾으려 했지만 두 개쯤 풀어헤쳐진 교복 단추와, 발갛게 부르튼 입술을, 이 상황을 어떻게 설명해야 할지 알 수 없었다. 리나 이모는 마치 아무것도 보지 못했다는 듯 팔을 앞뒤로 크게 휘저으며, 쉭쉭 숨소리까지 내며 그대로 계단을 올라갔다.

한영은 세상이 내려앉는 것 같은 공포에 사로잡혔다. 이모가 물어보면 어떻게 대답해야 하지? 부모님도 알게 될 거라는 생각이 내내 뒤를 따라다녔다. 그러나 하루가 지나고 이틀이 지나도 아무런 일도 일어나지 않았다. 결국 참지 못한 한영이 리나 이모에게 먼저 말을 꺼냈다.

"이모, 나한테 뭐 할 말 없어?"

이모는 잠시 놀란 눈을 하더니 아무 대답도 하지 않았다. 다만 특유의 화사한 미소를 지으며 한영의 머리를 쓰다듬었다. 비로소 숨이 쉬어지기 시작했다. 한영은 그제야 자신이 며칠 동안 숨도 못 쉴 만큼 지독한 압박감에 시달려왔음을 깨달았다.

그렇게 리나 이모는 모든 것을 보고 알고 느끼면서도 아무 말도 하지 않는 사람이었다. 그 누구에게도, 심지어는 한영에게조차. 한영은 리나 이모의 침묵이 어쩌면 한없는 이해와 관용에 가까운 것일지도 모른다고 느꼈다.

이모와 사는 동안 한영은 영어 실력이 비약적으로 늘었다. 이모는 밤마다 케이블 텔레비전을 틀어놓고 맥주를 마셨다. 한영은 케이블에서 흘러나오는 〈프렌즈〉며 〈섹스 앤 더 시티〉 같은 미국 드라마를 이모와 봤다. 후에 한영이 호주로 워킹 홀리데이를 떠나게 된 것도 리나 이모의 영향이 컸다. 때때로 술에 취할 때면 이모는 혼잣말처럼 중얼대고는 했다.

"이 거지같은 학교. 내가 연금 조건만 채우면 당장 때려치운다."

외조부 덕분에 퇴직연금에 한이 맺힌 리나 이모다운 한탄이었다. 그후 이모는 학교 앞 아파트로 이사까지 해, 십오 년 동안 비가 와도 눈이 와도 그 어떤 수모를 당해도 하루도 빠지지 않고 출근했다.

나나 때문에 침울해진 은채를 달래기 위해 술자리를 가진 뒤 집에 돌아오는 길, 한영은 리나 이모에게 전화를 걸어보았다. 하지만 이모는 받지 않았다. 리나 이모와 통화를 한 게 언제인지 기억이 나질 않았다. 괜히 이상한 기분이 들어 이모에게 문자를 남겼다.

─이모, 잘 지내고 있어? 문자 보면 연락 줘.

*

    임원 승진 결과 발표에 회사 전체가 술렁였다. 상무로 승진한 건 마케팅1부의 김무진 부장이었다. 정성적으로도 정량적으로도 압도적인 실적을 기록했던 마케팅2부의 진연희가 패배한 것에 사람들은 여러 추측을 내놓았다. 중론은 김무진이 남성이고 가장이며 심지어 기러기 아빠이기까지 해 (동정표가 포함된 후한 인사평가로) 승진했다는 것이었다. 아무리 대기업 중에서 그나마 진보적인 기업 문화를 자랑한다고 한들 공익 재단이 아닌 핵심 부서에 여성 임원이 선임된 적은 없었다. 누군가는 진연희가 야심차게 꾸려나간 디지털마케팅팀이 윗선에 찍혔기 때문 아니냐고 추측했다. 한영은 여기까지 힘들게 달려온 팀의 명운이 위태로워질까봐 노심초사한 마음이었다.

*

    일주일이 넘도록 리나 이모에게서 답신이 오지 않았다. 출근길, 또 전화를 걸었는데 핸드폰이 꺼져 있다는 안내음이 흘러나왔다. 한영은 뭔가 잘못된 게 분명하다는 생각이 들었다. 거기에 정신이 팔려 주차를 하다 앞차를 박아버렸다. 앞차인 검은색 벤츠와 한영의 BMW 앞 범퍼에 밭고랑처럼 깊은 자국이 남았다. 가벼운

도색 정도로 해결될 것 같지 않았다. 앞차 앞유리창에 놓인 번호로 전화를 걸었다. 상황을 들은 상대의 목소리에서 짜증이 생생히 묻어났다. 수리비를 청구하겠다고 했다. 보험비가 오르겠구나 생각하자 한영은 속이 쓰렸다. 어쨌든 명백히 자신의 과실이었다.

그날 오후, 한영은 인사팀이 보낸 메일을 보게 되었다. 윤나영의 징계 처분이 일주일 후에 결정된다는 내용이었다. 수신인은 윤나영과 황은채, 참조란에는 한영과 진연희도 포함되어 있었다. 이제는 더이상 빼도 박도 할 수 없었다. 메일이 온 지 십 분도 지나지 않아 진연희 부장이 15층에 올라왔다. 특유의 당당한 걸음걸이로 디지털마케팅팀 사무실에 들어온 진연희는 은채를 데리고 복도로 나갔다. 둘의 대화가 고스란히 사무실에 흘러들어왔다.

"황팀장, 그래서 어쩔 거야?"

"부장님, 죄송합니다. 윤나영씨와 소통의 문제가 있었던 것 같아요. 다 제 잘못입니다."

"소통은 무슨. 이게 이렇게 오래 묵힐 일이야? 내가 부장 달고 고졸을 정규직으로 채용한 적은 없어. 당장 내보내."

"그건 안 됩니다. 윤나영씨는 저희 팀 핵심 멤버입니다. 애초에 제가 여기로 데려오기도 했고요."

진연희는 팔짱을 끼며 깊이 한숨을 내쉬었다. 그리고 이전보다 한 톤 낮은 목소리로 말했다.

"황은채, 너 내가 하는 말 똑똑히 들어. 너 지금 실수하는 거야.

윤나영이 편집 잘하고 센스 있고, B급 감성 잘 치는 거 다 알지. 근데 저 정도 되는 애들은 널렸어. 걔가 너 좋아서 여기 붙어 있는 것 같아?"

"부장님, 오래 쌓아온 팀워크를 깨고 싶지 않습니다."

"윤나영이 너희 팀에 얼마나 남아 있을 것 같아? 길어야 육 개월이고, 내키면 다음주부터도 안 나올 애야. 근태도 엉망이고 대학 졸업도 못한 애를 가지고 이럴 일이야? 아랫사람이라고 무조건 싸고도는 게 능사가 아냐. 밀어버릴 땐 밀어버릴 줄도 알아야지. 지금 네 주위를 둘러봐. 번호표 뽑고 너 망하길 기다리는 사람들뿐이야. 그 사람들한테 책잡히고 싶어서 안달난 거니? 고작 여기서 멈추려고 그 고생을 하며 바득바득 온 거야? 내가 아는 황은채는 그런 사람이 아닌데? 내가 자기를 잘못 봤나?"

은채는 아무 말 없이 고개를 숙이고 있었다.

"똑바로 판단할 거라 믿는다."

진연희는 더 들을 필요 없다는 듯 곧장 엘리베이터를 타고 아래층으로 내려갔다.

자리에 돌아온 은채는 이마며 목에 땀이 맺혀 있었다. 괜찮냐고 묻는 한영의 말에 은채는 애써 입꼬리를 올리며 답했다.

"그래도, 나나가 외근 나가 있어서 다행이다."

*

다음날도 리나 이모에게서 연락이 오지 않았다. 한영은 몇 번이고 전화를 걸었으나 전화기가 꺼져 있다는 안내음만 흘러나왔다.

한영은 기다리던 리나 이모가 아니라 뜻밖의 다른 연락을 받게 되었다. 진연희의 문자였다. 따로 할 얘기가 있다고, 저녁에 퇴근한 뒤 잠깐 회사 앞 카페에서 만나자는 내용이었다. 한영은 괜히 허리춤이 서늘해지는 느낌이었다.

구내식당에서 간단히 저녁을 해결하고 약속 장소인 카페에 나갔을 때 진연희는 트레이닝복 차림이었다. 임원 승진에 목을 맨 진연희가 회사에서 도보로 오 분 거리인 아파트 단지에 이사를 왔다는 것과 수험생인 첫째 아이의 저녁을 차려주고 다시 출근을 한다는 것은 잘 알려진 사실이었다. 진연희의 야근은 뭔가 집요한 구석이 있었다. 진연희는 한영이 음료를 내려놓기 무섭게, 요즘 활약상을 잘 보고 있다며 운을 떼었다.

"자기가 브이로그에서 좋다고 한 향수, 가격이 좀 세더라? 회사가 월급을 너무 많이 주나봐."

한영은 표정 관리를 하기 위해 입꼬리에 힘을 줬다. 진연희는 그런 한영을 빤히 바라보다 본론으로 들어갔다. 상반기 정량 평가 항목에서 황은채와 유한영 모두 S급의 점수가 나왔으나, 정성 평가에서 황은채의 독단적인 업무 처리가 두드러졌다고 했다. 특히나 공채를 통해 새로 배정된 신입들에게 제대로 롤을 주지 않으며, 기존 사원들의 본딩이 강해 신입들이 뚫고 들어가기 어렵다는 의견이 있었다고 했다. 진연희는 한영의 눈을 보며 물었다.

"이 결과에 대해서 어떻게 생각해?"

"글쎄요. 사원들 생각은 제가 뭐라 할 수가……"

"솔직히 유대리는, 황팀장 어때?"

한영은 고심하다 답했다.

"중간 실무자인 제 입장에서는…… 탁월한 팀장입니다."

한영은 조심스럽게 말을 이었다. 실무 경력이 긴 만큼 콘텐츠 기획력이 월등해 신입의 입장에서는 롤이 적다고 느낄 수 있다, 황팀장이 팀원들을 배려하는 차원에서 일을 도맡아 하는 경우가 많아 이런 결과가 나온 것 같다고……

진연희는 한영을 꿰뚫는 듯한 표정으로 빤히 보았다. 그리고 물었다.

"유대리, 어머니께서 유대리 가지셨을 때 태몽이 뭐였대?"

"태몽이요? 복숭아요. 무지개 끝을 따라갔더니 복숭아가 주렁주렁 달려 있었다고."

"이상하다. 완전 딸 꿈인데? 하긴 나도 첫째 임신했을 때 용꿈 꿨잖아. 다들 아들 꿈이랬는데 딸이었어. 그렇게 낳아놓은 첫째가 지금 대학인지 뭔지 가겠답시고, 부모 머리 꼭대기에 올라서 밥 내놔라 감 내놔라 난리를 치고 있는 걸 보면, 웃긴다 싶어."

"자제분 공부 잘하신다는 소문은 익히 들었습니다."

"곧 죽어도 의대에 가겠다고 해서 내가 이 고생을 하고 살잖아. 하긴 일반 학과 나와서 회사 들어가봤자 어차피 파리 목숨이고, 믿을 사람도 없고, 이건 뭐 사람 사는 꼴이 아냐."

누구보다도 회사생활을, 경쟁을, 싸워서 이기는 것을 즐기는 사람처럼 보이는 진연희 부장에게는 어울리지 않는 소리였다. 그래서 의아한 기분이 들었다.

"유대리도 출세 욕심이 아주 없지는 않지?"

"네?"

"굳이 얼굴 팔려가면서 회사 유튜브 출연하는 거 봐도 그렇고. 또래 친구들이 줄줄이 팀장 달고 있는데 욕심나는 게 당연하잖아. 그렇지?"

"아, 저는 늦게 시작하기도 했고 지금 맡고 있는 롤도 과분합니다."

"황팀장 생각은 좀 다른 것 같던데……"

"네? 그게 무슨 말씀이신지."

"언제까지 남 들러리만 설 거야? 기회 봐서 얼른 뛰어올라야지. 인생, 어차피 각자도생인 거 알지?"

집에 돌아가면서도 한영은 자꾸만 찝찝한 기분이 들었다. 은채가 진연희에게 자신도 모르게 무슨 언질을 주었던 것일까? 평소에 회사에 어려운 일이 생기면 은채에게 연락을 하고는 했었는데, 이럴 때는 딱히 털어놓을 곳이 없었다. 엑스 오피스 허즈번드(?)인 찬호에게 연락을 해볼까 생각했지만, 보나마나 찬호가 은채를 욕할 것 같아 그만뒀다. 은채를 흉보고 싶은 마음은 없었으니까. 여러모로 진연희의 계략에 휘말린 것만 같아서 한영은 기분이 찜찜했고, 자꾸만 멀쩡한 뒤통수를 쓰다듬게 됐다.

집에 도착할 때쯤, 문득 한영은 엄마에게 전화를 걸었다. 리나 이모가 연락이 안 된다고, 무슨 일이 생긴 거 아니냐고, 엄마는 알고 있지 않느냐고 추궁했다. 엄마는 리나 이모는 잘 지내고 있으니 걱정하지 말라고 단호하게 답했다. 엄마의 어조에서 심상치 않은 낌새를 알아챈 한영이 거듭 추궁하자 결국 엄마는 한숨을 쉬며 실토했다. 리나 이모가 병원에 입원해 있다고, 지금 연락을 하기 힘든 상태라고 했다.

"전염병…… 때문이야?"

"아니. 암이다. 유방암."

작년에 정기적으로 실시하는 국가 건강검진에서 암을 발견한 리나 이모는 곧장 수술대에 올랐다. 한영의 조부모가 모두 암으로 세상을 떠났으며, 한영의 엄마도 십여 년 전에 초기 단계의 자궁경부암을 치료한 전력이 있었으니 새삼스러운 일도 아니었다. 첫 수술은 성공적이었다. 이모는 방학이 끝나기 무섭게 학교로 복귀해 일을 계속했으나 한번 무너진 컨디션은 다시 회복되지 않았다. 정밀 검사 결과, 완치되었다고 믿었던 암이 림프절로 전이된 상태라고 했다. 수차례에 걸친 항암 치료로도 차도가 없어, 지난주에 열네 시간에 걸친 대수술을 감행했고 아직 의식이 없는 상태라고 했다.

한영은 아랫입술이 떨리는 것을 느꼈다. 자꾸만 리나 이모의 잔상이 떠오르더라니. 유달리 보고 싶더라니.

"왜…… 도대체 왜 말 안 했어."

"귀춘이 가가 니한테는 비밀로 하라 카는데 내가 뭐 우짜는데. 니 속상해한다꼬 때려죽여도 절대 말하지 말라 카드라……"

한영의 엄마는 더 말을 잇지 못하고 울기 시작했다. 자신이 업어 키운 것이나 다름없는, 심지어는 성인이 되고 나서까지도 함께 살았던 막냇동생이 생사의 위기에 처했다는 사실을 감당하기 힘들어 보였다. 당장 병원으로 가겠다는 한영의 말에 엄마는 전염병 때문에 중환자실의 면회가 엄격하게 제한되어 있다며, 엄마도 수술을 마친 이모의 얼굴을 제대로 보지 못했다고 했다.

"기다리자. 기다리면 귀춘이 얼굴도 볼 수 있고, 곧 괜찮아질 기다."

한영을 타이르는 엄마의 목소리에는 확신이 없었다.

전화를 끊고 나서도 한영은 도무지 실감이 나지 않았다.

다시는 리나 이모를 보지 못할 수도 있다니. 그런 삶은 한 번도 상상해본 적 없었다.

*

윤나영과 황은채가 결국 인사팀에 불려갔다. 한영은 도통 일이 손에 잡히지 않았다. 사무실에 홀로 돌아온 은채의 표정이 심상치 않았다.

육 개월 정직 후 재평가 예정.

말이 좋아 정직이지 그냥 해고 통보나 다름없었다. 나나의 성격상 육 개월 동안 월급 한 푼 받지 않고 순순히 대학을 다니다 돌아올 리가 없었다. 경쟁사들이 너도나도 온라인 플랫폼 사업에 뛰어드는 통에 영상 실무자에 대한 수요는 언제나 있었다. 나나는 아무런 미련도 없이 이곳을 떠날 게 분명했다. 라이언이 한숨을 쉬며 말했다.

"나나, 이미 이직 준비하고 있는 것 같더라고요. 우리 업무 분담은 어떻게 해요? 당장 이번달에만 마감해야 하는 프로젝트가 두 개인데……"

한영은 뭐 벌써부터 그런 걱정을 하느냐고, 한 번에 하나씩만 생각하자고 말한 뒤, 일단 모두에게 점심을 먹고 오라고 했다. 직원들은 평소와 달리 사무실 밖으로 나가지 않고, 저마다 모여 이야기를 나누기 시작했다. 경력직을 새로 뽑아야 하는 것 아니냐, 당장 편집은 누가 하느냐 등등, 다음 스텝에 대한 이야기들이었다.

한영은 엘리베이터를 타고 11층으로 향했다. 사내 도서관 옆의

휴게실은 수십 개의 빈백 쿠션이 깔려 있어 일종의 수면방처럼 이용되곤 했다. 한영이 침묵이 필요할 때 도망치는 공간이기도 했다. 한영은 벽을 마주하고 빈백 쿠션 위에 누웠다. 머리가 깨질 것처럼 아파서 새우잠이라도 청해볼 생각이었다. 그때 비척비척 벽을 향해 다가오는 그림자가 느껴졌다. 은채가 빈백 쿠션을 끌고 와 한영 옆에 나란히 누웠다. 한영은 은채를 보며 말했다.

"힘들어?"

창백한 얼굴에 눈 밑이 검게 가라앉은 은채는 가만히 천장만 보다 말했다.

"요즘 들어 내 인생에 최악의 상황만 죄다 골라서 일어나는 것 같아."

한영은 은채에게 같이 점심을 먹으러 가자고 말했다. 은채는 눈을 지그시 감은 채 고개를 저었다.

"그래, 네가 지금 밥 먹고 싶은 기분이겠냐. 나나는 어디 갔어?"

나나는 회사 밖으로 나가버렸다고, 차마 잡을 수조차 없었다고 은채는 한숨을 쉬며 말했다. 한영은 달리 해줄 말이 없어서 편집 업무는 당분간 자신도 돕겠다고 답했다. 은채는 눈을 지그시 감았다. 그리고 혼잣말처럼 중얼댔다.

"나나, 아마 금방 다른 데로 가겠지? 졸업장 같은 건 필요 없는 곳으로."

"그러겠지."

"있잖아 한스, 나 임신했대."

"뭐?"

한영은 뜻밖의 말에 몹시 놀랐다. 은채가 남자친구와 몇 번이고 헤어졌다 다시 만나기를 반복하며, 위태로운 관계를 이어나가는 중이라고 들었기 때문이었다. 한영은 어떤 반응을 해야 할지 몰라 눈을 동그랗게 뜬 채로 은채의 얼굴을 바라보았다.

은채는 눈을 감은 채 말을 이었다. 물만 마셔도 헛구역질이 나서 이틀 동안 복숭아 두어 개를 깎아 먹은 게 전부라고 했다. 보름 동안 몸무게가 사 킬로그램이 넘게 빠졌다고 덧붙였다. 스트레스성 위경련이라고만 생각했는데 입덧일 줄이야. 지난 연애 기간을 통틀어 가장 절실하게 헤어지고 싶은 요즘 같은 때에, 하필이면 회사 일도 가장 바쁜 지금 시기에 왜 이런 일이 벌어졌는지 모르겠다고 말하는 은채의 목소리는 잔뜩 갈라져 있었다. 한영은 요전에 진연희 부장이 자신에게 태몽 운운한 것이 떠올라 갑자기 마음에 파문이 일었다. 뭔가를 알고 한 소리일까, 아니면 단순한 우연일까? 도대체 무슨 일이 벌어지고 있는 걸까. 한영은 은채에게 조심스레 물었다.

"채채, 혹시 너 임신한 거 아는 사람 있어?"

"아니, 너 말고는 아무도 없어. 남친한테도 말 못했는데 누구한테 말하냐."

무슨 대답이라도 해야 하는데, 아무 말도 할 수가 없었다. 한영은 위로의 말을 고르다가 그만뒀다. 어떤 말로도 위로가 될 것 같지 않았다. 둘 사이에 정적이 이어졌다. 숨막히는 침묵을 먼저 깬 것은 은채였다.

"원래 진연희 부장이랑 김무진 상무랑 신입 때부터 엄청 절친이었던 거, 너 알아?"

"에이, 말도 안 돼. 지금은 서로 쳐다보지도 않잖아."

"진짜래. 진연희가 말해주더라. 부장 달기 전까지도 쭉 같은 팀이었고, 동기 중에서도 제일 친했대. 둘이 이러다 정분나는 거 아니냐고 사람들이 수군댈 정도로."

"상상조차 안 되네. 승진 때문에 경쟁하다가 이 지경이 된 건가."

"여러 이유가 있겠지. 살다보니, 여기서 살아남다보니, 어느새 그렇게 됐다더라. 사회생활이 뭔지, 참 알 수 없는 건가봐."

"그러게. 정말 알 수 없는 일이네."

은채가 이마를 짚으며 혼잣말처럼 중얼댔다.

"그냥 열심히 살았는데 어쩌다가 이렇게 돼버렸지. 나쁜 일은 하기 싫은데. 어떤 선택을 해도 더 나빠질 일만 남았네."

말투만 무심했지 내용은 무시무시했다. 한영의 눈에 은채는 몸과 마음이, 삶이 너무 무거워 당장이라도 쿠션에 파묻혀 아래로, 아래로 꺼져버릴 것만 같았다.

*

밤새 잠을 설친 한영은 평소보다 늦게 출근했다. 한영이 사내 메신저에 로그인하자마자 찬호가 메시지를 보내왔다.

—한영아, 너 팀장 승진한다며. 축하해.

—무슨 소리야? 내가 뭔 팀장이야.

—어라? 아니야?

찬호는 진연희 부장의 과도한 디렉션과 인사 갈등을 견디지 못한 황은채가 김무진 상무를 찾아가 디지털마케팅팀의 완벽한 독립을 요구했다는 소식을 전해주었다. 가을부터 디지털마케팅팀이 마케팅2부에서 떨어져나와 독립 부서가 될 것이며, 진연희가 그 꼴을 보지 못하고 유한영을 중심으로 새 팀을 꾸린다는 소식이 이미 사내에 파다하게 퍼졌다고 했다.

—무슨, 헛소문이야. 진부장이 황은채 데려온 거 너도 알잖아. 황은채도 진부장 은근히 잘 따라. 그리고 그렇게 중요한 소식을 나만 모르는 게 말이 되냐.

—그것 때문에 황은채랑 너랑 사이 완전 틀어졌다고 하던데?

—아냐, 우리 잘 지내. 어제도 둘이서 한참 얘기했어.

—그래? 이상하다……

대화를 마치고 난 후 한영은 고개를 돌려 은채의 자리를 바라보았다. 은채는 여느 때처럼 평온한 표정으로 모니터를 바라보고 있었다. 그러고 보니 팀원들의 분위기가 조금 냉랭한 것 같기도 했다. 한영은 팀원들의 표정을 하나씩 살피다 마른세수를 했다.

*

늦여름이 될 때까지 전염병의 상황은 나아지지 않았다. 한영은 외부 촬영을 마치고 회사로 복귀했다. 1층에서 출결 단말기에 사원증을 찍고 엘리베이터를 기다리는데 한 무리의 사람들이 우르르 내리는 게 보였다. 얼굴이 파리한 은채도 그중에 섞여 있었다. 한영에게 은채가 외쳤다.

"한스, 얼른 밖으로 나가자. 우리 층에 밀접 접촉자 나와서 얼른 퇴근하래."

전략기획팀 박대리의 와이프가 확진 판정을 받았고 박대리 역시 검사 결과를 기다리고 있다고 했다. 공교롭게도 지난주, 유관 업무 때문에 디지털마케팅팀과 함께 회의를 진행한 사람이었다. 재택근무를 하고 있던 팀원들에게도 일제히 자가격리를 시작하라는 명령이 떨어졌다. 대중교통을 이용할 수 없는지라 한영이 차가 없는 은채를 집까지 태워다주기로 했다. 은채는 찌그러진 한영의 차 앞 범퍼를 보고 애석한 표정을 지었다.

"어쩌다 이렇게 됐어. 네 육신보다 더 아끼는 차 아니었어?"

한영은 그냥 어쩌다보니 이렇게 됐다고 답했다. 은채는 조수석에 앉기 무섭게 전략기획팀의 박대리에 대해 이야기하기 시작했다. '이 시국에' 온 가족이 잠실의 놀이공원에 놀러갔다가 확진되었다는 소문이 돌았으나, 알고 보니 그의 집이 놀이공원 인근의 아파트라는 것이 확인돼 누명을 벗었다고 했다.

"진짜, 그야말로 광기의 도가니 아니야?"

한영은 별다른 대답을 하지 않고 운전대를 잡았다. 둘 사이에 잠시 침묵이 감돌았다. 은채가 평소와는 달리 조심스러운 말투로 한영에게 말했다.

"한스, 사실 나 며칠 전에 진연희랑 둘이 영화 보고 밥도 먹었다?"

한영은 갑자기 체온이 내려가는 것을 느꼈다. 며칠 전이라면, 언제일까. 자신이 진연희와 카페에서 만나기 전일까, 후일까. 그때 진연희가 말했던 "황팀장 생각"이라는 게 정확히 무슨 의미일까. 게다가 단순히 식사도 아니고 영화까지? 은채는 왜 지금껏 얘기하지 않았을까. 하긴, 그러는 한영 자신도 은채에게 진연희와 만난 일을 언급하지 않은 것은 마찬가지였다. 자꾸만 구겨지는 마음을 티내지 않기 위해 노력하며 한영은 최대한 가볍게 물었다.

"둘이서 밤에 영화라니, 웃긴다. 도대체 무슨 영화를 본 거야?"

"독일 영화였어. 동독 비밀경찰이 연극하는 사람들 도청하다 파국으로 끝나는 그런 얘기. 나는 졸렸는데 진연희는 엄청 열심히 보더라. 심지어 마지막엔 울기까지 하더라니까."

"말도 안 돼. 그 진연희가 울었다고? 독문과 나와서 그런가?"

"몰라. 직접 아트 하우스 예약까지 했더라니까. 그리고 나서 밥도 사주더라. 밥 먹으면서 별 얘기를 다 해주더라고."

"무슨 얘기?"

"본인이 처음 회사 들어왔을 때, 신입 시절 얘기."

진연희는 우리 회사가 'E통신 상사'였던 시절 입사했다. 창사 이래 처음으로 '대졸 공채' 시스템을 도입해 삼백 명이 넘는 신입 사원이 뽑혔다고 했다. 그중에서 여성은 단 여덟 명에 불과했다. 첫 출근 날, 진연희를 포함한 여덟 명의 여성 신입 사원들에게만 푸른색 리본이 달린 블라우스와 조끼, 스커트가 유니폼으로 주어졌다. 진연희는 인사팀에 항의했다.

"왜 여자들만 유니폼을 입어야 하죠?"

담당자는 당혹스러운 표정으로 답했다.

"은행이나 항공사에서도 여성 직원이 유니폼을 입지 않습니까."

"그건 손님 응대를 하는 업무라 그런 거 아닌가요. 저희는 남자들과 똑같이 시험을 쳐서 들어온 사무직 사원인데요."

"사실 우리 회사에 경리직을 제외하고는 사무직에 여성 사원을 선발한 전례가 없어서…… 남자들이야 양복 한 벌이면 끝이지만, 여자들은 복장이 자유분방하니까 회사 기강을 해칠 수도 있지 않습니까. 신입 사원들 입장에서 의복비도 신경쓰일 테고…… 어디까지나 여러분들을 위해서…… 여러분들이 편하게 근무할 수 있도록 배려한 겁니다."

"그런 배려는 해주지 않으셔도 됩니다. 저희도 남성 사원들이랑 똑같이 입고 똑같이 일하겠습니다."

여덟 명의 여성 신입 사원들이 모두 마음을 합쳤고, 그때 그들의 편에 서서 여성 사원들의 복장 자율화를 도왔던 것이 김무진 상무라고 했다. 이후 진연희는 당시 최고가였던 S모직 원단으로 정장을 맞춰 입고 다녔다. 기준이 없다면 그것을 만들어가겠다는 마음으로. 자신이 곧 기준이 되겠다는 일념으로. 그렇게 거침없이 지금까지 달려온 것이었다.

한영은 그녀의 입지전적인 이야기에 입이 떡 벌어졌다.

"영화보다 더 영화 같네."

"그치? 나는 무슨 근현대사 책에 나오는 에피소드인 줄 알았어. 능구렁이 김무진 상무가 그런 사람이었다는 것도 좀 신기하고. 진 부장이 여기까지 오느라 고생 많았겠다 싶더라."

"그것 말고는 별 얘기 없었어? 우리 팀 얘기 같은 거."

"그냥…… 일상적인 것들? 회사생활 전반적인 거. 후배들이랑 일하는 건 어떻냐. 말은 잘 듣냐. 너랑 나랑 둘 사이는 어떻냐…… 그런 거. 근데 생각해보니 사생활까지 꼬치꼬치 캐묻긴 했다."

"무슨 사생활?"

"만나는 사람은 있냐는 둥, 가족들이랑 같이 살고 있냐는 둥, 호구조사를 하지를 않나, 자기가 겪어보니 요즘은 건사할 가족 없고 애 없는 사람들이 일을 더 잘한다 하지를 않나. 우리 때는 무조건 자식 있는 사람들만 승진을 시켰다느니, 우리같이 여대 나온 사람들은 남들보다 뭐든지 두 배로 해야 한다느니, 목소리도 두 배 커야 하고 몸집도 두 배 부풀려야 한다. 그래야 살아남는다, 뭐 이런 잔소리. 처음 나 들어올 때부터 귀가 따갑도록 했던 소리지……"

은채는 거기까지 말하고 입을 다물었다. 과연 그게 전부였을까. 은채가 자신에게 이 말을 털어놓기까지 걸린 며칠의 시차가, 그간 둘 사이에 흘렀던 묘한 거리감이 한영의 마음을 점점 더 복잡하게 만들었다. 다만 우리 여대 나온 사람들, 이라는 표현에서 은채와 진연희 사이에 자리한 모종의 동지의식을 감지할 수 있었다. 은채는 자신이 취업할 때 서류 전형에서 많이 떨어지기는 했지만, 사실 딱히 여대 출신이기 때문에 그런 것인지는 모르겠다는 말도 덧붙였다. 왜냐하면 일반대 나온 여자애들도 상황은 마찬가지였으니까. 한영 역시 비슷한 생각이었다. 블라인드 면접이 도입된 이후로 확실히 사내 분위기가 바뀐 것을 느꼈다. 한영은 팀원들이 무슨 대학을 나왔고 무엇을 전공했는지 잘 알지 못했다.

"진연희 때랑 우리 때랑은 또 다르잖아."

"그때는 여자가 결혼하면 당연히 회사 그만둬야 하는 분위기였다던데, 여대 나온 것도 곱게 보지는 않았겠지. 지금도 임원 중에 여자는 한 명도 없잖아. 부장급도 진연희가 유일하고."

한영은 은채의 말을 계속 곱씹었다. 여대를 졸업해 아이를 낳고 지금까지 회사에서 살아남아 임원 승진의 문턱에서 좌절하고 만 진연희의 삶에 대해서. 김무진과 진연희의 차이에 대해서. 또 은채와 자신을 둘러싼 소문에 대해서도. 한영은 한참 동안 이런저런 생각을 하다 은채에게 물었다.

"속은 좀…… 괜찮아?"

"비슷하지 뭐. 약 먹으면 좀 덜 죽을 것 같다가 다시 심해지고. 왔다갔다해."

"남자친구는 요즘 어때?"

"안 좋아."

신호등이 빨간불로 바뀌었고, 한영은 차를 멈춰 세웠다. 고개를 돌려 은채를 바라보았다. 옆에서 본 은채의 모습은 낯설었다. 차분하지만 날카로운 눈빛, 고집스럽게 다문 입은 리나 이모가 아니라 진연희를 닮은 것 같기도 했다. 은채가 한영에게 뭘 그렇게 열심히 보느냐고 물었다. 한영이 그냥, 이라고 답하자 은채는 여느 때처럼 빙긋 웃었다. 한영이 잘 알고 있는 그 표정으로.

문득 진연희와 리나 이모가 그리 멀지 않은 시기에 대학을 다녔을지도 모르겠다는 생각이 들었다. 그들이 겪었던 삶은 어땠을까. 그들은 어떻게 같고, 또 어떻게 다른 걸까. 그리고 동시에 한영은 십여 년 뒤에 은채가 어떻게 되어 있을지 상상해보았다. 진연희의 모습일까, 아니면 리나 이모의 모습일까. 둘 중 어느 쪽도 완벽히 들어맞는 것 같지는 않았다.

*

그날 저녁 일찍 집에 돌아온 한영은 샤워를 한 뒤 철우의 옷가지를 거실에 내놓았다. 철우에게는 자가격리를 하게 됐으니 안방에 들어오지 말라고 문자를 보내놓았다. 잠옷을 입은 채 텔레비전을 보는데 인사팀의 동기 K에게서 전화가 걸려왔다. K는 전략기획팀의 박대리가 결국 확진 판정을 받았다고 했다. 인사팀에서 디지털 마케팅팀 전원이 광화문에 있는 B병원에서 검사를 받으라는 결정이 내려졌다고 했다. 회사의 공익 재단에서 운영하는 병원이었다. 시국이 이런데 지척의 보건소가 아니라 굳이 광화문 한복판까지 가서 검사를 받으라니. 대기업 특유의 '우리 계열사' 자랑인지 아니면 고도의 감시인지 아무튼 좀 너무한 것 같았다. 한영은 K에게 B병원은 너무 멀다고, 동네 보건소에서 검사를 받으면 안 되냐고 물었다. K는 안 그래도 그것 때문에 내부에서도 말이 있었지만 지침을 따라야만 한다고 단호하게 답했다. 꽤 시달린 듯 피로한 그의 목소리에 더는 아무 말도 할 수 없었다. 전화를 끊자 곧바로 문자가 왔다.

—디지털마케팅팀 밀접 접촉자들은 내일(8/15) 오후 한시부터 여섯시 사이에 B병원의 선별 진료소에서 PCR 검사를 실시하시기 바랍니다. 대중교통 이용 금지. 자가용이나 도보 권장.

한영의 집에서 B병원까지는 차로 삼십 분 내외 거리였다. 공휴일이라 차가 좀 막힐 테지만 일찍 출발하면 괜찮을 거라 생각한 찰나였다. 광복절을 맞이해 광화문 광장에서 백만 명 규모의 정권 반대 시위가 열린다는 뉴스가 텔레비전에서 흘러나오기 시작했다. 한영은 지독한 불운이라는 생각을 하며 은채에게 카톡을 보냈다.

—야, 문자 봤어? 근데 내일 광화문 광장에서 백만 명 집회 열린대. 우리 검사 받으러 가다 병 옮게 생겼어.

은채에게는 답신이 오지 않았다.

깜빡 잠들었다 깨어났을 때, 주위는 잔뜩 어두워져 있었다. 핸드폰을 들어보니 고작 열한시였다. 철우는 아직 퇴근하지 않았다. 엄마에게서 부재중 전화가 여러 통 와 있었다. 싸한 느낌이 들어 얼른 전화를 걸었다. 엄마는 묘하게 흥분한 목소리로 말했다. 이모가 중태에서 벗어나 오늘부터 면회가 허용됐다고 했다. 이모는 아직 말은 잘 하지 못하는 상태지만 눈을 떴고 물도 마신다고 했다. 한영은 당장이라도 침대 밖으로 뛰쳐나가 이모를 보러 가고 싶었다. 엄마가 뒤이어 말했다. PCR 검사 음성 결과지를 지참한 친족에 한해 면회가 허용된다고.

"니도 빨리 검사 받고 온나. 귀춘이가 언제까지 버텨줄지 모른다."

그제야 한영은 자신이 밀접 접촉자라는 사실을 떠올렸다. 이모가 언제까지 버텨줄지 모른다는 말이 한없이 참혹하게 들렸다. 전화를 끊고 엄마가 사진 한 장을 보내왔다. 병상의 이모의 얼굴은 노랗게 떠 있었으며 깡마른 몸에 링거 줄이 이어져 있어 마치 기계의 일부처럼 보였다.

*

자정이 넘었을 때, 엄마가 한영에게 핸드폰으로 사진을 한 장더 보내왔다.

제단 위에 검은 관이 올라 있고, 흰 국화가 관 주변을 두르고 있었다. 제단의 한중간에 놓인 영정 사진 속 리나 이모의 얼굴이 보였다. 삼십대 초반, 결혼식을 위해 어울리지 않게 짙은 화장을 했을 때와 비슷한 그 얼굴이. 사진 아래 놓인 위패에 한자로 고故 김귀춘, 이라고 적혀 있었다. 한영은 심장이 덜컥 내려앉는 것 같았다.

리나 이모가 떠났다. 쉰도 안 된 나이로. 평생 동안 노래를 부르던 연금을 단 한 번도 수령해보지 못한 채. 그것은 리나 이모의 이름을 리나, 로 기억하는 사람이 세상에 한영밖에 남지 않았다는 의미이기도 했다. 한영은 가슴을 쥐어뜯었다.

……눈을 뜨자 시계가 새벽 다섯시를 가리키고 있는 게 보였다. 너무도 생생한 꿈이었다. 한영의 눈가에는 눈물이 고여 있었다. 가슴이 조여드는 통증이 느껴질 만큼 지독한 악몽이었다. 세상모르고 잠든 철우의 코 고는 소리를 들으며 한영은 밤을 지새웠다.

*

남산터널을 빠져나오자 폭우가 쏟아지기 시작했다. 밤새 잠을 설쳐 예정보다 늦게 출발해버렸다. 가뜩이나 막히는 구간인데 차들은 움직일 생각을 하지 않았다. 마치 관 속에 누운 것처럼 답답한 기분이 들었다.

한영은 다만 리나 이모를 보고 싶었다. 이모를 보고 눈을 맞추고 이야기하면 지금의 이 불편하고 불길한 기분이 해소될 것만 같았다. 리나 이모는 한영에게 그런 존재였다. 인생에 나쁜 일이 생겼을 때 가장 먼저 생각나는 사람. 대학 신입생 시절, 첫 남자친구와 헤어지고 났을 때도 한영은 자신의 집이 아닌 이모의 집으로 향했다. 연락도 없이 들이닥친 한영을 이모는 말없이 보듬어주었다. 아무 말 없이 울기 시작하는 한영을 안으며 이모는 이렇게 말했다.

"어서 와, 영이야."

한영은 꽉 막힌 도로 한가운데서 한숨을 내쉬었다. 그리고 이모와 나눈 메시지들이 저장돼 있는 문자함을 아래로 아래로 내렸다. 처음 차를 산 날 보낸 문자가 눈에 띄었다.

— 이모, 나 BMW 샀어!

— 너 요즘 돈 좀 버나보다?

— 그냥 성과급 받아서 할부 끼고 질렀어. 이모, 우리 같이 양평 가자. 운전은 이모가 해. 나보다 운전 잘하잖아.

— 그래 그러자. 대신 밥은 네가 사야 한다.

이모는 왜 한영에게 수술을 받았다는 사실을 말하지 않았을까.

아마도 괜찮아진 모습을 보여주고 싶었을 것이다. 여느 때처럼 젊고 생기 있는 모습으로, '리나 이모'의 모습으로 한영 앞에 서기 위해서였을 것이다. 한영의 눈에서 눈물이 쏟아지기 시작했다. 이모를 보러, 최대한 빨리 리나 이모를 만나러 병원에 가야만 했다. 이모를 만나면 거짓말처럼 이모의 병이 나을 것만 같았다. 바람 빠진 풍선 같던 이모의 몸에 생기가 차올라 멀쩡히 걷고 숨 쉬고 말하고 웃을 수 있을 것만 같았다. 그토록 염원하던 연금을 받아먹으며 한영의 BMW를 타고 온 국토를 누빌 수 있을 것만 같았다.

검사를 받은 순서대로 결과가 나온다고 하니, 최대한 빨리 병원으로 향해야 했다.

한영은 차를 돌렸다. 이 속도면 차라리 걷는 게 빠를 것 같았다.

인근 건물 지하 주차장에 주차를 한 뒤 트렁크에서 검은색 장우산을 꺼냈다. 청약 통장을 개설하고 은행에서 받은 것이었다. 시간은 벌써 열두시 반이었다. 빗줄기가 더 굵어졌고 밖으로 나서자 운동화와 양말까지 순식간에 축축하게 젖어들었다. 그럼에도 한영은 부지런히 발걸음을 옮겼다.

사십 분 가까이 걷자 멀리 병원 건물이 보이기 시작했다. 광장에서 꽤 거리가 있는 길로 둘러 가는데도 수많은 사람들이 거리에 서 있는 게 보였다. 온갖 전단지들이 바닥에 떨어진 채로 흙탕물에 뒹굴고 있었다. 우산도 쓰지 않은 채 정권을 규탄하는 사람들, 더러는 마스크도 쓰지 않은 사람들이 빗속에서 거리를 막고 서 있었다. 한영은 사람들을 뚫고 병원을 향해 갔다. 다들 뭔가 외치고 소리를 지르는 가운데 살 하나가 빠진 파란색 우산을 쓴 사람이 우두커니 서 있는 게 보였다. 검은 옷을 입고 있는 여자는 은채였다. 우산의 푸른빛이 반사돼서 그런지 아니면 밥을 통 먹지 못한 탓인지 은채의 얼굴은 파랗게 질려 있었다. 한영은 은채에게 바짝 다가서 이름을 불렀다.

"은채야, 너 여기서 뭐 해."

은채의 눈에는 눈물이 잔뜩 고여 있었다.

"한영아 나 어떡해? 갑자기 열이 나. 어제저녁부터 아무것도 못 먹었는데 엄청 열이 나. 어떡하면 좋을지 모르겠어. 아무데도 못 가겠어. 못 걷겠어."

한영은 반사적으로 은채의 이마를 짚었다. 열감이 느껴졌다. 은채는 불안에 떨며 되풀이해 말했다. 어떻게 할지, 어디로 가야 할지 모르겠어서 아무데도 갈 수 없다고. 한 발짝도 움직일 수 없다고 했다. 한영은 은채 옆에서 잠시 가만히 서 있다가 은채의 어깨를 감싸쥐었다.

"올라가자."

일단 언덕을 올라가면, 그러면 바로 병원이 나올 터였다. 병원에서, 진료소에서 일단 검사를 받고 나면 분명 괜찮아질 것이다. 은채는 들고 있던 고장난 우산을 바닥에 버렸다. 한영은 은채의 팔을 잡고 앞으로 걷기 시작했다. 은채도 한영을 따라 발을 떼었다.

병원에 가까워질수록 하늘이 컴컴해지고 비가 더욱 맹렬히 내렸다. 발등까지 고였던 물이 발목을 넘어섰다. 마치 세찬 폭포를 거스르고 있는 것 같은 느낌이었다. 은채와 한영은 우산 하나를 나란히 받쳐 쓴 채 나아갔다. 언덕 위에 어렴풋이 불빛이 보였다. 둘은 계속해서 그 빛을 향해 걸었다.

믿음에 대하여

—

임철우

—

한영의 막내 이모가 죽었다.

유방암 확진 판정을 받은 후 여러 번 고비를 넘겼고, 마지막 수술에서 차도를 보였으나 결국 그렇게 되고 말았다. 한영은 엄마처럼 따르고 친구처럼 살갑게 지내던 막내 이모의 임종을 지키지 못했음에 절망했다. 그녀가 투병한 기간은 전염병이 전 세계를 휩쓸던 기간과 겹쳐 있었다. 한영의 회사에서도 확진자가 속출하는 통에 하마터면 장례식장에도 못 갈 뻔했으나 다행히 장례식 첫날 사회적 거리두기가 완화(사실상 해제)되었다. 정장이 한 벌도 없는 나는 꽉 끼는 한영의 검은 양복을 빌려 입고 한영과 함께 부랴부랴 장례식장으로 향했다.

입구에 설치된 커다란 안내 화면에는 상주가 한영의 아버지로

되어 있었다. 영정 사진 속 한영의 이모는 한영의 말대로 화려하진 않지만 생기 있고 인상이 반듯한 얼굴이었다. 한영이 몇 번 보여준 사진 속, 병상에 노랗게 뜬 얼굴로 누워 있던 모습과는 확연히 달라 보였다.

장례식장은 한산한 편이었다. 그간에 결혼식이나 장례식 같은 관혼상제는 가족 위주로 간소하게 치러져왔으니 당연한 일이었다. 한영은 고민하다 친분이 있는 몇몇 사람들에게만 부고 문자를 돌렸다. 친구들이나 가까운 회사 사람들도 거의 오지 않았고, 한영의 부서장만이 자정 무렵에 잠시 들러 봉투 몇 개를 전해주고 갔을 따름이었다.

결코 짧지 않았던 투병 생활을 지켜보며 예견했던 이별인지라 한영의 외가 사람들은 비교적 평온해 보였다. 그러나 한영은 상실 앞에서 감정의 균형을 잃어버린 것 같았다. 이종사촌들과 농담을 주고받으며 발작하듯 웃다가도 이따금 눈물을 흘렸다. 그렇게 우는 모습은 처음이었다. 나는 그의 옆에 앉아 무릎을 가만가만 만져주고는 했다. 그럴 때마다 한영의 가족이며 친척들의 시선이 따갑게 느껴졌다. 면도라도 할 걸 그랬나. 한영의 꽉 끼는 양복이 자꾸만 목을 죄는 듯한 기분이었다. 한영은 부모님께 나를 함께 사는 형, 이라고 소개했지만 일반적으로 아는 형이랑 한집에서 이렇게 계속 붙어살진 않으니까, 한영의 가족들이 나를 어떻게 생각하고 있을지는 알 수 없었다. 여러모로 긍정적인 인상은 아닐 것 같았다.

버틸 수 있을 때까지 버티던 나는 불편한 기분을 참지 못하고 공용 슬리퍼를 신고 복도로 나갔다. 달리 갈 데도 없어 복도 중간에 놓인 긴 의자에 다가갔다. 의자 가운데에 '사회적 거리두기, 좌석 비워주세요'라고 적힌 종이가 코팅돼 붙어 있었다. 보란듯이 종이를 깔고 앉았다.

장례식장 앞에 놓인 근조 화환이 옆 호실까지 넘어갈 정도로 많았다. 화환에 둘러진 띠마다 여러 단체의 이름이 적혀 있었다. 6·25참전용사협회, 전국교직원노동조합, A여대 동문회, 영어교육학회, 교직원산악연합회, 그녀가 재직했던 학교와 (도무지 정체를 알 수 없는) 터키 국립무용협회까지. 그녀의 삶은 썩 나쁘지 않았던 것 같았다.

화환을 가득 채운 흰색 국화들. 저 많은 꽃들은 다 어디서 와서 어디로 가는 걸까. 장례식장 직원들이 시들어버린 화환을 일일이 내다버리는 걸까. 혹시 다른 곳에서 재활용되는 건 아닐까. 잡생각을 하는데 이상하게 기시감이 느껴졌다. 언젠가 이런 비슷한 생각을 했던 것 같은데.

맞다.

불편한 장례식에 참석한 것은 이번이 처음이 아니었다. 한영을 처음 만난 곳이 바로 장례식장이었다.

*

　팔 년 전, 나는 지금과 똑같은 자세로 장례식장의 복도에 앉아 근조 화환을 바라보고 있었다.

　당시에는 Y라는 남자와 사귀던 중이었다. 나보다 일곱 살이나 어렸으나 나이에 비해 성숙한 편이었고, 무엇보다 검은자가 크고 사연 많은 눈빛이 마음에 들었다.

　상하이에서 태어난 Y는 어머니가 한국인이고 아버지는 중국인 이었다. 초등학교 때 아버지가 돌아가신 이후로 쭉 국제학교를 다 녔는데, 중국인보다 한국인이 더 많은 학교였던지라 주로 한국말 을 썼다고 했지만 가끔 외국인처럼 어눌할 때가 있었다. 베이징에 서 대학을 다니다 '어머니의 나라'를 체험하기 위해 한국에 왔다 고 했다. 말만 들어서는 살 만큼 살고 배울 만큼 배운 사람처럼 보 였으나 가만히 보면 나사 하나가 빠진 것 같은 구석이 있었다.

　이를테면 가족에 관한 일화가 그랬다. 어릴 적에 어머니가 상하 이 시가지에 차린 한국형 에스테틱이 잘돼 가게가 입점한 건물까 지 사들일 만큼 재미를 보았는데 Y가 한국으로 떠난 새 그의 누나 가 어머니를 구슬려 건물을 꿰찼다고 했다. 게다가 Y는 한국에서 전세 사기까지 당한 후로 딱히 지낼 곳이 없어 고시원에 살고 있 었다. 사귄 지 삼 개월쯤 됐을 때 그 말을 들은 나는 별생각 없이 말했다.

"우리집 방 두 개잖아. 사정 괜찮아질 때까지 들어와 있어."

그렇게 같이 살게 된 Y는 내가 아무렇게나 벗어놓은 옷도 부지런히 빨아놓고(빨래를 건조대가 꽉 찰 정도로 빽빽하게 널어 쉰내가 나긴 했지만) 설거지도 열심히 해서(물을 부엌 바닥까지 튀겨놓고 닦을 생각도 안 하긴 했지만) 어느새 나는 Y의 존재를 자연스럽게 받아들이게 되었다.

그러나 Y는 삼 개월이 다 되도록 내 집을 떠나지 않고 심지어는 아예 눌러앉을 작정 같아서 몇 번 눈치를 주기도 했다. 사기당한 보증금은 정말 돌려받을 수 없냐고, 누나에게 사정을 말해서 돈을 빌릴 수는 없냐고, 그러니까 언제쯤 독립할 계획이냐고. Y는 눈치를 준다고 눈치를 채는 스타일이 아니었다.

나도 모르게 슬슬 불만이 고개를 들기 시작했다. 어딜 갔다 오면 말의 앞뒤가 안 맞는 점이며 끈기가 없어 툭하면 알바를 그만둬 자기 몫의 월세와 공과금을 은근히 빼먹는 것도 짜증이 났지만, 가장 참을 수 없는 것은 그의 인스타그램 계정이었다. 보정을 유난히 심하게 해 인체 비율이 무너지게 만들어놓은 그 사진들은 사진학과를 나온 나로서는 견디기 힘들었다. 안 그래도 반질반질한 피부를 조선백자처럼 문대놓는 통에 충동적으로 팔로우를 끊어버렸다. Y는 삼만 명이나 되는 팔로어들 중 내가 사라진 것을 눈치채지 못했다. 연애의 시효가 끝나고 이별이 가까워올 때쯤, Y가 나를 종로의 한 금은방으로 데려갔다.

"우리 사귄 지 이백 일 된 기념이야."

알바비를 모아서 이미 커플링을 맞춰놓았다며, Y가 내 손에 꼭 맞는 반지를 끼워주었다. 무늬 없이 심플한 18K 백금 반지를 보며 나는 복잡한 마음이 되었다. 이백 일을 챙긴 건 중학교 때 이후로 처음이었다.

그리고 얼마 지나지 않아 Y가 사라졌다. 자주 입던 옷가지와 속옷 몇 벌, 매일 차고 있던 스포츠 시계와 운동화 한 켤레, 백팩을 제외한 자신의 물건들을 그대로 집에 둔 채였다. 핸드폰은 꺼져 있었다. 이삼 일 정도 머리를 식히러 갔나보다 했다. 알게 모르게 내가 말실수를 한 건 아닌지 고민도 했다.

일주일이 지나도 연락이 없었고, 핸드폰은 여전히 꺼진 채였다. 아마도 중국에 들어간 것 같다는 생각이 들었다. 중국 유심으로 갈아끼워 연락이 안 되는 것일지도 모른다. 그렇지만 왜? Y의 인스타그램 계정을 다시 팔로우했지만, 아무런 소식도 올라오지 않았다. 보름이 지나고 나서야 나는 뭔가 잘못됐다는 것을 깨달았다. 문자 그대로 Y는 연기처럼 사라져버린 거였다.

사태의 심각성을 깨달은 나는 Y의 행방을 수소문하기 시작했다. 친구들은 걔가 이상하다고 말하지 않았느냐고, 너에게 빨대를 꽂고 지내다 다른 물주를 만나 도망친 게 분명하다며 하나같이 얼른 잊으라고 말했다. 머리로는 그런 말들을 이해하면서도 내심 Y와 나 사이에는 남들이 알 수 없는 무언가가 있다고 믿었기에 화가 났다. 점심을 먹은 후에 Y의 번호로 전화를 걸어보는 습관이 생겼다. 그렇게 한 달이 넘은 어느 날, 기적처럼 누군가 전화를 받았다. Y가 아니라 모르는 여자의 목소리였다.

"Y씨 전화 맞나요?"

"네."

"혹시 Y 좀 바꿔주실 수 있으세요?"

"힘들 것 같아요."

"네?"

"죽었거든요."

차분한 목소리의 주인은 Y의 누나였다. Y의 시신을 인도받아 인천의 병원에 가는 중이라고 했다. 나는 곧바로 병원으로 향했다.

장례식장에는 아무도 보이지 않았다. 국화꽃이 장식된 제단 앞에 놓인 위패에는 Y의 이름이 적혀 있었으나 영정 사진조차 없어 모든 게 거짓말처럼 느껴졌다. 굳게 닫힌 가족 대기실 문을 두드리자, 안에서 Y의 누나라는 사람이 나왔다. 그녀의 인상은 두 번 봐도 기억에 남지 않을 만큼 평범했다. 다만 하관의 생김새나 무기력한 자세 같은 게 Y랑 빼다박은 듯했다. 어딜 봐도 상하이 시가지의 건물을 꿰찬 채 호의호식하고 있는 사람처럼 보이지는 않았다. 그녀는 내게 Y의 핸드폰을 건네며 혹시 비밀번호를 아느냐고 물어보았다. 훈련소에서 보관하고 있던 것이라고 했다. 부모님은 장례를 가족끼리 간소하게 치르길 원하지만, 아무래도 지인들에게는 부고 문자를 보내야 할 것 같다는 말도 덧붙였다. 나는 대체 이게 다 무슨 말인가 했다. 군대라니? Y는 중국 국적이 아니었던가. 가족 대기실의 소파에 망연히 앉아 있는 중년 부부. 얼굴에 고생과 피로함이 덕지덕지 묻어 있는 그들이 Y의 부모님이라고? 죽었다던 아버지는 어디서 나타난 것일까. 혹시 양부모가 아닐까? 하지만 축 처진 눈매며 입술 같은 것이 Y와 너무나도 닮아 보였다.

몇 번의 시도 끝에 Y의 핸드폰을 열었다(비밀번호는 내 생일이었다). 연락처 목록에 정상적인 이름은 거의 없었다. 부천90, 상암86, 위례93, 노원80 같은 명칭들만 가득했다. 아마도 별다른 인간적인 교분 없이 잠자리를 가졌다가 끝난 사람들일 것이었다. 나를 만나는 동안에도 계속 이어온 관계들일 수도 있었다. 그나마 오십 명을 넘기지 않았다. 그 사람들이 Y가 살면서 겪어온 세계의 전부였을 거라는 생각을 하니 마음이 터질 듯 갑갑해졌다. 어떻게 할까 고민하다, 그냥 주소록에 저장된 모두에게 문자메시지를 돌리고 Y의 인스타그램 계정에 부고를 올렸다.

본인 상.

Y의 누나는 뭔가를 꿰뚫어본 듯 나를 위아래로 훑더니, 내게 Y와 어떤 관계냐고 물었다. 나는 말을 고르고 골라, 그냥 반년 가까이 함께 살았던 형이라고 말했다. 우리 사이에 잠시 침묵이 감돌았다. 침묵의 무게를 견디지 못한 내가 상하이에서 막 들어

오신 거냐고 질문했는데, 아무런 대답이 돌아오지 않았다. 얼굴에 잠시 당황한 기색이 어리던 그녀는, 이내 허무한 듯 입꼬리 한쪽을 올리며 웃었다.

"저희 가족은요, 평생 동안 여기 신흥동에서 살았어요."

그녀는 멍한 표정을 짓고 있는 내게 Y의 삶을 단칼에 규정했다.

"다 거짓말이에요."

Y의 크고 작은 거짓말은 사춘기 이후 계속된 일종의 병이라고 했다. 그녀의 입에서 흘러나온 Y의 삶은 내가 알고 있는 것과는 완전히 달랐다. Y는 인천에서 나고 자랐으며, 수원의 전문대 레크리에이션과에 들어갔다 한 학기 만에 중퇴했다. 그뒤로 집을 나가 가족과 왕래가 끊긴 지 몇 년이 됐다고 했다. 영장을 받고 급작스레 입대해 훈련소에서 죽어버린 것 같다고 말하는 누나의 표정은 슬프다기보다는 몹시 피로해 보였다. 혹시 지금 가족 대기실에 있는 분은 새아버지냐고, 누나분께서 어머니가 경영하시던 업체와 건물을 독차지하신 게 아니냐고 물으려다, 관뒀다. 물어볼 필요조차 없었다. 모든 게 거짓이었을 테니. 뒤늦게 영정 사진이 단 위에 놓였다. 고등학교 졸업 사진이 분명한 Y의 얼굴을 보며 차라리 소설가가 되지 그랬니, 생각했다.

두어 시간이 흘렀을까, 한두 명씩 조문객이 오기 시작했다. 나는 가족도 뭣도 아니라서 그저 Y의 영정 사진이 잘 보이는 입구 쪽 식탁에 어정쩡하게 앉아 커피 땅콩과 진미채에 맥주를 마시고 있었다. 내 손에 들린 Y의 핸드폰으로 문자 하나가 왔다. 상암86이라고 저장된 사람으로부터였다.

—고인의 명복을 빕니다. 지금 조문 가려 하는데 S병원 분당 센터인가요, 인천 센터인가요.

—인천입니다.

급하게 부고 문자를 보내느라 주소도 제대로 쓰지 않은 걸 뒤늦게 깨달았다. 추가로 안내 문자를 보내려다 말았다. 어차피 올 사람은 알아서 다 온 것 같았다.

얼마 뒤 카키색 야상을 입은 남자가 나타났다. 일을 마치자마자 급하게 왔는지 백팩에 운동화 차림이었다. 아마도 상암86일 그 사람의 얼굴이 퍽 낯이 익었다. 다소 주눅들고 구부정한 자세에 하얀 얼굴. 아는 얼굴이었다. 그가 걸어오는 것을 발견하고 나는 얼른 벽 쪽으로 고개를 돌렸다. 그가 헌화를 하고 절을 하는 동안 잽싸게 화장실로 들어가 몸을 숨겼다. 나를 아는 사람 중 누구도 만나고 싶지 않았다. 일로 얽힌 사람이라면 더더욱. 나는 한참이나 변기에 앉아 가만히 눈앞의 문을 바라보았다.

가는 길이 아름다운 당신이 진정으로 아름답습니다.

왠지 비문처럼 느껴지는 격언이 적혀 있었다. 물 내리고 가라는 소리를 뭐 이렇게 거창하게도 해놓으셨나.

얼마나 시간이 지났을까, 나는 가는 길이 아름답게 물을 내린 뒤, 조심스럽게 화장실 문을 열었다. 빈소로 가보니 다행히 상암86은

보이지 않았다. 다만 Y의 친척으로 보이는 조문객들이 드문드문 앉아 있었고, 내가 앉아 있던 자리에는 모르는 사람들이 앉아 있었다. 나는 어쩔 수 없이 복도 의자에 앉아 있다가 다시 빈소로 들어갔는데, 이번에는 얼굴이 검게 탄 한 남자가 절을 하고 있는 게 보였다. 몸을 돌린 그의 눈이 빨개져 있었다. 그가 내 쪽으로 걸어왔다. Y의 누나가 잽싸게 다가와 나와 남자에게 말했다.

"죄송하지만 조문 끝나셨으면 자리를 비워주시겠어요? 곧 교회 분들이 오실 거예요. 예배를 하기로 해서요."

교회 사람들이 오는데 내가 왜 떠나야 하지, 생각하다 그 의미를 깨달아버렸다. 나는 나만큼이나 황망한 표정을 짓고 있는 맞은편 남자와 떠밀리듯 장례식장 밖으로 나왔다. 툭 치면 당장이라도 눈물주머니가 터질 것 같은 그의 얼굴을 보자 나도 모르게 이런 말이 튀어나왔다.

"커피 한잔하시겠어요?"

우리는 병원 본관의 1층 카페에 앉았다. 남자는 아이스커피를 시켰고 목이 칼칼했던 나는 유자차를 시켰다. 한참 동안 콧물을 훌쩍이던 남자는 조금 진정됐는지 내게 물었다.

"Y와는 어떤 사이셨어요?"

잠시 고민하다 있는 그대로, 가장 투명하게 보여줄 수 있는 단어로 우리의 관계를 설명했다.

"애인이요. 반년 가까이 같이 살았어요."

남자의 커다란 눈이 더욱 커졌다. 나는 왠지 익숙한 반응이라는 생각을 하며 그에게 같은 질문을 던졌다.

"애인⋯⋯이요."

그 역시 Y와 사귀고 있었으며, 잠깐 호주로 워킹 홀리데이를 떠나 있을 때도 관계를 지속해왔다고 했다. 심지어는 Y가 시드니까지 찾아와 자신의 숙소에 머문 적도 있다고, 분명히 깊이 사랑하는 사이였다고 힘주어 말했다.

때때로 Y가 상하이에 다녀오겠다며 일주일이나 열흘씩 집을 비웠던 게 떠올랐다. Y는 몇 번이고 내가 싸준 짐을 챙겨들고, 내 차를 타고 인천공항까지 가 아무렇지 않게 손을 흔들며, 상하이가 아닌 시드니행 비행기를 타고 그를 만나러 간 거였다.

상황을 맞춰보는 와중에도 남자의 눈에선 연신 눈물이 흘러내렸다. 눈물이 감정의 증거라면, 그가 나보다 Y를 훨씬 더 좋아했던 게 분명했다. 그와 Y 사이에서는 내가 '다른 남자'였다는 생각에 자꾸 허탈한 웃음이 났다. 나는 울고 있는 남자에게 냅킨을 건네고 유자차를 마셨다. 시판용 유자청을 너무 많이 넣어 지나치게 달고 여전히 뜨거운 유자차를 홀짝이다보니 이상하게 억울한 마음이 들었고 그제야 나 역시 눈물이 나기 시작했다. 소리 내 울면서 나는 생각보다 Y를 좋아했으며, Y와의 관계가 영원할 거라고 믿었다는 사실을 비로소 깨달았다. 하루종일 컴퓨터 앞에 앉아 있던 Y의 뒷모습과 설거지를 마친 그릇에 고스란히 남아 있던 고춧

가루 같은 평온한 미래를 내내 그려왔다는 사실도. 좀체 미래를 생각하지 않는 내가, 오롯이 현재를 살아왔던 내가 나도 모르는 새 감히 '영원'이라는 꿈을 품어왔다니. 그런 내가 너무 불경하고 한심해 또 웃음이 나왔다. 울다 웃는 나에게 이번에는 남자가 냅킨을 건넸다. 그리고 물었다.

"저, 성함이 어떻게 되세요?"

"임철우입니다."

"저는 유한영입니다."

그는 나보다 다섯 살이 어린 나이였다. 자기소개를 마치자 또다시 눈물이 차올랐고 우리는 이중주로 울었다.

그날 우리가 울었던 게 Y에게 배신당한 통증 때문이었는지 아니면 그의 죽음이 야기한 충격 때문이었는지 나는 알지 못한다. 그날 우리가 안았던 게 서로의 몸이었는지, 아니면 배신감에 치떨리던 상실의 마음이었는지 아직도 확신할 수 없다. 다만 그날 나는 결심했다. 미래 같은 것은 함부로 기약하지 않기로. 이제 더이상, 그 어떤 믿음도 갖지 않기로.

불행히도 그렇게 결심하자, 나는 다시 사진을 찍을 수 없게 되었다.

당시에 나는 포토그래퍼로서 꿈꿔왔던 거의 모든 것을 이룬 상태였다. 한남동에 스튜디오를 낸 이래 삼 년 동안 한 번도 일을 쉰 적이 없었다. 꽂아놓고 작업을 의뢰하는 잡지가 네댓 개는 되었으며, 나의 포트폴리오에는 이름만 대면 알 만한 모델부터 유명 배우, 내한한 할리우드 스타들까지 담겼다. 한국의 뷰티 브랜드며 해외의 패션 하우스와도 꾸준히 커머셜 작업을 진행했고 업계에서 손꼽힐 정도로 비싼 촬영료를 받았다. 프랑스의 명품 주얼리 브랜드에서 협업 제의가 왔을 땐 인생의 챕터가 바뀐 기분이었다. 오십 캐럿짜리 다이아몬드 목걸이의 월드와이드 광고 촬영 현장에는 경호원이 다섯 명이나 배치됐다. 나는 내가 동원할 수 있는 모든 조명과 카메라를 사용해 더없이 화려한 사진을 찍었다. 일상에서는 절대 볼 수 없는 광채와 섬세한 그림자들이 사진 속에 담겨 있었다. 내가 찍은 광고 사진이 국제 광고제 옥외광고 부문을 수상하자 프랑스 본사에서 대표의 인장이 찍힌 감사 편지를 보내오기도 했다. 당시의 나는 내 일을, 나아가 내 삶을 사랑했고, 한 번도 그 절실한 사랑을 의심해본 적이 없었다.

Y의 배신과 죽음 이후 나는 바뀌었다. 나의 사진이, 그 속에 담긴 대상의 모습이 모두 거짓 같아 보였다. 한번 무너지기 시작한 믿음은 회복되지 못했고 나는 창작 의지를 완전히 잃어버린 채 지난 삶을 떠나보내기로 마음먹었다.

삼 개월 후 나는 스튜디오를 정리해 후배에게 넘기고, 뽑은 지 얼마 안 된 SUV를 팔았다. 촬영을 하지 않는다면 굳이 덩치 큰 차를 몰고 다닐 필요가 없었다. 모두가 내 선택을 말렸지만 내 사진에, 내 삶에 무언가 '진실된' 게 존재한다는 믿음이 사라져버렸다는 사실이 당시의 내겐 중요했다. 나는 모든 것을 버리고 떠나며 다시는 사진을 찍지 않겠다고 다짐했다.

스튜디오를 넘길 때 받은 권리금과 그동안 모아놓은 돈을 합쳐 이태원에 작은 이자카야를 차렸다. 언젠가 누구든 편하게 들를 수 있는 작은 술집을 열고 싶다는 막연한 꿈이 있었는데, 그 꿈을 이뤄보고 싶었다.

이자카야를 열자마자 많은 사람들이 가게를 찾아주었다. 잡지와 패션 업계에서 분투한 게 헛수고는 아니었는지 관련 인플루언서들의 SNS에 분위기 좋은 술집으로 소개되었다. 입소문을 탄 이후로는 남부럽지 않은 매출이 나왔다. 한영과 나는 이따금 만나 커피를 마시고, 섹스를 하고, 함께 우는 묘한 관계를 반년 정도 지속했다. 우리의 관계에 눈물 대신 웃음의 지분이 더 많아지기 시작한 어느 날, 한영이 내게 사귀자고 말했다.

"깊게 생각하지 않으셔도 돼요. 그냥 지금처럼 이렇게 만나는 관계를 계속해나가요. 정식으로."

"왜 나랑?"

"쓸데없는 희망이나 환상 같은 게 없는 사람이 필요해요. 지금 이 순간의 나를 있는 그대로 봐주는 사람, 그게 형이에요."

우리의 첫 만남을 생각하면 좀 웃기기는 했지만, 그런 관계가 싫지 않았다. 나는 한영과의 관계에 뛰어들기로 했다. 사귄 지 백일이 지났을 때 내가 한영에게 함께 살자고 제의했고, 한영은 단번에 그 제안을 수락했다.

한영을 내 집으로 들이기 전에 Y의 유품을 정리했다. 옷가지나 잡동사니들을 버리고 나니 아쉽거나 슬프기보다는 후련한 기분이 들었다. Y가 준 반지는 버리지 못했다. 침대 옆 협탁의 액세서리 함에 여러 시계, 액세서리들과 함께 남겨두었다. 의미 없이 늘어놓은 수많은 물건 중 하나인 것처럼. 그 모든 일이 충동적이라면 충동적이고, 자연스럽다면 자연스러운 과정이었다.

*

막내 이모가 돌아가신 뒤, 삶을 대하는 한영의 태도 또한 바뀌어버렸다.

남들보다 늦은 나이에 취업한 한영은 꾸준하고 성실하게 회사를 다녔다. 대기업의 수직적인 결재 체계 탓에 개인의 역량을 펼칠 순간은 많이 없지만 분명 기회는 있고, 꽤 많은 월급이 나오고 인센티브 제도가 좋아서 자신에게는 최적의 회사라고 입버릇처럼 말하고는 했다. 동갑인 고찬호가 자신의 사수로 배정되었을 때도, 외부에서 영입된 황은채의 팀으로 갑작스럽게 이동되었을 때도, 사내 정치에 휘말려 원치 않는 갈등을 겪었을 때도 특유의 낙천적이고 너그러운 태도로 위기를 극복해왔다. 그 많은 환란을 겪은 후에도 고찬호, 황은채와 여전히 친한 친구로 지내는 걸 보면,

나보다 어린 동생임에도 존경스러운 데가 있었다. 그러나 한영은 적성에 맞지 않는 교직생활을 버티면서 늘 퇴직 후의 희망적인 삶을 그렸던 막내 이모의 죽음에 큰 충격을 받은 것 같았다(Y의 죽음 이후 통째로 바뀌어버린 나를 떠올려보면 한영을 이해하지 못할 것도 없었다). 한영은 다른 사람이 되었다.

가장 먼저 한영은 온갖 물건을 사들이기 시작했다. 원래도 허영이 없는 성격은 아니었으나 BMW를 충동구매한 이후로는 할부금을 갚는 동안 절약하는 척이라도 했었다. 그러던 그가 주말마다 전국 팔도의 백화점이며 아웃렛을 쏘다니기 시작했다. 명목은 트렌드 조사였으나 진짜 목적은 그게 아니라는 것을 한영도 나도 잘 알고 있었다. 아침잠이 많은 한영이 새벽 다섯시에 일어나 백화점에 달려갔다 다저녁에 루이비통의 슬링 백, 발렌티노 스니커즈, 유명 제과점 빵이 담긴 쇼핑백 따위를 주렁주렁 들고 집에 왔다. 새벽같이 줄을 섰음에도 대기 번호가 100번도 넘었다며, 다섯 시간도 넘게 기다렸다고 했다. 황당한 표정을 짓고 있는 나를 본 한영이 변명하듯 말했다.

"요즘 명품 구하기가 힘들어서 사기만 해도 프리미엄이 백만원씩 붙는대. 돈 번 거나 다름없다고."

되팔 생각도 없으면서 하는 소리였다. 심지어는 박스와 쇼핑백조차 절대 버리지 못하게 하는 통에 집에 주황색과 초록색, 민트색 따위의 현란한 쇼핑백과 빈 박스가 쌓여갔다.

어느 한가한 일요일 오전에는 경기도 끝자락에 있는 P백화점의 가구 매장이 훌륭하다며 나를 데려가기도 했다. 한영은 주차장 입구에서 안내원에게 차 키를 맡기고 곧장 매장으로 향했다. 이 백화점은 발레파킹도 해주냐, 물었더니 사실 얼마 전 P백화점의 VIP가 됐다고 기어들어가는 목소리로 고백했다. 백화점 VIP라니. 도대체 얼마나 돈을 쓰고 다닌 것인지 가늠이 되지 않았다.

이에 그치지 않고 한영은 터키 국립무용까지 도전한 막내 이모처럼 온갖 취미를 섭렵하기 시작했다. 방송 댄스를 배운답시고 홍대의 연습실을 다니며 아이돌 춤을 배웠고, 실내 클라이밍 동호회에 들어가 암벽을 탄다고 난리를 치다 엄지발톱을 날려먹었으며, 해외 직구로 캠핑 용품을 사들인 후 두어 번 캠핑을 가더니 날씨가 추워졌다는 이유로 그만두었다.

한영이 내내 바깥으로 쏘다니는 통에 집안의 균형이 깨지기 시작했다. 우리는 (여러 번의 혈투를 포함한) 다년간의 경험으로 살림 분담을 깔끔히 마친 상태였다. 청소와 요리는 내가, 빨래와 설거지는 한영이 맡아서 하는 식이었다. 그런데 점차 싱크대에 더러운 그릇이 쌓이기 시작했다. 서랍장 속 양말과 속옷이 다 떨어지고 수건에서 쿰쿰한 냄새가 났다. 막내 이모의 부재 때문에 마음이 힘들어서 그런 거라 이해하고 내가 한영의 몫까지 도맡았지만 점점 힘에 부치기 시작했다. 보름이 넘도록 한영이 집안일에 손 하나 까딱하지 않자, 도저히 참을 수 없어 버럭 화를 내버렸다. 돈을 허공에 뿌리든 백화점에서 태우든 상관없는데 제발 할일은 좀 하고 살자고. 언제까지 이렇게 살 수는 없지 않냐고. 한영은 자신이 너무 책임감이 없었던 것 같다고, 정말 미안하다고 내게 말했다.

이틀 뒤, 퇴근하고 돌아오니 집이 눈부시게 깨끗하게 청소되어 있었다. 어떻게 된 일이냐고 물으니 한영이 심상하게 대답했다. 앱으로 정기 가사 도우미 서비스를 신청했다고. 호텔처럼 정갈하게 접힌 수건을 펼치며 나는 한숨을 쉬었다.

"한영아, 돈 아깝잖아. 우리 둘이서도 충분히 잘해오지 않았어?"

"이게 다 고용 창출이고 경제발전이야. 이 어려운 시국에 도우미분들도 일거리 있으면 좋지. 군말하지 말고 그냥 형도 편하게 누려. 돈은 내가 다 낼 테니까."

"그런 문제가 아니라……"

한영은 남들 하는 만큼, 딱 그만큼은 하고 살고 싶다고 덧붙였다. 네가 말하는 남들이 도대체 누군데, 라고 묻고 싶었지만 나는 입을 다물었다.

한영이 마지막으로 꽂힌 것은 무려 부동산이었다.

"형, 우리 집 사자."

"뭐? 갑자기?"

"우리집 오래돼서 벌레도 많고 구질구질하잖아. 그리고 그렇게 잘나갔던 형이랑은 안 어울려. 남들처럼 아파트에서 살아보자. 인테리어도 멋지게 하고."

이사라니, 그것은 단순히 주거지를 옮기는 정도의 의미가 아니었다.

이 집은, 우리가 함께했던 모든 순간을 담고 있었다. 잘 맞물리지 않는 창문을 여닫을 때마다 찢어지는 소리가 나는 적갈색 창틀과 둘이서 함께 조립한 이케아 서랍장, 윗집의 보일러가 동파돼 젖은 자국이 남아 있는 거실 벽지며, 촌스러운 민트색 방문을 짙은 파란색 페인트로 칠했던 기억들을, 그러니까 우리 관계가 스며 있는 모든 것들을(심지어는 Y와의 기억까지도) 두고 떠나자는 의미였다. 우리에게 추억의 동의어인 이 공간을 떠날 수 있다는 게 선뜻 받아들여지지 않아 나는 아무 대답도 하지 못했다. 막무가내로 시작했다가 금방 그만둬버린 취미들처럼 이번에도 그냥 지나가는 바람이겠거니 생각했는데, 예상외로 진심인 것 같았다.

유례없는 팬데믹 이후 재택근무가 일상화된 한영은 날마다 서울 시내를 쏘다니며 아파트 매물을 보고 다녔다. 매일 밤 내가 가게를 정리하고 퇴근하면 태블릿 PC로 새로 구경한 매물의 내부를 찍은 사진과 동영상, 가격과 입지 등의 정보를 내게 보여주었다. 그게 왠지 피곤하고 싫어 농담으로 눙쳤다.

"노안이 와서 그런지 글씨가 잘 안 보이네."

그러자 한영은 다음날 서너 개의 매물을 추려 각각의 정보를 커다란 글씨로 타이핑해 뽑아다 줬다. 형광펜으로 칠해놓은 사항들을 중점적으로 보면 된다고 했다. 나는 흐린 눈으로 서류를 훑어보았다.

며칠 지나지 않아 나는 용산역과 강남역 반경 십 킬로미터 내의 거의 모든 아파트 단지를 알게 되었다. 한영은 서랍 속에서 장난감을 꺼내주는 아이 같은 표정으로 내게 물었다.

"어때? 어디가 좋아?"

"다 괜찮네."

"황희 정승이야? 맨날 다 괜찮대."

사실 하나도 괜찮지 않았다. 가장 괜찮은 것은 지금 살고 있는 이 집이었지만, 그 말을 할 수는 없었다. 나는 여기서 일 미터도 움직이고 싶지 않았고 다만 이대로 누워 푹 쉬고 싶을 뿐이었다.

따지고 보면 한영의 아파트 바람은 갑작스러운 게 아니었다.

고찬호, 그리고 김남준.

*

이 년 전 나는 한영을 통해 찬호 커플의 하우스워밍 파티 초대장을 받았다.

한영이 보내준 링크를 누르자, 마치 모바일 청첩장처럼 이미지가 떠올랐다. 집들이가 아니라 굳이 하우스워밍 파티라고 쓴 것도 어쩐지 낯간지러웠다. 바닷가를 배경으로 찍은 남자 둘의 뒷모습 사진과 아파트 약도가 차례로 나왔다.

준비물: 각자 먹을 식사와 안주(휴지, 세제 및 기타 선물 절대 사절)

직장 동료이자 친구인 찬호가 회사에서 종갓집 맏며느리처럼 온갖 홍보 행사를 주간하며 단련해온 능력을 이렇게 써먹는구나 싶었다.

날짜는 5월 징검다리 연휴의 마지막날 밤으로 정해졌다. 넷이서 시간을 맞추는 게 생각보다 쉽지 않아 몇 번이고 날짜를 옮기다 확정한 날이었다. 그날은 공교롭게도 아버지의 이십 주기 기일이기도 했다. 나는 어차피 그날 가게를 지킬 예정이었다. 연휴를 앞두고 확진자 수가 줄어들자 거리두기 조치가 완화되었다. 초상집 분위기였던 이태원 상권에 한줄기 구원의 빛이 내려온 기분이었다. 다른 가게들과 마찬가지로 우리 가게도 연휴 내내 영업을 하기로 결정했다. 어머니에게 그다음 주에 내려가 아버지의 기일을 챙기겠다고 말하기 위해 전화를 했다. 피 튀기는 잔소리를 각오하고 있었는데 어머니의 목소리는 생각보다 차분했다.

"안 그래도 오지 말라고 하려던 참이었다."

"왜요? 어디 아프세요?"

"그냥 좀 피곤하구나."

어머니는 이틀 전까지 이모들과 함께 지내다 왔다고 했다. 둘째 이모의 농장에서 꼬박 일주일 동안 밭을 갈고 고구마순을 심고 고사리를 채취하고 말리는 강행군이 이어졌다. 그뒤로 컨디션이 좋지 않다고 했다. 누나네 가족에게는 이미 오지 말라고 전화까지 해두었다고. 그러니 나도 올 필요 없다고 했다. 그러더니 어머니는 조심스러운 목소리로 덧붙였다.

"아무래도 몸이 영 이상하다. 고구마순 심을 때 우즈벡 애들이 왔거든."

"우즈베키스탄요? 그 사람들이 왜요?"

"요즘 시골에서는 농사일을 다 외국인들이 한다. 젊은 애들이 여기까지 와서 몸 쓰는 일 하겠니? 너만 해도 코빼기도 안 보이는데."

"죄송해요."

"이럴 때 며느리라도 있으면 좀 좋냐."

"갑자기 얘기가 왜 그리 튀어요. 아무튼 몸은 괜찮으세요?"

"영 컨디션이 안 좋아. 목이 따갑고 설사도 하고. 안 그래도 고구마순 심는 내내 불안하다 했어. 거기 우즈벡 애 중 하나가 계속 기침을 하더라니."

"어머니, 어디 가서 그런 말씀 하지를 마세요. 건강하니까 일하러 왔겠죠. 병 걸리면 숨도 쉬기 힘들 만큼 아프고 열이 펄펄 끓는다던데 밭일을 어떻게 해요. 그 사람들도 다 전부터 한국에서 살고 있던 사람들일 텐데. 우즈벡이니 외국인이니 괜한 소리 하지 마세요. 사람들이 흉봐요."

어머니는 조금 노여운 듯 끄응 하는 소리를 냈다.

"그래, 알겠다. 이제는 니가 부모가 다 됐구나. 날 가르치고. 느이 이모들이랑 돼지고기를 삶아서 나눠 먹었는데 그것 때문에 배앓이를 하는 것 같기도 하고……"

"이모들은 괜찮으시대요?"

"다들 멀쩡하고 나만 이렇다. 덜 익은 고기를 급하게 집어먹었는지."

나는 아무래도 불안하다고, 보건소에 가서 검사를 받아보라고 했다.

"그건 안 된다. 그날 사람이 얼마나 많이 모였는지 아니? 네 이모들도 다 일하는 사람들인데. 나 하나 때문에 몇 명이나 피해를 볼 수는 없다. 다들 마스크 쓰고 있었으니 괜찮다."

"어머니, 아픈 걸 숨기는 게 진짜 피해를 주는 거예요."

뒤통수에 서늘하고 꺼림칙한 느낌이 스쳐갔다.

"열은 안 나요? 일단 내과에 가야 할 텐데 요즘은 열나면 진료도 안 해줘요."

"안 나. 오늘도 새벽 예배 올리고 왔어. 그러니까 괜찮아. 주님이 지켜주신다."

그 상태로 교회까지? 쇠귀에 대고 경을 읽어도 이것보단 답답하지 않을 것 같았다.

"집에 체온계 있어요? 지사제는요?"

어머니는 더 대꾸하기 귀찮다는 듯 전화를 끊어버렸다. 나는 곧장 어머니 집 주소로 전자식 체온계를 주문했다. 체온계를 주문해 놨으니 하루에 두 번씩 체온을 재서 보내라고 문자를 했지만 답은 없었다.

별일은 없겠지, 생각하면서도 걱정이 떠나질 않았다.

5월의 연휴가 시작되자마자 손님들이 물밀듯 밀려들었다. 연휴 마지막날은 일찌감치 장사를 접고 남은 재료로 연어샐러드를 만들고 홍합탕을 끓여 차에 실었다. 다 함께 찬호의 집으로 향했다. 하우스워밍 파티를 위해.

주차장에 차를 세우자마자 한영은 연신 감탄사를 내뱉었다.

"지하 주차장이네. 비 오는 날 출근할 때 우산 안 써도 되겠다."

아파트는 연식이 있었지만 관리가 잘돼 깨끗해 보였다. 현관문을 열었을 때는 조금 놀랐다. 오래된 아파트에선 보기 힘든 검은색 철제 프레임의 유리 중문이 있었고, 회색 톤의 세련된 무광 벽지와 대리석이 깔린 바닥은 마치 미술관이나 전시장에 온 느낌을 주었다. 금테를 두른 식탁도 흔한 나무가 아닌 석조였으며, 의자 디자인도 특이했다. 찬호는 내 표정을 보더니 웃으며 말했다.

"집이 좀 웃기죠? 애인 취향이 이래요. 인테리어에만 수천 깨졌다니까요."

그 말을 하기 무섭게 안방에서 찬호의 애인이 나왔다. 찬호의 애인이 내가 잡고 있던 커다란 냄비를 받아들었다.

"와주셔서 감사합니다."

"반갑습니다."

나는 그가 부엌으로 걸어가는 모습을 찬찬히 살펴보았다. 냄비를 두고 돌아온 그가 내게 다가와 고개를 숙이며 인사를 했다.

"안녕하세요, 김남준이라고 합니다."

웃을 때 눈이 옆으로 작아지고 고른 이가 드러나는 얼굴. 등은 곧지만 묘하게 어깨가 굽은 듯한 자세. 친절 속에 방어적인 태도가 배어 있는 몸짓.

나는 그를 알았다.

'매거진 C'의 신입 기자.

오래전, 사진 일을 하던 시절에 화보 작업을 하며 여러 번 만난 사이였다. 촬영하는 내내 그는 온갖 심부름과 잡일을 도맡아 하고 사람들 앞에서 선배에게 심하게 혼나면서도 기계처럼 웃음을 잃지 않았다. 일머리가 있고 싹싹하지만 묘하게 감정을 누르고 있는 것 같은 인상이었다. 그가 찬호의 애인일 줄은 꿈에도 몰랐다.

찬호 애인에 관해서라면 한영을 통해 꽤 자세히 전해들어 알고 있었다. B방송국에서 계약직으로 일하다 정규직이 되었는데, 이후 프라임타임의 뉴스에 최연소 남성 메인 앵커로 발탁돼 논란이 있었다고. 채널을 돌리다 두어 번 그가 진행하는 뉴스를 봤지만 나는 과거 매거진 C의 신입 기자와 여덟시 뉴스 앵커 김남준이 같은 사람임을 전혀 알아채지 못했다. 전공 특성상 한번 본 사람 얼굴을 절대 잊지 않는 나인데, 이상한 일이었다.

남준은 군살 없이 슬림했고, 피부 역시 깨끗하고 매끄러웠다. 말쑥한 흰 셔츠와 면바지 차림에서 방송인 특유의 귀티가 흘렀다. 그를 알아보지 못한 건 아마도 풍기는 분위기나 표정이 완전히 바뀌었기 때문이었을 거다. 무엇보다 왼쪽 눈 밑의 푸른 점, 그의 트레이드마크와도 같았던 그 점이 분장으로 가려져 있었기 때문에. 동그랗다기보다는 별 모양처럼 이지러진 작은 점을 보고 나서야 나는 비로소 찬호의 애인을 또 한번 본 적이 있었다는 것을 기억해냈다.

김남준, 그의 또다른 이름은 상암86. Y의 핸드폰 전화번호부에 있었던 익명 중 하나였다.

나는 놀란 티를 내지 않고 화장실에 가 천천히 손을 씻었다. 남준은 나를 알아보았을까? 그랬다면 티를 냈겠지? 아이스브레이킹 차원에서 먼저 얘기를 꺼내보는 건 어떨까? 어쩌면 그에게 매거진 C의 기억은 그 자체로 숨기고 싶은 과거일 수도 있겠다는 생각도 들었다. 게다가 한영의 말에 따르면 남준은 한영과 동갑이었다. 상암86, 이라는 닉네임과 나이가 맞지 않는 걸 보면 아마도 그 옛날 Y에게 나이를 속인 것 같았다. 여러모로 비밀이 많은 사람이라는 생각이 들었다. 때문에 나는 그를 모르는 척하기로 했다. 어쩐지 부쩍 그늘지고 늙어버린 거울 속 내 모습을 보면서.

화장실에서 나와보니 모두 거실의 커다란 석조 식탁에 둘러앉아 있었다. 나는 한영의 옆에 앉았고 자연스럽게 남준과 마주보게 되었다. 식탁이 차가워 팔뚝에 소름이 돋았다. 나는 최대한 자연스럽게 행동하려 노력하며 홍합탕을 그릇에 나눠 담았다. 남준은 화이트와인을 모두에게 따라주었다.

술을 마시며 찬호와 남준 커플이 사귀게 된 계기와 아파트를 사서 이사오게 된 배경 같은 이야기를 들었다. 이미 한영에게서 들은 얘기들이었지만, 처음 듣는 것처럼 리액션을 해주었다.

와인 두 병을 비우자 넷 다 그럭저럭 기분좋게 취했다. 찬호가 혀 꼬인 소리로 집 투어를 시작할 테니 모두 자리에서 일어나라고 했다. 평범한 구조의 방 세 개짜리 이십사 평 아파트가 다채롭게도 꾸며져 있었다. 드레스 룸에는 정장과 무채색 비즈니스 캐주얼 유의 옷이 즐비했다. 두 사람은 옷 취향이 닮은 것 같았다. 무조건 편한 옷을 선호하는 나와 몸에 달라붙거나 각 잡힌 옷을 좋아하는 한영과는 달랐다. 드레스 룸에 딸려 있는 작은 베란다에는 E사의 신형 가전인 워시타워가 자리했다. 침실에는 슈퍼 싱글 사이즈 침대 두 개를 붙여놓았는데, 남준이 잘 때 몸을 많이 뒤척이는 탓에 찬호가 숙면을 위해 내린 결정이라고 했다. 작업실 겸 서재에는 벽 한 면에 기다란 책상이 놓여 있고 (역시나 임직원 몰에서 구매했을) E사의 커다란 모니터 두 대가 올려져 있었다. 나란히 앉아 작업을 하거나 게임을 하려고 이렇게 배치해놓은 거겠지.

투어를 마친 우리는 거실 소파에 앉았다. 찬호가 냉장고에 넣어두었던 연어샐러드와 토르티야 칩, 레드와인 한 병을 꺼내와 소파 테이블에 차렸다. 한영이 와인을 따서 잔에 술을 따르기 시작했다. 한영은 취하면 손을 떠는 버릇이 있어 왠지 불안하다 했는데, 아니나다를까 남준 앞에 놓인 잔을 쳐버렸다. 내가 급하게 잔을 잡아 와인이 쏟아지지는 않았지만 소파 테이블과 남준의 흰 셔츠에 와인 방울이 점점이 튀어버렸다. 친절함이 감돌던 남준의 얼굴이 일순간 딱딱하게 굳었다. 찬호가 주방에서 키친타월을 가져와 테이블과 바닥에 튄 와인을 닦았다. 한영이 어쩔 줄 몰라하며 말했다.

"죄송해요. 셔츠에 튀어서 어떡해요."

"괜찮아요. 유니클로 거예요."

괜찮다고 말하는 남준의 표정은 전혀 괜찮지 않아 보였다.

"요즘도 유니클로 사 입는 사람이 있나?"

속으로 생각한다는 게 그만 입 밖으로 나와버렸다. 술기운이 좀 올라서 그런 건지, 아니면 나도 모르게 남준을 의식하고 있어서인지 알 수 없었다. 한영이 놀란 눈으로 나를 보더니 얼른 이렇게 말했다.

"아이고, 우리 영감님이 술 취하면 꼭 이래요."

남준도 표정을 부드럽게 풀며 "그러게요, 프라다였으면 초상날

뻔했네요"라고 받아쳤다. 나를 빼고 다들 작게 웃음을 터뜨렸다. 남준은 옷을 갈아입겠다며 드레스 룸으로 향했다. 가끔 내가 무심코 헛소리를 하면 한영은 산통을 깨는 영감님 같다고 핀잔을 주고는 했다. 언젠가 내가 유니클로와 K유업을 포함한 불매 브랜드 목록 사진을 SNS에 올린 적이 있었다. 한영은 나에게 타박을 줬다.

"형, 요즘 애들은 아무도 그런 거 안 올려."

자기랑 나랑 뭐 그렇게 대단히 나이 차이가 난다고 요즘 애들 타령인지……

"그리고 형도, 이자카야 운영하면서 노 재팬 타령하는 게 얼마나 웃겨 보이는지 알아?"

그 말은 확실히 맞는 것 같아 멋쩍게 사진을 지웠다. 그렇게 한영은 세상과 나를 부드럽게 이어주는 윤활제 같은 존재이기도 했다.

남준은 편하고 넉넉한 회색 티셔츠와 반바지로 갈아입고 다시 거실로 나왔다. 특유의 친절함이 밴 가면 같은 얼굴로 다시 자리에 앉았다. 나는 절반의 진심을 담아 말했다.

"훨씬 잘생겨 보이네요."

그 말에 남준이 화사하게 웃었다. 이번에는 진심 같았다. 잘생겼다니까 좋냐. 장난을 걸고 싶었지만 참았다. 사회성으로 잘 가리고 있는 그의 뾰족한 내면을 자꾸 건드리고 싶었다.

연어샐러드의 연어는 금방 동났고 채소들만 고스란히 남았다. 우리는 좀더 취했다. 취하고 나니 별것도 아닌 말에 자꾸 웃음이 터져나왔다. 이렇게 마음 편히 놀아본 것은 처음이었다. 자정이 넘어가자 텔레비전에서 심야 뉴스가 나오기 시작했다. 남준은 뉴스를 진행하는 앵커의 흉을 보기 시작했다. 저 차장이 신입 기자와 바람이 났고, 차장의 와이프가 찾아와 한바탕 회사를 엎어놓았다. 예능국 국장과 신인 아이돌 역시 그렇고 그런 사이다…… 우리는 남준이 들려주는 치정 소설같이 얽히고설킨 방송국 뒷얘기에 한참 신나게 몰입했다.

그때 지방의 한 대형 교회에서 여전히 수백 명씩 모여 마스크도 안 쓰고 예배를 본다는 뉴스가 흘러나왔다. 그 기업형 교회 건물이 화면에 비쳤다. 어머니가 사는 지역에 있는 교회였다.

"아, 지겹다."

한영이 한숨을 쉬었다. 남준도 혼잣말처럼 중얼댔다.

"모이지 말라고 그렇게 말을 해도 죽어라 모이네. 무식한 새끼들."

앵커답게 또렷하고 명징한 발음이었다. 남준의 입에서 그런 거친 말이 나온 것은 뜻밖이었다. 한영이 남준의 말을 거들었다.

"그냥 집에서 기도하면 되잖아. 교회 아니면 신이 기도를 못 듣나? 그럼 그게 사람이지 신인가. 도무지 이해할 수가 없네."

찬호도 끼어들었다.

"저기 일반적인 데가 아니라 이단이래. 이 시국에도 몇백 명씩 모여서 울고불고 난리라더라. 전염병 걸리지 않게 해달라고. 진짜

크리피하지 않냐."

"저 사람들도 답답하겠지. 우리처럼."

내가 눈치 없이 말하자 순간 정적이 일었다.

남준이 차분히 말을 이어나갔다.

"우리는 방역 수칙 잘 지키고, 최대한 조심하잖아요. 저 사람들은 떼로 모여서 소리지르고 노래를 하는데, 우리랑은 다르죠. 모두의 노력을 허사로 만들어버리는 무책임한 행동이잖아요."

"병이 나쁜 거지 사람이 나쁜 건 아니지 않나요? 저 신도들도 자기 믿음에 따라 열심히 기도하고 병을 물리치게 해달라는 거니까, 자기들 나름대로 안간힘을 다해 노력하고 있는 걸 수도 있죠. 우리도 식당에서 밥 먹을 때나 커피 마실 때, 다 마스크 벗잖아요? 지금도 마스크 벗고 술 마시고 있고."

"암요. 밥이랑 술은 먹고 살아야지."

찬호가 특유의 유들유들한 태도로 얼른 분위기를 전환하려고 했다. 그제야 한영에게서 남준이 데일리 뉴스 출연 때문에 도시락을 싸 다니며 밥도 혼자 먹는다는 말을 들었던 기억이 났다. 아무래도 업종의 특성상 남들보다 더 민감할 수밖에 없겠다는 생각이 들었다. 남준은 왠지 좀전보다 심각해진 표정으로 술을 들이켰다. 취한 나는 그런 남준을 설득하고 싶어져버렸다.

"제 말은, 교회도 교인들도 일종의 피해자일 수 있다는 거예요. 어떤 사람에겐 주말에 한 번 교회 나가는 게 유일한 외출이기도 할 거고, 그분들한텐 거기 가서 소리지르고 기도하는 게 취미이고 또 사는 낙이기도 할 텐데. 집단을 너무 악마화하면 안 되지 않나?"

"네…… 철우 형님 말씀도 틀린 건 아니죠. 근데 저는 뭐랄까…… 그냥 속상하네요. 정부도 시민도 다 고생하고 있는데 사회적으로, 그러니까 통계적인 차원에서 교회 예배가 문제인 건 사실이니까."

"통계학과 나오셨어요?"

"아뇨, 영문과 나왔습니다."

"네, 저는 사진과 나왔습니다."

"갑자기 전공 얘기가 왜 나와."

한영의 말에 찬호까지 덩달아 우릴 보고 노망난 것 같다며 와르르 웃었다. 한영이 남준에게 담배 한 대 피우러 나가자고 권했다. 한영은 담배를 끊은 지 몇 년은 되었으나 술에 취하면 남의 담배를 훔쳐 피우는 버릇이 있었다. 남준 역시 전염병이 시작된 이후로 담배를 끊었는데 오랜만에 한 대 피우고 싶다며 책상 서랍에서 반 갑쯤 남은 담배를 가져왔다. 둘은 십년지기라도 되는 것처럼 어깨동무를 한 채 집밖으로 나갔다.

거실에는 찬호와 나만 남았다. 텔레비전에는 온갖 산해진미를 빛의 속도로 흡입하고 있는 코미디언들이 나왔다. 찬호가 나를 달래듯 말했다.

"웃기죠? 저 사람. 난리도 아니에요. 병 걸릴까봐 밥도 혼자 먹고 커피도 안 마셔요. 근데 또 화면에 얼굴 비춰야 하니까 살찌면 안 된다고 운동은 매일 가요. 새벽에 아무도 없을 때 부랴부랴 헬스장 다녀오고, 손에 피가 날 정도로 씻어대고, 손 소독제도 수시로 바르고…… 심지어는 저조차 외식도 못하게 해요. 가만 보면 헛똑똑이죠. 저렇게까지 강박적으로 사는 게 오히려 건강에 해롭지 않나 싶기도 하거든요. 대나무처럼 뻣뻣해서 부러질 것 같아요. 제가 엄청 참고 살아요."

"사실 남준씨처럼 하는 게 맞는 거지. 내가 괜히 쓸데없는 소릴 해서 분위기 망쳤네. 한영이가 괜히 영감님이라고 부르는 게 아니에요. 미안."

"근데 형을 보니까 진짜로 한영이랑 잘 맞을 것 같다는 생각이 들어요."

"어떤 점에서?"

"모르겠어요. 그냥, 그렇게 느껴지네."

"흉본 거 맞지?"

"아니에요. 칭찬이에요, 칭찬."

우리는 빙긋 웃으며 또 와인을 한 잔 들이켰다. 찬호는 다정하고 사려 깊지만, 한편으로는 차가울 만큼 현실적인 사람처럼 느껴지기도 했다. 멀리서 볼 땐 남준이 차분한 성격으로 보이지만 가까이서 들여다보면 정작 요동치는 남준의 마음을 꽉 붙잡아주는 사람은 찬호였다. 나에게 한영이 있듯이 남준에게는 찬호가 있었던 것이다.

남준과 한영은 각각 아이스크림과 소주병이 가득 든 비닐봉지를 들고 들어왔다. 우리는 아이스크림을 안주 삼아 신나게 소주를 마시기 시작했다. 텔레비전에 유튜브 화면을 연동해 갖은 팝 디바의 음악을 틀어놓고 떼창을 했다(놀랍게도 아리아나 그란데를 따라 부르는 남준의 목소리가 가장 컸다).

새벽 두시쯤 벨이 울렸다. 인터폰 화면에 경찰의 얼굴이 떴다. 나는 반사적으로 아무 방이나 찾아들어갔다. 정신을 차려보니 나는 남준과 드레스 룸에 들어와 있었다. 남준은 속삭이는 목소리로 내게 베란다로 숨자고 했다. 그의 말대로 우리는 베란다로 가 워시타워에 몸을 기댔다. 자신이 사는 집임에도 빛의 속도로 숨어든 남준이 우스웠다. 찬호와 한영이 경찰과 이야기를 나누는 소리가 작게 들려왔다. 아마도 뭔가 그럴듯한 변명을 지어내고 있는 것 같았다. 남준과 나는 소리를 죽인 채 숨을 가쁘게 내쉬었다. 찰나에 불과했지만 영겁처럼 느껴지는 시간이었다.

찬호와 한영이 우리에게 나오라고 소리쳤다. 이웃 중 누군가가 신고를 했다고. 지금부터는 절에 온 것처럼 조용히 술을 마시자고 했다. 우리는 속삭이듯 수다를 떨었고 그러다 답답해져서 침묵의 공공칠빵 게임을 했다. 되지도 않는 술 게임을 이어가던 우리는 어느새 잠이 들었다.

눈을 떴을 땐 새벽 다섯시가 지나고 있었다. 나는 한영을 깨웠고, 우리는 소파와 바닥에 너부러진 찬호와 남준에게 이불을 덮어주었다. 그릇들을 싱크대에 넣어놓은 뒤 아파트를 떠났다.

보광동의 빌라촌 한가운데 위치한 우리집에 왔을 때는 막 동이 트고 있었다. 당장 누워 자고 싶었지만 몸에서 땀냄새며 술냄새가 진동했다. 순서를 기다리기 귀찮아 한영과 나는 욕실에 나란히 서서 샤워를 했다. 한때는 둘이 함께 욕실에 들어가는 것만으로 로맨틱한 감정을 느끼곤 했었는데, 이제는 군대의 샤워실에서 씻는 것 같은 기분이 들었다. 한영의 벗은 몸이 그저 내 몸처럼 느껴져서 그 사실이 우스웠다.

샤워를 마친 우리는 침대에 누웠다. 한영이 내게 말했다.

"그 집 참 예쁘지?"

"뭐, 응."

"근데 걔넨 무슨 재미로 살까? 둘 다 말수도 별로 없고."

"글쎄, 돈 갚는 재미? 그 집, 벽이며 바닥이며 죄다 돌이라 집이 아니라 관 같더라."

"예쁘기만 하던데 뭘. 원금 조금에다가 이자만 내면서 사나봐. 따로 투자하는 게 더 있는 눈치던데? 하긴 뭐가 걱정이겠어. 고찬호도 연봉 많이 올랐을걸. 남준씨도 당연히 많이 벌 테고."

"걔네들 사귄 지 얼마 됐댔지?"

"일 년 반인가, 이 년?"

"그쯤이면 한참 안 하기 시작할 땐가?"

"그치. 우리도 그랬지."

"근데 한영아. 내가 다른 남자 만나면, 그래서 자고 오면 어떨 것 같아?"

"우리 영감님, 노구를 이끌고 큰일 하느라 수고하셨다고 엉덩이를 토닥여줘야지."

"뭐래."

나는 괜히 멋쩍은 기분이 들어 몸을 돌렸고, 한영은 등뒤에서 나를 꽉 안아주었다. 실로 오랜만의 스킨십이었다. 한영에게 안긴 채 삶이 이렇게만 흐른다면 좋겠다는 생각을 했다. 확진자 수가 점점 줄어 제로가 되고 종국에 지긋지긋한 전염병이 끝나면 좋겠다. 이 모든 일들이 꿈결처럼 흘러가버리고 우리도 시간의 흐름에 따라 천천히 늙어가다 정말로 영감님이 되어, 그렇게 함께 늙어 죽을 수 있다면 좋겠다. 그러다 무심코 액세서리 함에 놓인 한영의 롤렉스와 Y가 준 반지를 보고 정신이 번쩍 들었다. 내 삶에 묻어 있는 기억들이, 한영 모르게 저지른 죄의 기억까지 먼지처럼 피어올랐다.

믿음과 거짓. 희망과 배신. 미래의 단절.

정신 차리자. 행복을 꿈꾸기에 나는 적합하지 않은 사람이다. 아무것도 믿지 말고, 그 무엇도 기약하지 말자. 그게 내 유일한 생존 방식이라는 것을 기억하자.

옆에서 한영이 코를 골기 시작했고, 나는 슬쩍 한영의 팔을 내 몸에서 거둬냈다. 눈을 감자, 비로소 혼자라는 게 체감되었다.

단조롭고 평화로웠던 날로 기억된다.

*

그로부터 얼마 뒤, 보란듯이 지옥도가 펼쳐졌다.

연휴 이전 확진자가 한 자릿수까지 떨어졌었고, 사람들은 이제 지긋지긋한 싸움이 끝나간다고 믿었다. 연휴가 끝나고 확진자 수가 순식간에 불어나기 시작했다. 이태원을 다녀간 사람 중에서 '슈퍼 전파자'가 나왔다. 기남시 55번. 그가 밤새 들른 곳들의 목록이 매체를 통해 전 국민에게 낱낱이 공개되었다. 그중에 게이 클럽, 게이 바가 포함되어 있다는 사실에 사람들은 분노했다. 불행은 거기에서 그치지 않았다. 그를 통해 감염된 다른 확진자가 내가 경영하는 이자카야에 왔다 갔다. 보건소 직원들이 우리 가게에 들이닥쳤다.

유흥업소 영업 중지 명령이 내려졌다. 이태원 거리가 질병의 온상이라도 된 것처럼, 마치 발바닥에 병균이라도 들러붙는다는 듯 사람들이 일제히 발길을 끊었다. 이태원의 주점들이 문을 닫았다.

거리는 순식간에 텅 비었다. 재개발을 앞둔 거리 같기도 했다. 모든 건물이 무너져내리기 직전의 고요함.

*

이태원을 둘러싼 숨막히는 침묵은 해가 바뀔 때까지 계속됐다. 전염병이 유행하기 전에는 경쟁 업장을 견제하기 위해 몰래 소방법 위반 민원을 넣곤 했던 상인들이 전염병이라는 공공의 적 앞에서 처음으로 단결하기 시작했다. 소방서 사거리에서 식당 다섯 곳을 운영하는 임사장의 주도로 상인회 단체 채팅방이 만들어졌다.

그동안 식당 영업시간은 계속 제한을 받아왔고 아예 영업을 포기한 가게도 부지기수였다. 이백 명도 넘는 업주 중에서 타격을 입지 않은 사람은 한 명도 없었다. 자살한 업주의 부고가 채팅방에 심심치 않게 올라왔다. 심할 때는 한 주 걸러 한 번꼴로 부고 메시지가 떠서 어느 가게의 누가 죽었는지 헷갈릴 정도였다. 주로 노래 주점과 클럽을 경영하던 사람들이었다. 마지막으로 자살한 사람은 트랜스젠더 바의 사장이었는데, SNS 속 최근 게시 글은 샤넬 백을 새로 샀다는 포스팅이었다. 시국 때문에 조문은 정중히 사양한다는 부고가 올라왔다. 그녀의 영정 사진 속에 내 얼굴을 집어넣어도 어색하지 않을 것 같았다.

유달리 손님이 없던 어느 날 어머니에게서 전화가 왔다. 집으로 반찬을 보냈다고 했다. 그간 어머니는 먹다 죽을 만큼 많은 양의 반찬들을 매일같이 보내왔으며 또 내가 그것을 잘 먹고 있는지 확인했다. 그리고 전화를 끊기 전에는 어김없이 이렇게 말했다.

"너는 주님의 자식이니 걱정할 필요 없다. 그때도 주님이 지켜주시지 않았니. 믿음이 있으면 환란에 시달리지 않는다."

어머니는 '이태원발 확진 사태' 당시 추이를 보며 하루종일 통성기도를 했다고 했다. 어머니가 다니던 교회에서 이태원 때보다 두 배는 더 많은 확진자가 나왔다는 사실은 중요치 않은 것 같았다. 그들은 주님의 자식이 아닐까?

노인 대상으로 백신 접종이 시작됐을 때에도 어머니는 맞지 않겠다고 난리를 피웠다. 늙은이들에게 정체불명의 백신이 배정됐다는 등 이상한 소리를 하기에 도대체 어디서 그런 소리를 들었느냐고 물어봤더니 교회 단체 채팅방에서 받았다는 한 동영상 링크를 보내왔다. 유튜브도 비메오도 아닌, 태어나서 처음 보는 스트리밍 사이트에 올라온 영상이었는데, 한눈에 봐도 조악하기 그지없었다. 빌 게이츠를 주축으로 베일 뒤에서 세계를 조종하는 세력이 가짜 바이러스를 퍼뜨렸으며 아주 작은 나노 로봇을 넣은 백신을 유통해 인간의 의지를 조종하려 한다는 내용이었다. 자신을 전문의라고 소개한 한 백인 남성이 백신 주사를 맞은 부위에 자석을 붙이는 퍼포먼스도 나왔다(놀랍게도 자석이 팔에 철썩 붙었다). 나는 어머니의 인지력이 걱정되어 곧바로 전화를 해 내 이름과 돌아가신 아버지의 이름, 예전에 살던 아파트 주소 같은 것들을 물어보았다. 다행히 크게 문제없음을 확인한 후 백신을 안 맞으면 죽을 때까지 얼굴 보지 않겠다고 성질을 내고서 전화를 확 끊어버렸다(욱하는 성질은 모계유전이었다). 결국 일주일 뒤 어머니는 백신을 맞았다는 문자를 보내왔으나 그게 사실인지는 알 수 없었다. 그저 믿는 수밖에는.

전염병 사태가 다시 심각해지면서 어머니는 때때로 감정이 격앙되어 수화기 너머에서 눈물 섞인 원망의 말을 쏟아내기도 했다. 술집 같은 건 당장 때려치우고 얼른 고향으로 내려오라고, 목숨보다 귀한 일은 없다고, 주님이 다 먹고살게 해주신다고. 처음 이자카야를 차렸을 때부터 반복해온 레퍼토리였다. 어머니는 퇴행성관절염이 있으면서도 손수 바느질한 면 마스크를 쓰고 도보 이십 분 거리에 있는 교회로 새벽 기도를 나가고 있다고 말했다. 다 나를 위해서라고 했다.

"기도는 아무리 넘쳐도 모자람이 없고, 결코 너를 배신하지 않는다."

내가 별 대답이 없자 어머니는 악다구니를 썼다. 네가 그 험한 곳에서 술장사하는 꼴이나 보려고 이 고생을 하며 널 공부시킨 줄 아느냐고, 그냥 공부도 아니고 돈 잡아먹는 사진 공부를 시키느라 창자가 끊어질 것 같았는데 왜 멀쩡한 일을 그만둔 거냐고.

"이럴 때 보면 넌 꼭 네 애비다."

"아버지 돌아가신 게 언젠데 아직까지 아버지 타령이에요. 제발 좀 현실을 사세요."

어머니에게 아버지는 악의 총체나 다름없었다. 내가 거푸집으로 찍어놓은 것처럼 어머니를 닮았다는 걸 알면서도 마땅찮은 일이 있을 때마다 꼭 아버지를 들먹였다. 어머니는 당신이 아버지 때문에 평생 얼마나 고생을 했는지 모르냐고 소리를 쳤다. 땅을 파먹어도 살아지는 게 인생이라고 거듭 말하는 어머니의 목소리는 확신에 가득차 있었다. 어머니가 원하는 건 무엇일까. 정말 내가 술을 파는 대신 땅을 파먹고 살면 그때는 만족을 할까. 어머니는 무엇을 위해 손수 바느질한 면 마스크를 쓰고 매일 기도를 하는 것이며, 또 무엇을 위해 울고 있는 것일까. 어머니가 진정 슬퍼하는 것은 내 삶일까 아니면 이미 지나가버린 당신의 삶일까.

*

전국 각지의 다양한 장소에서 새로운 전파자들이 계속 등장했다. 사람들은 매번 그들을 도려내고 나면 세상이 예전으로 돌아갈 것처럼 굴었으나, 전파는 전파를 낳고 최초는 무의미해졌으며 병은 계속 변하고 또 계속 번져나가면서 쉽게 사라지지 않았다.

*

구석구석이 고장난 채로 시간이 흘렀다.

최고점을 찍은 줄 알았던 확진자 수는 기대를 비웃기라도 하듯 연일 기록을 경신했다. 하루가 아니라 거의 십 분에 오백 명쯤 확진자가 나오는 세상이 도래했다.

그때 이태원에 퍼부어졌던 질타를 생각하면 웃음이 나온다.

이태원에서 살아남은 곳이라고는 고급 향수 브랜드 숍과 대기업의 팝업 스토어밖에 없다시피 했다. 주점과 클럽, 음식점의 수가 급격하게 줄었다.

우리 가게도 배달 중심으로 운영 방식을 바꾸었다. 홀 서빙 알바를 줄이고 주방 보조를 한 명 더 늘렸다. 국물 안주와 식사 메뉴를 늘려 배달점의 구색을 맞췄으나, 눈에 띄게 줄어든 매출은 어쩔 수 없었다. 한 달 건너 한 달씩 월세를 맞추지 못하기 시작했다. 정신을 차려보니 벌어놓은 돈을 전부 까먹고 보증금에서 월세를 공제하게 되었다. 별수 없이 마이너스 통장을 개설하고 자영업자 긴급 지원금을 받아가며 가까스로 가게를 유지해나갔다.

진작에 부동산에 가게를 내놓았지만, 일 년이 넘도록 나가지 않았다. 매물 문의 하나 없었다. 나는 모든 것을 순리에 맡기기로 했다. 때가 되면 알아서 진정될 것이다. 믿는 수밖에.

한영이 실질적으로 우리집의 가장이 된 지 오래되었다. 내가 생활비를 보태지 못해도 별말을 하지 않았다. 내 사정을 충분히 이해한다는 듯 이전에 비해 훨씬 많은 돈을 생활비 통장에 입금할 따름이었다. 생활 가전이나 IT 용품에 대한 수요는 더 늘었기에 한영의 회사는 전염병 시국에도 매출 신장을 이어나갔다. 전처럼 높은 액수는 아니지만 성과급도 나왔다. 연봉도 꽤 늘었다. 자리가 올라간 만큼 일도 책임도 늘었다. 부서가 바뀌고 찬호와 찢어진 이후로는 회사 생활을 힘들어했다. 부서 간에 알력 싸움이 벌어져 찬호와도 이전만큼 속을 터놓고 지내기가 어렵다고 했다. 오피스 부부로 불릴 만큼 가까운 사이였던 둘이었다. 나는 괴로워하는 한영을 보며 찬호와 이혼 조정 절차를 밟고 있는 것 같다는 농담을 건네기도 했다. 한영을 필두로 디지털마케팅팀 팀원들이 회사 유튜브 채널에 적극적으로 출연하기 시작하면서부터 한영은 회사를 대표하는 얼굴이 되었다. 강남에 위치한 회사 출입문에 한영과 황은채 팀장의 얼굴이 내걸렸고 이따금 길에서 한영을 알아보는 사람들이 생겼는데, 그만큼 한영을 질투하는 사람들도 늘었다. 한영은 겉으로는 웃으면서 그들을 대했지만 뒤돌아서면 눈에 띄게 피곤해했다. 부서에서 부장과 팀장 사이의 크고 작은 갈등으로 불똥을 맞은 날이면, 자주 혼잣말까지 했다.

"이건 내가 원하는 삶이 아니야."

*

어느 주말, 한영은 또 한번 찬호와 남준의 집에 다녀왔다. 소원해진 찬호와의 관계를 회복하는 동시에 아파트 매매나 재테크 같은 것들에 대해 대화를 나누고 싶어하는 것 같았다. 나에게도 같이 가자고 했지만 저녁 시간에 가게를 비울 수 없어 동행하지 못했다.

한영은 자정이 넘어서 집에 돌아왔다. 그날의 대화 주제는 아니나 다를까 부동산이었다. 남준과 찬호에게서 온갖 정보를 캐내온 것 같았다. 살기 좋은 아파트 단지의 조건이며 주택 담보 대출 팁, 향후 가격 상승 전망이 좋은 지역이 어디인지에 대해 길게 이야기를 들었다고 했다. 둘이 산 아파트 값이 요 몇 년 새 억 소리 나게 올랐다고, 부러움이 가득한 목소리로 덧붙였다.

"남준씨가 자기 명의로 주택 담보 대출을 받아 집을 샀고, 찬호가 전세 자금 대출을 받아서 그 집에 전세로 들어간 거래. 실질적으로 들인 돈은 얼마 안 되더라고. 매달 이자를 내기는 하는데, 둘이 나누니까 원룸 월셋값도 안 되던데?"

"뭔가…… 엄청나게 어른의 세상이네."

"형이야말로 스튜디오에 식당까지 경영한 사업가면서, 뭐 그런 걸로 감탄을 하고 그래. 심지어 개네는 만약의 사태에 대비해서 변호사 써서 공증까지 했다더라. 이자도 수입도 모두 반반씩 나누기로."

"그렇게까지?"

"어. 우리야 뭐, 죽을 때까지 같이 살 건데 그럴 필요까진 없겠지. 귀찮고 돈 들게."

죽을 때까지, 라는 말이 명치쯤에서 턱 걸렸다. 한영은 철석같이 나를 믿고 있는 게 분명했다. 하긴, 나도 한영을 믿었다. 한영이 Y처럼 아무 말도 없이 사라질 일은 없을 것이었다. 믿음이 사랑의 조건이라면 우리는 그 누구보다 단단한 관계를 만들어가고 있었다.

우리의 시작이 한 남자의 거짓된 삶과, 그 삶보다 더욱 거짓 같은 죽음이었다는 점을 떠올려보면 관계란 참 농담 같은 것이기도 했다. 한영은 어떨까. 내 모든 진실을 알고도 내 곁에 남아줄 수 있을까. 나는 그런 생각을 하다 고개를 휘휘 저었다. 미래를 걱정하지 않고 오로지 지금 이 순간에 집중하는 것. 그것이 내 유일한 삶의 방식이니까.

한영에게는 용산구나 성동구의 아파트로 이사를 가겠다는 더욱 구체적인 목표가 생겼다. 한영은 잠까지 줄여가며 임장을 다녔다. 함께 쓰는 유튜브 계정으로 부동산과 셀프 인테리어 관련 채널들을 구독해놓았다. 지금의 집을 떠나 새집을 사고, 그곳을 꾸며 완전히 새로운 삶을 살 수 있을 거라는 기대. 그 실낱같은 빛줄기가 그를 숨쉬게 하는 것 같았다.

얼마 후 한영은 내게 자신이 가진 예금 총액과 대출 가능 한도액을 정리한 파일을 보내주었다. 그리고 내 가용 현금과 신용대출 한도에 대해 물어보았다. 오랜 기간 함께 지내왔지만 각자의 재정 상태에 대해 이렇게 구체적으로 이야기하는 건 처음 있는 일이었다. 어쩌면 좋을까 고민하다 나 역시 주거래은행의 (한도에 이른 마이너스 통장과 대출 현황이 고스란히 표기된) 계좌 내역을 뽑았다. 내친김에 가게의 임대차 계약서와 지난 이 년간의 월별 매출, 직원들의 월급 명세서까지 모두 뽑아왔다. 나는 마치 망친 시험 성적표를 보여주듯 한영에게 이 모든 서류를 내밀었다. 한영은 그것을 몇 번이고 훑어보더니 내가 돌이키기 어려운 상태라는 것에 조금 충격을 받은 것 같았다.

"형, 많이 힘들었겠다……"

한영의 희망 한줄기가 툭, 하고 부러진 느낌이었다. 지금껏 한 번도 보지 못했던 한영의 깊이 낙담한 얼굴을 보며 나는, 한영이 나에게 진심으로 실망했다는 것을 느꼈다. 한영도 내 사정을 모르지는 않았을 것이다. 다만 이 정도일 줄은 몰랐을 것이다.

하지만 한영은 포기하지 않았다. 다음날 한영은 신용도나 기존 대출 내역과 관계없이 전세 자금 대출이 가능한 금융기관을 몇 곳 찾았다며, 제2금융권과 핀테크 대출 상품 목록을 뽑아다 주었다.

나는 가게 브레이크 타임에 가까운 저축은행에 상담을 받으러 갔다. 창구 직원은 소득이 일정치 못하고 신용 점수도 바닥이라 전세 자금 대출은 어렵다는 대답을 돌려주었다. 마스크 너머로 직원의 곤란해하는 표정이 보이는 것만 같았다.

"다른 업체에서도 힘들겠죠?"

"네. 신용등급이 회복되기 전까지는 아마 힘드실 것 같아요. 사금융을 이용하는 방법도 있겠지만 그건 이자 부담이 크고요."

은행 밖으로 나오는데 햇빛이 너무 뜨거웠다. 손차양을 하고 가게로 걸어가는데 발이 허공을 딛는 것 같았다. 마흔이 다 되도록 재산은커녕 빚만 주렁주렁 매달고 있는 내가 한심했다. 어쩌다가 이 지경이 되었을까. 내 삶이 두말할 것 없이 낙제점이라는 것을 확인한 기분이었다. 그때 어머니에게서 문자가 왔다.

─믿는 자들에게는 이런 표적이 따르리니 곧 그들이 내 이름으로 귀신을 쫓아내며 새 방언을 말하며, 뱀을 집어올리며 무슨 독을 마실지라도 해를 받지 아니하며 병든 사람에게 손을 얹은즉 나으리라 하시더라.(마가복음 16장 17~18절)

핸드폰을 집어던져버리고 싶었다.

그날 밤 나는 한영에게 은행에서 들은 내용을 모두 이야기했다. 큰 죄라도 지은 것처럼 자꾸만 목소리가 작아지고 어깨가 안으로 말려들어갔다. 가만히 내 이야기를 듣던 한영이 말했다.

"맘고생했겠다. 괜히 내가 다그친 것 같네. 미안해."

한영이 미안해할 일이 아니라는 건 한영도 나도 알고 있었다. 전적으로 내 잘못이었다. 내 잘못이라는 생각을 하는 순간, 울컥 억울함이 차올랐다.

그동안 정해놓은 휴무 날 외에는 단 하루도 쉬지 않고 일했다. 한영과 처음 살림을 합칠 때만 해도 내가 거의 한영을 먹여 살릴 정도로 벌이가 나쁘지 않았는데, 몇 년 사이에 이렇게 돼버렸다.

특히 지난 이 년간은 한시도 마음 편할 날이 없었다. 수입이 모자라면 사람을 줄이고, 부족한 인력은 내 몸으로 때웠다. 원가절 감을 위해서 무릎 연골이 닳도록 시장을 돌아다녔다. 배달을 시작 하면서 매출은 반짝 늘었으나 그래봤자 급한 불을 끄는 데 불과했 다. 고생 끝에 낙이 올 줄 알았더니, 빚만 늘었다. 차라리 이 년 전 에 거하게 망해버리는 게 더 나았을지도 모른다는 생각을 자주 했 다. 생각은 꼬리에 꼬리를 물어…… 애초에 가게를 열지 않았으 면 어땠을까 하는 데까지 이르렀다. 죽을 때까지 나와 지인들의 아지트로 삼으리라 마음먹었던 이 가게를 열지 않았더라면 이런 처참한 상황은 겪지 않아도 됐을 것이다. 모든 게 서럽고 원망스 러웠다. 세상 사람들 모두가 누군가의 탓을 하는 시대에 나는 누 구를, 무엇을 원망해야 할지 몰랐다. 하루에 십수 명이 확진될 땐 세상이 무너질 것처럼 야단하며 확진자 동선을 낱낱이 공개하고 술집 영업을 제한하더니 이제는 하루에 몇십만 명이 걸려도 아무 런 통제도 하지 않는 정부를? 이태원 상권이 싸그리 몰락한 이 판 국에도 단 한 푼도 빼먹지 않고 꼬박꼬박 임대료를 받아 챙기는 건물주를? 아니면 딱 요맘때 이태원을 헤집었던, 기남시 55번 환 자를? 최초로 한국에 이 병을 들여온 사람을? 아니면 어머니가 그 토록 믿는 신을 탓해야 하나? 아무것도 믿지 않는 나는 도통 무엇 을 탓해야 할지 알 수가 없었다. 그래서 그저 나 자신의 탓으로 돌 리기로, 이 모든 것들에 제대로 대처하지 못한 나 자신을 비난하 기로 하는 수밖에는 없었다.

*

　한영은 눈에 띄게 실망한 기색을 보이지는 않았다. 다만 온도가 일 도쯤 내려간 듯한 모습으로, 그러니까 이모가 돌아가시기 전 평소의 모습으로 돌아갔다.

　며칠 뒤 한영은 나를 식탁 맞은편에 앉히더니 가게를 정리하고 다시 사진 작업을 시작하는 건 어떻겠냐고 조심스럽게 말했다. 자신이 회사에서 담당하고 있는 홍보 프로젝트 외주를 맡겨줄 수 있다고 덧붙였다. 현역 때 패션 필름도 자주 제작했고 포트폴리오도 빵빵해 일을 맡기기에 모자람이 없다고, 요즘은 플랫폼이 다양해지고 사진과 영상에 대한 수요가 더 많아져 몇 번 제대로 된 프로젝트를 하고 나면 일거리가 꼬리에 꼬리를 물고 들어올 거라고 호언장담을 했다.

　"형은 억울하지도 않아?"

　내가 운영하던 스튜디오를 인수한 뒤 승승장구하고 있는 후배 일석을 보고 하는 말이었다. 나의 어시스턴트였던 일석은 내 스튜디오를 전면 리모델링하고 이름을 바꿔 자신의 공간으로 만들었다. 인스타그램에 석 스튜디오라는 계정을 만들어 벽돌 색조의 보디 프로필을 전문으로 찍는 사진가로 유명해졌다. 지금은 포토그래퍼를 두 명이나 두고 헤어와 메이크업 업체와 계약해 기업형 스튜디오를 꾸려나가고 있었다. 전염병의 여파에도 사세가 기울기

226

는커녕, 되레 SNS 속 가상의 자아를 더욱 비대하게 키우려는 사람들의 의식을 파고들어 갈퀴로 돈을 쓸어모은다는(그래서 아반떼에서 벤틀리로 차를 바꿨다는) 소문이 업계에 파다하게 퍼졌다. 정작 나는 큰 관심이 없었는데 한영은 석 스튜디오 계정을 팔로우하며 계속 지켜봐온 모양이었다. 이제는 아이돌과 배우들이 먼저 찾는 곳이 됐다고 했다. 논현동에 두번째 스튜디오를 내기까지 했으니 헛소문은 아닐 것이다. 한영의 말처럼 억울하지는 않았다. 그것은 일석의 능력이며, 나와는 관계없는 일이니까.

"일단 가게를 내놓는 게 어떨까? 정리하고 처음으로 돌아가서 다시 시작하자."

고민하다 나는 모든 것을 털어놓았다. 일 년 전 이미 보증금을 다 까먹은 채 부동산에 가게를 내놓았다는 것을, 그럼에도 연락 한 번 온 적이 없다는 사실도. 한영은 의외의 장벽에 말문이 막힌 것 같았다. 한참을 아랫입술을 깨물더니 조심스럽게 물었다.

"파산이나 개인 회생은…… 폐업은 생각해봤어?"

당연히 생각해보지 않은 건 아니었다. 그러나 과거의 기억이 내 발목을 붙잡았다. 어릴 적 집을 담보로 잡고 가족의 명의로 끊임없이 돈을 빌리며 온갖 사업을 전전했던 아버지, 그 때문에 신용불량자가 된 어머니, 평생 카드 한 장을 만들지 못했다고 아우성치던 어머니의 울음소리. 지금까지도 나를 옥죄고 있는 족쇄 같은 기억들. 그것이 이제 과거에 불과하다는 것을 알면서도 나는 파산, 이라는 단어를 검색할 수조차 없었다. 한영은 그런 내 사정을 얼마간 알고 있었다. 그렇기 때문에 말을 꺼내기까지 고민하고 주저했겠지.

"개인 회생 절차라도 밟을 수 있으면 밟아보자. 그게, 생각보다 복잡하거나 어려운 게 아니더라고. 돈 벌면서 조금씩 갚아나가면 돼."

완강히 고개 젓는 나를 한영이 다그쳤다. 더이상 한영의 말을 듣고 싶지 않았다. 진실을 마주하고 싶지 않았다. 미래에 대해서 생각하고 싶지 않았다. 나는 안방으로 가 침대에 누웠다. 평소와 달리 한영은 포기할 생각이 없어 보였다. 나를 따라 들어와 내 등 뒤에 앉아 계속 말을 이어나갔다.

"형, 미안해. 그치만 아까워서 그래. 따지고 보면 장사보다 사진을 더 오래했고, 잘하는 거 내가 알잖아. 마음만 먹으면 금방 재기할 수 있을 거야. 내가 도와줄게, 어?"

한영의 말대로 학부 때 어시스트로 일한 기간까지 치면 십여 년 세월을 등진 것이긴 했다. 나는 여전히 등을 돌린 채 생각해보겠다고 답했다.

"형, 내가 호주에서 지내는 동안 뭘 배웠는지 알아? 사람이란 어떻게 해서든 먹고살아진다는 거. 시든 양상추를 씻어 먹고도, 흙을 파먹고도 살아지는 게 인생이야. 실패를 너무 겁내지 말고 그냥 깨끗이 정리하면 안 돼?"

"알았으니까 제발, 제발…… 그만 좀 해."

네가 살고 싶은 대로, 내가 너 보기에 좋은 대로 살았으면 좋겠다는 말을 하는 거겠지. 낯선 공간에서 새롭게 시작하고 싶을 만큼 내가, 우리가 질렸다는 거겠지. 나는 늘 그래왔듯 장을 보고 장사를 하고 한숨을 쉬며 셔터를 내리고 보광동 빌라로 돌아와 누워 잠드는 지금으로 족한데. 이 일상만으로도 충분히 벅찬데.

나는 귀를 막고 눈을 감았다.

*

그날 밤 우리는 섹스를 했다. 실로 오랜만의 섹스였다. 키스를 했는지 안 했는지는 기억나지 않는다. 한영의 몸은 뜨거웠고 아마 나의 몸도 그만큼 뜨거웠을 것이다. 그럼에도 불구하고, 외로웠다. 마치 혼자 있는 것처럼.

*

언제부터인가 우리 사이의 공기가 어색해져버렸다. 사적 모임 제한이 폐지돼 이태원 상권이 살아나고 있었지만 나와는 상관없는 일이었다. 관성적으로 가게에 출퇴근을 했고 거짓말처럼 매출은 제자리걸음이었다. 이제 정말 결단을 내려야 할 때였다. 더 비겁해질 수 없을 만큼 나는 벼랑 끝에 서 있었다.

매일 아침 욕실에 서서 거울을 볼 때마다 내 뺨을 때렸다.

정신 차리자. 똑바로 자신을 바라보자. 지금 내가 서 있는 곳이 어디인지를 깨닫자.

하루에 딱 한 걸음씩만 변하기로 다짐했다.

*

겨울이 되어 한영이 내게 코트 한 벌을 사주었다. 나는 그 옷을 입고 새로운 시작을 하기로 했다.

한 걸음, 개인 회생 절차를 시작했다. 한영이 개인 회생 전문 변호사를 소개해주었다. 한영의 차를 타고 강남의 변호사 사무소에 들렀다. 수임료는 이미 결제된 상태였다. 변호사는 심리 상담사 같은 차분한 목소리로 내가 자신이 맡고 있는 의뢰인 중에서 가장 채무액이 적다고 했다. 비교적 빨리 회생이 가능할 것이라고 위로하듯 말했다. 그가 차고 있는 다이아몬드 박힌 금통 롤렉스는 오래전 내가 화보 사진을 찍은 적이 있는 모델이었다. 망하는 사람이 많나보다. 생각했다.

두 걸음, 가게를 정리해나갔다. 일단 직원들에게 사정을 말했다. 오픈 때 함께했던 멤버들은 이미 그만둔 지 오래였다. 저녁 시간대나 주말에 일하는 알바생들에게는 소식을 알리기 쉬웠다. 삼 년 가까이 일해온 주방 보조에게는 퇴직금에 위로금을 얹어주는 것으로 안타까움과 사과의 뜻을 전했다.

세 걸음, 인터넷에 등록된 가게 정보를 지우고, 사업자로 가입한 배달 앱도 탈퇴했다. 국세청 사이트에 들어가 개인 사업자 폐업 신고를 했다. 신청서가 접수되었고, 별다른 일이 없으면 나의 이자카야는 무사히 세상에서 말소될 터였다. 생각보다 담담했다.

네 걸음, 온라인 커뮤니티와 부동산 앱에 가게를 내놓았다. 개업 초기에 찍어놨던 가게 사진을 첨부해 정성껏 히스토리를 적어 내려갔다. 이태원 상권에 관심을 보이는 대형 부동산 업체에도 매물을 맡겼다. 규모가 크고 수수료가 비싼 곳이었다. 실질적인 팬데믹 종료 이후 경기가 회복되는 낌새를 가장 먼저 맡은 것은 역시나 업자들이었다. 두 달도 채 지나지 않아 부동산 업체를 통해 가게가 나갔다는 소식을 들었다. 새 주인은 멤버십 회원 전용 한우 오마카세 집을 열 것이라고 했다. 한우 오마카세라는 작명이 형용모순 같았다. 새 주인은 주방 시설과 대형 바 테이블, 업소용 냉장고 등을 넘기는 조건으로 내게 오백만원을 제시했다. 팔천만원을 들여서 세팅한 시설과 인테리어였다. 어차피 중고 업체에 넘겨봤자 더 큰 돈을 받을 수 있을 것 같지도 않아 제안을 수락했다. 받은 돈을 몽땅 부동산 업체에 입금했다.

다섯 걸음, 폐업 파티 날짜를 정했다.

개업 초반에 나를 도와줬던 잡지사 및 패션 업계 사람들과 고향

친구들, 대학 친구들을 초대했다. 거기다 한영과 나의 공통된 '이쪽' 친구들까지 모두 불러모았다. 삼사 년 전만 해도 주말만 되면 내 가게를 제집처럼 드나들던 친구들이었다. 자정까지 술을 퍼마시다 클럽에 춤을 추러 가겠다고 무단 횡단을 하던 친구들의 모습이 아직도 눈앞에 아른거리는 것만 같았다. 찬호와 남준에게도 초대장을 돌렸다. 찬호에게서는 시간이 되면 꼭 참석하겠다는 답이 왔지만 아마도 남준은 오지 않을 것 같았다. 어쩌됐건 최선을 다해 친구들을 맞이하고 싶었다.

폐업 파티 날, 나는 일찌감치 출근했다. 기십 명을 초대했는데 그중 몇 명이나 와줄지 몰라 긴장이 되었다. 고기와 어묵, 생선 등 식재료를 사러 마트에 갔다. 화이트와인과 사케도 샀다. 이런 날 차가 있어야 하는데, 하필이면 한영이 차를 몰고 외근을 나간 날이었다. 나는 택시를 탈까 지하철을 탈까 고민하다 지하철을 타기로 했다. 망한 주제에 '폐업 파티'를 열면서 택시까지 타려니 양심에 찔렸다.

한쪽 손에 봉지를 들고 양팔로 박스를 안은 채 6호선 열차를 탔다. 자리에 앉으니 이마에서 땀이 흘러내렸다. 마스크 속 인중이 축축이 젖어드는 게 느껴졌다. 호흡곤란이라도 온 것처럼 숨쉬는 게 답답했다. 이상하게 전보다 쉽게 숨이 찼다. 몇몇 사람이 나를 힐끗 쳐다보았다.

열차가 갑자기 멈춰 섰다. 아무리 기다려도 출발하지 않아 사람들이 술렁이기 시작했다. 그러던 중 방송이 나왔다.

"열차 사정으로 더이상 운행을 하지 않습니다. 승객 여러분께서는 모두 열차에서 내려 다음 열차로 갈아타주시기 바랍니다."

무슨 사정일까. 갑자기 열차가 고장난 걸까, 의아했다. 나는 다소 짜증난 채로 열차에서 내렸다. 그럴 리 없다는 것을 알면서도 자꾸만 박스가 무거워지는 것 같았다.

가게에 도착했을 땐 땀과 입김으로 마스크가 흠뻑 젖어 있었다. 나는 새 마스크를 꺼내 쓰고, 사케 아홉 병을 찬장에 집어넣었다. 잠시 카운터에 앉아 땀을 닦으며 핸드폰을 보는데 포털 사이트에 뉴스 속보가 떠 있었다. '6호선 기관사 지하철 운행중 확진 판정.' 내가 탔던 열차 얘기였다.

기관사는 승객과 접촉이 없었다. 해당 열차는 방역을 위해 곧바로 기지로 복귀했다.

나는 텅 빈 열차가 도시를 가로지르는 모습을 상상했다. 투명한 유리관처럼 풍경 속에 녹아드는 열차. 내 텅 빈 가게도 그와 다를 바 없다는 생각이 들었다. 감상에 젖어 있는 사이 오후가 다 되었고 더는 지체할 시간이 없었다. 나는 부지런히 나가사키짬뽕과 어묵탕을 끓이고 꼬치 세트와 활어회를 준비했다.

일곱시가 지나자 친구들이 하나둘 오기 시작했다. 친구들은 무리별로 테이블에 앉아 내가 내어준 음식을 먹으며 수다를 떨었다.

찬호에게서 야근 때문에 참석하기 힘들 것 같다는 연락이 왔다고 한영이 말했다. 아마 남준도 오지 않을 터였다. 아홉시가 넘어가자 가게가 발 디딜 틈 없이 꽉 찼다. 사람들이 와자지껄 떠드는 소리가 귀를 울렸다. 실로 오랜만에 느껴보는 소음이었다. 마치 처음 가게를 열었을 때와 같은 활기가 느껴졌다. 꺼지기 직전의 불씨와 같은 행복일 것이다. 얼마 지나지 않아 술과 음식이 동나 한영과 내가 편의점과 옆 가게에서 음식과 술을 계속 사다 날랐다.

대학 친구들의 화젯거리는 역시나 일석이었다. 스튜디오 사업으로 논현동 건물까지 샀다는 소문이 있다고 했다. 시부모님께 아이를 맡기고 왔다는 전직 스타일리스트 유영은 내게 아깝다는 말을 거듭했다.

"일석이 자리가 네 자리였어야 해."

가게를 꼭 접어야 하느냐고 묻는 친구들에게, 고민하다 짧게 답했다.

"존나 망했어."

"네가 앉은 자리마다 모두 폐허다."

유영의 말에 다들 크게 웃었다. 나는 일본산 위스키를 몇 잔 들이켠 뒤, 가게를 가득 메운 사람들에게 다시 문화 예술계로 복귀할 예정이니 무슨 일이든 맡겨달라고 쩌렁쩌렁한 목소리로 말했다. 취기를 빌렸기에 가능한 소리였다. 다들 거물 임철우의 복귀를 축하한다며 물밀듯 일이 들어올 것이라고 박수를 쳤다. 대학

동기 승환은 "너 언젠간 다시 돌아올 줄 알았다"라고 말했다. 내가 가게를 연다고 했을 때에는 언젠가 딴짓할 줄 알았다고 했던 친구였다. 평소에는 고깝게 들렸을 말인데, 그것조차도 행복하게 느껴지는 밤이었다.

열한시가 넘어갈 무렵 누군가 부랴부랴 자리에서 일어났다. 폭설 예보가 났다고 했다. 하루종일 하늘이 심상치 않다 싶었다.

"눈 오면 택시도 안 잡혀."

다른 사람들도 덩달아 짐을 싸기 시작했다. 지하철 막차라도 타야겠다며 삼삼오오 떠나갔다. 마지막까지 남아서 사람들을 배웅하던 한영도 자정 전까지 꼭 올려야 할 기안이 있다며 먼저 집에 가겠다고 했다.

"그냥 형도 나랑 같이 들어가고 내일 치우는 게 어때?"

"이렇게 난장판을 해놓고 어떻게 가. 얼른 먼저 가. 대충만 정리하고 갈게."

"어, 그럼 상하는 것만 버려놔. 주말에 날 잡고 나랑 같이 치우자."

나는 알겠다고 말한 뒤 한영을 보냈다.

순식간에 가게가 텅 비어버렸다. 정말이지 행복한 날이었다. 하나같이 웃기고 즐거웠다. 너무 웃겨서 허망할 정도였다. 바에 앉아 고요에 잠긴 가게를 가만히 둘러보았다. 가게가 이렇게 넓었나. 그래서 이토록 공허한 기분이 드는 걸까. 감상에 젖어 있을 시간은 없었다. 혼자서 남은 음식물과 술병들을 치우기 시작했다.

*

우리는 결국 한영의 바람대로 이사를 가게 되었다.

옮긴 집은 강남역 근처의 주거형 오피스텔이었다. 한영이 걸어서 회사에 갈 수 있는 거리였고 방도 두 개였으며 오피스텔치고는 평수가 크게 나온 편이었다.

당초에 한영이 바랐던 대로 집을 살 수는 없었다. 보광동 집에 묻어둔 보증금의 일부를 나의 급한 빚 상환에 쓰는 바람에 모자란 전세 보증금은 한영의 회사 사내 대출을 통해 충당했다. 사정이 좋아지면 두 배로 갚을 각오를 하라고 말하는 한영은 Y와 지냈던 오래전의 나를 꼭 닮아 있었다.

이사 준비에 보름이 넘게 걸렸다. 십 년도 넘게 산 집이었다. 처음 한남동에 스튜디오를 열 때 인근에서 찾은 제일 싸고 넓은 집이었는데, 그동안 보증금과 월세가 두어 번밖에 오르지 않아서 스트레스가 적었다. 이곳에서 한 명의 애인을 떠나보냈고, 한 명의 애인을 만났다. 정말로 이 집을 떠나게 되다니.

오래되고 낡은 것들, 그러니까 내가 가진 거의 모든 것을 버리고, 새집에 맞는 새로운 세간을 들이기로 했다. 백 리터짜리 쓰레

기봉투를 여덟 장이나 채웠음에도 쓰레기가 계속 나왔다. 가구와 가전제품을 일일이 내다놓을 엄두가 나지 않아 아예 수거 전문 업체를 불렀다.

이사 당일 포장이사 업체가 아침 일찍부터 들이닥쳤다. 고생을 예상하며 목장갑까지 준비해두었는데 이사 전문가들은 한영과 나를 한쪽 구석에 몰아넣고는 자기들끼리 아주 빠른 속도로 짐을 쌌으며, 강남에 도착한 뒤 역시나 빛의 속도로 짐을 풀고 사라졌다. 세간을 거의 다 처분했음에도 정리할 것이 끝도 없이 나왔다. 결국 자정이 다 되어서야 간신히 사람 사는 집다워졌다. 거실 크기가 전의 집보다 작아서인지 답답한 기분이 들었지만, 창 너머 탁 트인 야경이 나쁘지 않았다.

다음날 우리는 지독한 근육통에 시달리며 정오가 지나도록 늦잠을 잤다. 갑자기 초인종이 울렸다. 택배 기사인가 싶어 무시하고 있었는데 벨소리는 집요하게 울려퍼졌다. 나는 잔뜩 인상을 쓴 채 현관문을 열었다.

어머니가 커다란 캐리어를 잡고 문 앞에 서 있는 게 보였다. 손바느질 자국이 선연한 꽃무늬 면 마스크를 쓴 채로. 어머니는 강남의 E병원에 정기검진을 받으러 왔다고 했다. 마침 병원이 내가 새로 이사왔다는 집 근처라 들렀다고, 서울은 차가 너무 막히고 공기도 안 좋아서 사람 살 곳이 못 된다고 푸념을 해댔다.

"어머니, 오시려면 미리 연락이라도 좀 하시지 그랬어요."

"누군 오고 싶어서 온 줄 아니? 그저께 꿈을 꿨다. 불구덩이 속에서 니가 울고 있더라. 손을 뻗어도 너무 멀어서 닿지가 않아 구할 수도 없었어. 깨보니 영 찝찝해서 참을 수가 있어야지. 마침 새집으로 이사도 했다고 하고, 아무리 생각해도 불안해서 그냥 내려갈 수는 없더구나."

눈을 비비며 나온 한영이 놀란 눈으로 어머니에게 인사를 했다. 어머니는 형식적으로 인사를 받고는 분주하게 몸을 움직였다. 어머니는 캐리어에서 커다란 김치통 하나와 반찬통 여러 개를 꺼내 냉장고에 집어넣었다.

"너희는 뭐 먹고 사는 거니? 어째 냉장고에 먹을 만한 게 하나도 없구나."

"어제 이사왔잖아요. 원래 있던 건 다 버렸어요."

어머니의 선물은 거기서 그치지 않았다. 기독교 백화점을 들러 새집에 놔둘 성구와 성화 액자를 사왔다고 했다. 또 캐리어 속에는 탁상용 십자가와 시계 등이 에어캡에 싸여 있었다. 어머니는 그것들을 꺼내 정성껏 비닐을 뜯어 방마다 하나씩 놓아두었다. 그런 뒤에는 거실 테이블 위에 놓아둔 십자가 앞에 한영과 나를 앉혔다. 한영은 매일 기도를 해온 사람처럼 능숙하게 두 손을 모았다. (친한 동생이라고 소개한) 한영과 함께 산다고 했을 때 어머니가 가장 먼저 던진 질문도 '믿음을 가지고 있는지'였다. 어머니는 (십오 년째 교회를 나가지 않는 탕아이긴 했으나 어쨌든) 한영이 신앙을 가진 사람이라 마음에 들어 했다. 물론 한영이 이름을 대면 누구나 알 만한 대기업에 다니는 것도 신뢰감 형성에 한몫을 했을 것이다. 우리 셋은 둘러앉아 기도를 하기 시작했다. 어머니는 마치 프롬프터를 보고 읽는 것처럼 줄줄 기도문을 외웠다. 영원히 끝나지 않는 랩 같은 기도를 들으며 한영과 나는 이따금 실눈을 뜨고 서로를 보며 웃음을 참았다. 발이 간지러워 견딜 수 없을 때쯤 아멘, 하는 소리와 함께 기도가 끝났다. 눈을 뜬 어머니는 후련한 표정이었다.

"이제야 좀 안심이 되는구나."

그러고 나서 어머니는 몸을 일으켜 온 집안을 부산하게 들쑤시며 청소를 하기 시작했다. 말려도 소용이 없다는 것을 알기에 나는 다시 침대로 들어가 누웠다. 청소를 마친 어머니는 기차 시간이 다 되어간다며 가보겠다고 말했다. 나는 어머니의 캐리어를 끌고 오피스텔 입구까지 배웅을 나가, 앱으로 택시를 불렀다.

캐리어를 트렁크에 싣기 무섭게 어머니는 얼른 들어가라고 손사래를 쳤다. 나는 어머니에게 지갑에 있는 돈을 모두 쥐여주었다. 어머니는 두어 번 거절하다, 내가 준 돈을 십일조에 보탤 것이며, 그러면 하나님이 내 앞길을 더욱 탄탄히 보호해주실 거라고 말한 뒤 택시와 함께 홀연히 사라졌다.

집에 돌아와 어머니가 덫처럼 놓아둔 십자가들을 모두 회수해 서랍 속에 집어넣었다. 옷방에 놓인 커다란 성화에는 백인 남자 얼굴을 한 예수가 그려져 있었다. 잘 정돈된 갈색 톤의 머리카락과 수염, 너무나도 초롱초롱하고 성스러운 눈빛을 견딜 수 없었던 나는 한영에게 매직펜을 가져오라고 해 예수의 눈에 안대를 그려 넣었다. 왼쪽 눈 밑에 별 모양의 작은 점을 그린 후 매직펜 뚜껑을 닫았다. 이제 예수님도 푹 쉴 수 있을 것이었다. 한영은 웃으며 내가 나이가 들수록 더 어린애 같아진다고 타박했다.

"여기, 왼쪽 뺨에 점이 있으면 부부 운이 좋대."

"예수님은 부부 운이 좋았을까?"

"결혼 안 하지 않았어?"

"그랬던 것 같다."

"근데 우리 뭐 이따위 대화를 하고 있냐."

"그러게, 별소릴 다 한다."

나는 액자를 서랍장 뒤쪽으로 옮겨놓았다. 생각보다 묵직한 무게에 놀랐다. 한반도의 최남단에서 이곳까지 무거운 캐리어를 끌고 올라왔을 어머니의 모습을 떠올리자 한숨이 나왔다. 어머니의 인생을 생각하면 언제나 애잔함과 혐오가 섞인 형언할 수 없는 감정이 차올랐다.

어머니가 처음부터 저렇게 광신적인 사람이었던 것은 아니다. 내가 어릴 적만 해도 어머니는 되레 중요한 일이 있을 때마다 절에 치성을 드리러 가는 불교 신자에 가까웠다. 그러나 (어머니의 표현에 따르면) 허풍선이 같은 아버지가 사업에 손을 대면서 모든 불행이 시작됐다. 아버지는 언제나 미래를 사는 사람이었다. 할아버지가 간암으로 고생을 하다 돌아가신 뒤로 진시황처럼 장수에 집착했다. 헬스 케어 사업을 한답시고 가족들을 버려둔 채 전국 팔도를 다 돌아다녔다. 그가 발로 뛰며 구해온 사업 아이템은 고로쇠나무 수액과 상황버섯, 가시오가피와 장뇌삼, 수소수 등이었다. 아버지의 사업은 번번이 실패로 끝났지만 그는 절대 좌절하지 않았다. 집에 쌓인 물건들로 인해 오히려 죽음이라는 공포로부터 한 발짝 멀어질 수 있음에 감사하는 것처럼 보이기도 했다. 한심하고 같잖은 사기에 놀아나지 말라는 어머니의 타박에 아버지는 십 년 뒤에 세상을 뒤집어놓을 유망 산업이라며 적반하장으로 큰소리를 쳤다. 그런 탓에 어머니는 어린 자식 둘을 홀로 건사해야만 하는 처지에 놓였고, 이혼과 자살이라는 서슬 퍼런 카드를 가슴에 품은 채 매일을 살아나갔다. 가사 도우미와 식당 일을 하며 하루하루 버티던 어머니의 마음 상태가 심상치 않아 보이자 큰이모가 어머니의 손을 끌고 교회에 데려갔다. 난생처음 가본 교회에서 찬송가를 듣다가 어머니는 자신도 모르는 새 눈물이 주룩주룩 흘러내리고 있다는 걸 깨달았다. 지진이 일어난 듯 온몸이 격렬하게 떨렸고, 그 진동이 멎을 때쯤 형언할 수 없는 환희가 찾아왔다고 했다. 그때가 구원의 순간이었다고 말하는 어머니의 얼굴은 매번 황홀해 보였다. 그 이후 어머니는 매일 아침 새벽 예배를 나가게 되었으며, 두번째 배우자나 다름없는 예수라는 존재로 말미암아 생의 의지를 다질 수 있었고, 아버지에 대한 증오와 원망으로부터 조금은 자유로워질 수 있었다. 뼈가 부서지게 일하며 알뜰살뜰하게 돈을 모은 어머니는 삼 년 만에 버스 정류장 앞에 백반집을 차리는 데 성공했다. 누나의 이름과 내 이름에서 한 글자씩 딴 나우백반, 이라는 현대적 이름을 가진 식당은 우리 동네 사람들 모두가 와서 수다를 떨고 노는 사랑방 같은 공간으로 자리잡았다. 나와 누나는 그곳에서 한글을 배우고 색칠 공부를 하며 무사히 학교를 졸업했다.

일주일에 한두 번 집에 들어오던 아버지가 완전히 집을 떠난 지 삼 년이 됐을 즈음이었다. 친가 사람들은 굿이라도 해야 하는 것 아니냐고 난리를 치며 어머니를 닦달했다. 예수님과 재혼에 성공한 어머니는 콧방귀도 뀌지 않았다. 결국 큰고모가 나서서 굿판을 벌였고 '북쪽 어드메'에 아버지가 죽어 있다는 무당의 전언을 받았다. 그후 누나와 어머니는 친가와 아예 왕래를 끊고 핸드폰 번호조차 차단해버렸다. 아버지를 정말 죽은 사람 취급하며 살아가기로 마음먹은 것이었다. 그러나 아버지는 죽기는커녕 멀쩡히 살아서 재정 상황을 점점 더 악화시키며 나에게 한 달에 한두 번꼴로 술 취한 채 전화를 하거나 비문투성이 문자를 보내면서 생존신고를 하고는 했다. 그러던 어느 날 받은 아버지의 전화는 의미심장했다. 자신이 죽으면 꼭 선산에 매장을 해달라는 것이었다.

죽어서 모든 게 없어진다고 생각하면 참을 수 없이 공포스럽다고, 꼭 손톱 하나 버리지 말고 온전하게 묻어달라고 거듭 말했다. 아버지가 목숨을 빌미로 관심을 갈구한 게 처음은 아니었으므로 나는 크게 동요하지는 않았다.

육 개월 뒤 경기도의 한 비닐하우스에서 아버지가 변사체로 발견됐을 때 나와 마찬가지로 어머니도 차분해 보였다. 시신은 꽤 오랫동안 방치되어 있었으므로 사인과 정확한 사망 시점을 추정할 수 없었다. 어머니는 진상 규명을 포기하고 곧바로 장례 절차를 진행했다. 장례는 이틀 일정으로 짧게 치러졌고, 장지는 집 근처의 납골당이었다.

"어머니, 아버지가 꼭 선산에 묻어달라고 부탁하셨는데……"

"평생 마음속에 믿음이 없던 사람이 한 소리다. 신경쓸 것 없다."

친가 사람들은 어머니의 결정에 반대했으나, 어머니는 눈도 깜짝하지 않고 기독교식으로 장례를 치렀으며, 발인 날 아버지의 시신을 화장로에 집어넣었다. 납골당 안치단에는 그 흔한 꽃 장식이나 사진 한 장 놓이지 않았다. 한없이 고요하고도 쓸쓸한 죽음이었다.

그후 한 달 가까이 어머니는 매일 잠을 설쳤다. 꿈에 자꾸만 아버지가 나온다고, 불구덩이 속에서 살려달라고 아우성을 친다고 말했다. 십 년 가까이 식당을 운영하는 동안 멀쩡하게 잘만 나르던 뚝배기 그릇을 놓쳐 경미한 화상을 입고 발가락뼈에 실금이 갔다. 그 일을 겪고 어머니는 뭔가 결심한 듯했다. 가게문을 닫고 셔터에 커다랗게 '집안 사정으로 사흘 쉽니다'라고 써 붙였다. 거의 한 번도 가게 일을 쉰 적이 없었는데 놀라운 일이었다. 어머니는 다리를 절뚝대며 우리 남매를 이끌고 납골당에 갔다. 아버지의 유골함을 들고 당신 고향인 남해의 한 섬으로 향했다. 유해를 바다에 뿌렸다. 어머니는 꿈에서 본 지옥 같은 불길 속에서 허우적대는 아버지의 모습 때문에 이런 결정을 내리게 됐다며, 우리에게 단호하게 말했다. "육신은 껍데기일 뿐이다. 주님을 모르고 떠난 너희 애비가 불쌍할 따름이다." 나는 아버지가 십 년 뒤에 대박이 날 것이라고 확신했던 건강식품들이 정말로 대박이 났는지 확인하지 못하고 떠난 것이 조금 서글펐다. 어머니는 그후 거짓말처럼 악몽이 멎었다고 했다.

정말로 불쌍한 건 누구였을까, 아직도 가끔 떠올리고는 한다.

*

복될 게 별로 없는 내 인생에 그나마 깃든 복을 꼽자면 일복과 배우자 복을 꼽을 수 있을 것이다. 가게를 폐업한 지 얼마 지나지 않아 한영의 도움으로 새로운 사진 작업 프로젝트를 맡게 되었다. 한영의 회사 공익 재단에서 한 지방의 폐교를 개조해 만든 예술가 레지던스의 홍보 영상과 포토북을 제작하는 일이었다. 한영이 사

진작가로 내 이름을 적은 기획안을 올리자 황은채 팀장이 반색을
하며 좋아했다고 전해주었다.

"걔 예전 회사 다닐 때부터 형 팬이었대. 화보도 자주 스크랩했
었고."

"황은채도 우리 업계 출신이었지 참."

"맞아, 첫 직장이 잡지사였잖아. 그때 형이 업계의 라이징 스타
여서 모르는 사람이 없었다던데? 자기도 형 보러 꼭 같이 출장 갈
거라 했어."

한영의 말에 따르면 회사에서 세금 감면을 위해 '돈 안 되고 쓸
데없는' 공익사업에 천문학적인 금액을 쏟아붓고 있다고 했다. 그
말이 맞는지 계약금이 쏠쏠했다. 렌터카에 보조 스태프도 붙여주
고 방 두 개짜리 콘도까지 잡아주었다. 무엇보다 영상과 스틸 사
진, 상업과 예술 작업 모두를 실현할 수 있는 프로젝트라 복귀를
알리는 신호탄으로 나쁘지 않을 것 같았다.

그렇게 향하게 된 남해의 K시는 태어나서 처음 가본 곳이었으
나 퍽 익숙했다. 돌과 흙밖에 없는 척박한 해안, 어촌이 형성되기
에는 너무 작은 항구와 오래되고 문 여는 시간이 들쑥날쑥한 횟집
들까지. 내 고향과도 크게 다르지 않은 풍경이었다. 바람의 냄새
조차 비슷했다.

나는 그곳의 풍경들을 담고 한영이 짜놓은 스케줄에 맞춰 상주

아티스트들의 인터뷰를 땄다. 폐교를 개조한 레지던스 건물은 몹시 아름다웠다. 국제 건축상을 받은 독일인 디자이너가 리모델링을 했다는 이야기를 들었는데 어디에 렌즈를 갖다대도 그림이 나와 작업이 수월했다. 게다가 시범 사업을 정식으로 안착시키기 위해 한껏 신경을 써서, 이름만 들어도 알 만한 국내외 다양한 아티스트들이 입주해 있었다. 그들은 모두 반연예인이나 다름없어 카메라 앞에 서는 것이 익숙했고, 딱히 디렉션을 줄 필요도 없이 최적의 포즈로 최적의 멘트를 쏟아냈다.

숙소에서 보낸 지 나흘째, 한영과 황팀장이 찾아왔다. 둘은 내 앞에서 서로 반존대를 했으나, 크고 작은 시련을 함께 겪어온 십년지기처럼 가까워 보였다. 우리는 어시스트가 운전하는 차를 타고 도시 재건 사업에 선정된 업체들을 돌아다니며 리모델링된 가게들의 외관이며 간판을 찍었다. 잡지사와 함께 일하던 시절에 수도 없이 해왔던 일이었다. 한영이 촘촘하게 타임테이블을 만들고 협조 요청을 마쳐놔 반나절 만에 세 군데의 로케이션 촬영을 마칠 수 있었다.

마지막 촬영지는 해안 절벽 근처에 위치한 해물찜 전문점이었다. 한옥집 식당으로, 맛집이라고는 찾아볼 수 없는 K시에서 유일하게 줄을 서서 먹어야 하는 곳이기도 했다. 해안가인지라 도심에서 차를 타고 꽤 멀리 나가야 했다. 그래봤자 도로가 횡해 이십 분 만에 도착했다. 그런데 가게문이 잠겨 있었다. 문에는 손글씨로

'사정상 오늘 쉽니다'라고 적힌 하얀 종이가 붙어 있었다.

"분명히 사전에 촬영 협조를 받아놨는데……"

한영이 혼잣말을 했다. 업주에게 전화를 걸며 전전긍긍하는 모습을 보니 아마도 황팀장의 눈치를 보는 듯했다. 나 역시 당황스러운 마음에 담 너머로 안쪽을 들여다보았다. 뒷마당에 생활의 흔적이 느껴지는 빨래 건조대며 고무 대야 등이 있었다. 안채에서 사람들이 지나다니는 게 보였다.

"저기요, 계세요! 서울에서 촬영하러 왔습니다."

내가 큰 목소리로 외쳤다. 돌아보라는 사람들은 안 보고 대신 한영과 황팀장이 내 쪽으로 왔다. 우리는 발끝을 들고 집안을 건너다보았다. 대청에 제사상이 차려져 있었다. 흰 종이가 깔린 상 위에 중년 남성의 사진이 올려져 있고, 앞에는 과일과 제사 음식, 머리가 잘린 죽은 짐승의 몸체가 놓여 있었다. 갑자기 장구와 꽹과리 소리가 우렁차게 울려퍼졌다.

색동 한복을 차려입은 무당이 짐승의 시체를 연신 칼로 내려치더니 마당에 내려와 춤을 추기 시작했고, 그 앞에 파마머리를 한 중년 여성이 무릎을 꿇고 앉았다. 무당이 든 칼에서 피가 줄줄 흘러 바닥의 돗자리를 적셨다. 상 위의 흰 종이에도 피가 흩뿌려져 있었다. 이 동네에서 유일하게 돈 좀 만진다는 이 집에 도대체 무슨 풍파가 닥쳤길래 대낮에 저렇게 피칠갑을 하며 칼춤을 추고 있는 걸까. 누군가 죽은 것일까. 무슨 잘못이라도 저지른 것일까. 아니면 사진 속 남자가 매일 꿈에 나오기라도 하는 걸까. 어떤 믿음이 저 아주머니를 저렇게 무릎 꿇게 만들었을까. 한참 동안 굿판을 지켜보다 고개를 돌렸다. 원치 않았던 기억들이 되살아나기 시작했다. 무릎을 꿇은 채 통성기도를 하던 어머니의 뒷모습, 그 뒤에서 울고 있던 누나와 나. 내 과거, 내 삶.

"어, 눈이다."

황팀장이 하늘을 가리키며 소리쳤다. 정말로 눈이 내리고 있었다. 3월의 봄눈이었다. 옅은 눈은 땅에 닿자마자 곧바로 희미해졌다. 바람이 세게 불어 눈발이 옆으로 흩날렸다. 굿판을 벌이는 상에도, 핏물이 묻은 칼에도, 병든 세상에도 눈이 떨어져내렸다. 한영이 내 옆에서 손바닥을 펴 들고 눈을 받았다. 눈은 손바닥에 닿자마자 녹아 없어졌다. 순간 나는 영원에 대해서 생각했다. 그리고 또다시 믿음에 대해서 생각했다. 언제고 깨어지고 흩어져버릴 유릿조각 같은 믿음에 대해서. 한영과 황팀장은 강아지처럼 신나하며 웃고 있었고, 나는 카메라의 뷰파인더에 눈을 갖다댔다. 뺨으로 물 한줄기가 흘러내리는 게 느껴졌다.

눈이 짰다.

*

이자카야의 폐업 파티 날 밤, 모두가 떠난 자리에 찾아온 마지막 손님이 있었다. 문이 열리고 차임벨 소리가 울렸다. 나는 여기저기 흩어져 있는 술병을 정신없이 주워올리다 반사적으로 외쳤다.

"가게문 닫았습니다."

"잠시 앉아만 있다 가는 것도 안 될까요?"

내 눈앞에 주춤대며 서 있는 사람은 입가에 미소를 머금은, 김남준이었다.

"제가 너무 늦었죠?"

남준은 볼 캡에 트레이닝복 차림이었다. 모자와 어깨에 눈이 소복이 쌓여 있었다. 뉴스에 나올 때와 달리 풀 세팅된 모습이 아니었고, 심지어는 집들이 파티에서 봤을 때와도 다른 느낌이었다. 근처에 일이 있어 끝나고 들렀다고, 괜찮으면 이야기나 하자고 말하는 남준을 바 테이블에 앉혔다. 남준은 내게 하이볼 한 잔을 달라고 했다. 나는 반쯤 남은 화이트와인 한 병과 크래커를 바 위에 올리며 대답했다.

"이게 남은 전부예요."

남준이 씨익 웃으며 답했다.

"이거면 충분해요. 감사합니다."

"돈 받을 건데요?"

"하하, 그래도 감사합니다."

거기까지 말하고 남준은 입을 닫았다. 핸드폰을 보며 바 테이블을 검지손가락으로 톡톡 두드릴 뿐이었다. 굿거리장단에서 자진

모리장단으로. 점점 더 빨라지는 박자. 그저 핸드폰을 보고 있는 것을 보면 나에게 별다른 용건이 있는 건 아닌 것 같았다. 찬호는 어디에 두고 온 걸까 궁금했지만 묻지 않았다.

"눈이 많이 오네요."

남준의 말을 듣고 창밖을 내다보니 정말로 폭설이 내리고 있었다. 남준은 예쁘다, 라고 중얼댔다. 그 말이 새삼스러웠다. 언젠가 나도 눈을 보며 감상에 젖던 때가 있었다. 배달 기사가 잡히지 않고 손님도 들지 않아 하루 매출이 바닥을 치게 만드는 눈이 아니라, 아름다움과 살아 있음을 느끼게 하는 눈을, 일상을, 삶을 보던 때가 있었다.

"남준씨, 차 안 가져왔죠?"

"술 마시러 왔는데 당연하죠."

"그럼 오늘 천천히 마시다 가도 되겠어요."

"네?"

"눈 오는 거 보니까 일찍 가긴 글렀네요. 장사를 오래 해서 기상청이 다 됐거든요. 딱 보면 알아요. 이런 눈은 쉽게 그치지 않아요. 십 분만 지나도 하얗게 쌓이고, 택시도 배달 기사도 잡히지 않죠. 손님도 발길을 끊고요. 사실 눈 안 오는 날도 별반 다르진 않았지만. 그래서 이렇게 돼버렸네……"

나는 텅 빈 가게를 둘러보며 자조적으로 말했다. 남준은 걱정어린 표정으로 내 얼굴을 바라보며 대답했다.

"제가 경제부 기자한테 들었는데요. 이태원 쪽 매출 타격이 유독 컸대요."

"그래요? 다른 데도 다 비슷하지 않나?"

"홍대나 강남 상권도 매출이 줄긴 했지만 회복세라고 하더라고요. 이태원은 구십 퍼센트 넘게 매출이 줄었고, 회복이 더디다던데요. 아무래도 초창기에 이태원 클럽발……이라는 헤드라인이 워낙 셌잖아요."

"그렇긴 하죠."

"선배 기자가 포스기 업체 대표 취재하다가 나온 말이거든요. 거기 찍힌 숫자만큼 정확한 게 없으니까요."

"네, 그렇겠죠."

"제가 참 눈치도 없이 주책맞은 말을 많이 하죠?"

"아니에요. 그러려고 술집에 오는 건데요, 뭐."

"제가 이런 말을 하는 건…… 힘내시라고."

"돈 내라는 말보다 힘내라는 말이 더 싫던데. 노래 가사도 있지 않나?"

"아, 그런 의미는 아니었는데. 죄송해요."

우리 사이에 침묵이 흘렀다. 나는 조심스럽게 남준에게 아파트 얘기를 꺼냈다.

"한영이가 집을 사고 싶어해요. 아무래도 찬호씨랑 남준씨 영향이 큰 것 같아요."

"안 그래도 요전에 집에 와서 그 얘기를 한참 하고 갔어요. 저는 아파트값이 이미 고점인 것 같아서 굳이 권하지는 않았는데 한영씨는 의지가 확고해 보이더라고요."

나는 남준에게 한영의 현재 상태를, 엄마처럼 가깝게 여기던 막내 이모를 여의고 회사에서도 입지가 불안하며, 그래서 무언가 정착할 곳이 필요한 상황임을 설명해주었다. 남준은 고개를 끄덕였다.

"그렇구나. 찬호한테 어렴풋이 전해들었는데 이유가 다 있었네요."

"사실 제가 그것 때문에 고민이 많아요. 보다시피 지금 사정이 좋지가 않아서요."

남준과 나는 한동안 말을 잇지 못했다. 남준은 남은 와인 한 모금을 마저 들이켰다. 바깥을 내다보니 과연 눈이 쌓이고 있었다. 나는 자리에서 일어나 남준을 힐끗 보고는, 주방으로 들어가 하이볼 두 잔을 말아 들고 나왔다. 그리고 남준과 내 앞에 잔 하나씩을 올려놓았다.

"아까 와인이 마지막이라고 하지 않았어요?"

"인생에 진짜 마지막은 언제나 남아 있는 법이죠."

남준은 감사하다고 말하며 천진하게 웃었다. 얼굴이 발그레해져 있었다. 술이 약한 편이었나? 남준은 약간 나른해진 목소리로 말하기 시작했다.

"다 제가 잘못한 것 같아요. 그간 많이 날카로워져 있었거든요."

남준은 핸드폰을 들어 몇 가지 것들을 보여줬다. 찬호와 함께 작성한 부동산 관련 계약서와 엑셀 파일이었다. 엑셀 파일에는 가격순으로 살림 목록이 정리되어 있었다.

V사 소파 칠백오십만원, B사 플로어 스탠딩 스피커 육백만원, E사 워시타워 백팔십만원, 텔레비전 백삼십만원, 양문 냉장고 백이십만원……

"육 개월 전이었나. 찬호가 이걸 보내주면서 집을 떠나겠다고 했어요. 살림은 모두 두고 갈 것이니 그 돈은 모두 제가 부담하고, 아파트 시세차익의 절반만큼을 떼어달라고 하더라고요. 계약서대로."

"아…… 그런 일이 있었는 줄은 전혀 몰랐네요."

"저한테 많이 실망했나봐요. 화가 났다고 보는 편이 맞겠죠?"

남준은 하우스워밍 파티 이후 벌어진 난장판에 대해서 이야기해주었다. 한영과 찬호가 우리 가게에 왔던 이태원발 확진자와 동선이 겹쳐 자가격리를 하게 됐을 때, 남준은 보름 동안 집을 아예 떠나 있었다. 그때 시작된 갈등은 갈수록 격렬해졌다. 찬호가 언제나 덴탈 마스크를 쓰고 다니는 게 불안해, 두 박스나 남아 있던 덴탈 마스크를 버리고 KF94 마스크를 사왔을 때 둘의 갈등이 폭발했다. 남준은 그때 자신이 거의 반미치광이나 다름없었다며, 이제 와 후회를 해봐도 소용이 없는 것 같다고 말했다.

"지금은 어때요? 많이 괜찮아졌어요?"

"그냥 시간을 가져봤어요. 방도 따로 써보고, 깊이 생각해보고, 정 안 되면 그때 결정하자 결론 냈죠. 붙어 있던 침대 중 하나를 서재로 옮기고, 저는 매일 거기서 자기로 했어요. 그러고 나서는 한 번도 싸운 적 없어요. 서로 잘 웃고, 예전처럼 얘기도 많이 하고, 재택근무 날이 겹치면 식탁에 나란히 앉아 일도 하고…… 근데 잘 모르겠어요. 금간 유리창 같아요. 언제든 깨져도 이상하지 않은."

풀죽은 남준의 어깨에 나도 모르는 새 손을 얹고 있었다. 남준은 내 손을 물끄러미 보면서 계속 말을 이어갔다.

"집 때문에 모든 문제가 시작됐다 싶기도 하고. 어쩌면 집 덕분에 관계를 계속 이어나갈 수 있는 것 같기도 하고. 이렇게 계속 가는 게 맞는 건가 싶기도 하고. 도통 모르겠어요."

"일반 부부들은 그러면 애를 낳던데."

"개를 길러야 하나?"

우리는 작게 웃었다.

"형이랑 얘기하니까 좋네요."

남준이 나를 형이라고 부른 순간 뭔가가 툭, 하고 건드려진 듯한 느낌이었다. 남준과 형이라는 단어는 이상하게 잘 붙지 않았다. 구태여 말하자면 남준은 형님이나 선생님, 혹은 대표님처럼 님 자로 끝나는 깍듯한 존칭어를 쓰는 편이 어울렸다. 오래전 나와 함께 일했던 매거진 C의 신입 기자라면, 안간힘을 다해서 웃고 있었던 그 사람이라면 형이라는 단어를 말하는 게 자연스러울지도 모르겠다. 사색이 된 얼굴로 Y의 빈소에 왔던 상암86은 또 어떨까. 나를 뭐라고 부를까. 그 사람이 지금의 이 사람이라는 게, 그때의 내가 지금의 내가 돼서 이 사람과 마주하고 있다는 게 갑자기 낯설었다.

"그날 이후로 형 생각을 자주 했어요."

그날, 그 순간이 언제를 의미하는 것인지 남준도 나도 잘 알고 있었다.

집들이, 아니 하우스워밍 파티 날.

소음 신고를 받은 경찰이 집에 찾아왔을 때 우리는 함께 드레스룸 베란다에 숨어 있었다. 워시타워를 두기에도 빠듯한 공간에서 우리는 몸을 밀착하고 있을 수밖에 없었다. 남준이 먼저 내 귀에 대고 속삭였다.

"실장님, 저 기억하시죠."

"아, 그게…… 네."

"근데 왜 알은척 안 하셨어요."

"사실 텔레비전에서 봤을 땐 전혀 못 알아봤어요. 그런데 오늘 실제로 보니까 기억나더라고요. 멋쩍기도 하고, 혹시 남준씨가 비밀로 하고 싶어할 수도 있을 것 같아서 그랬네요."

"저 사실 실장님이 정말 멋있다고 생각했어요. 프로페셔널하면서도 누구에게나 친절하고. 아무것도 아닌 인턴인 저한테도 따뜻

하게 대해주시고. 꼭 실장님 같은 어른이 되어야지 생각할 정도로
요."

"사회 초년생 때는 선배들이 다 그렇게 보이죠."

"그뒤로도 종종 실장님 생각을 했어요. 힘들 때나 짜증날 때,
나도 모르게 직장에서 함부로 말을 했을 때."

갑자기 얼굴이 화끈 달아오르는 게 느껴졌다. 술기운이 다시 빠
르게 도는 것 같았다. 남준의 얼굴도 나만큼이나 달아올라 있었
다. 나는 남준의 눈을 피하며 말을 이어나갔다.

"왼쪽 눈 아래의 점이요."

"네?"

"그 점 덕분에 남준씨가 떠올랐어요."

"아, 이거 카메라에도 잡혀서 피부과에서 몇 번이나 지우려고
했는데 답이 없더라고요. 그냥 조금 희미해지기만 하고, 금세 다
시 짙어지더라고요."

"지우지 마요. 관상학적으로 왼쪽 눈 아래의 점은 부부 운을 타
고나는 팔자를 의미한대요. 지금 보니까 맞는 것 같아요."

빙긋 웃는 남준과 내 눈이 마주쳤다. 누가 먼저랄 것도 없이 우
리는 키스를 했다. 짧지만 뜨거운 순간이었다. 어쩌면 내 인생 전
부를 뒤흔들 만큼. 우리의 삶에, 남준과 나, 찬호와 한영의 삶에
아주 작은 실금이 가기 시작했다. 안간힘으로 일궈놓았던 삶이 손
톱만한 균열로 말미암아 언젠가 모조리 무너져내리고 말 거라는

사실을 나는 직감했다.

찬호와 한영이 우리에게 나오라고 외쳤다. 우리는 얼른 얼굴을 떼고 손등으로 입술을 문지른 뒤 베란다 문을 열었다. 방밖으로, 각자의 애인이 있는 자리로 돌아가며 톱니바퀴가 다시 천천히 돌아가는 게 느껴졌다.

시간을 되돌리고 싶었다. 한영을 만나기 전 Y의 장례식장으로. 아니, 나를 실장님이라고 부르는 남준을 만났던 오래전 그 스튜디오로. 실패도 배신도 겪지 않았던 그때로 돌아가고 싶었다. 과거나 미래를 생각하지 않는 게 내 행복의 비결이라고 믿었었는데. 사실 나는 후회하는 것도, 걱정하는 것도 두려워 생각을 멈춰버린 소금 기둥 같은 존재에 불과한지도 몰랐다.

하우스워밍 파티 날 나는 남준의 연락처를 묻지 않았다. 그후로 때때로 남준의 얼굴이 떠올랐지만 그러지 않기 위해 노력했다. 남준과 찬호, 그들의 집을 생각할 때마다 어딘가 베인 것처럼 쓰라리고 아팠다.

한영이 내게 노력할 때마다, 내 삶을 바꾸기 위해 사력을 다할 때마다 마음의 일부가 떨어져나가는 느낌이었다. 그것은 죄책감과는 조금 다른 통증이었다. 어쩌면 나 자신에 대한 절망이라고 할 수 있을지도 모르겠다.

Y처럼 담대하게 거짓 인생을 살 수 있었더라면, 그 거짓으로 말

미암아 스스로까지 속일 수 있었다면 차라리 나았을 텐데. 나는 나를 속이는 데도 너무 소질이 없었다. 아니면 차라리 한영처럼, 어머니처럼 자신이 믿는 것을 향해 쉽없이 달려갔더라면, 그랬다면 뭔가 달라지지 않았을까.

남준과 키스를 하는 순간 내 모든 것들이 또 한번 어그러지고 변해버리기 시작했다는 것을 알면서도 나는, 끝끝내 순간의 감정조차 긍정하지 못한 채 그저 가만히, 이대로 시간이 흘러가버리기를 바랄 뿐이었다.

그날 밤, 나는 마지막으로 가게의 셔터를 내리고, 지금까지 감사했습니다, 로 시작하는 폐업 안내문을 붙였다. 눈도 뜰 수 없을 만큼 많은 눈이 내리고 있었다. 소복이 쌓인 눈을 밟으며 이태원 사거리에서 집까지 걸어왔을 땐 운동화가 딱딱하게 얼어 있었다. 조금 울었으면 좋겠다는 생각을 했지만 눈물은 나지 않았다. 그게 나였다.

* 이 소설의 배경은 서창록의 『나는 감염되었다―UN 인권위원의 코로나 확진
일기』(문학동네, 2021), 수전 손태그의 『은유로서의 질병』(이원후 옮김, 이후,
2002)을 참고해 설정했다. 지하철과 관련된 일화는 동아일보 2021년 12월 7일
자 기사(https://www.donga.com/news/article/all/20211207/110665812/2)
를, 전염병과 백신이 언급되는 장면은 『네이처 메디신』의 기사(https://www.
nature.com/articles/s41591-022-01728-z)를 참고했다.

우리의 없는 미래,
우리의 있는 열기

오은교
(문학평론가)

박상영의 연작소설 『믿음에 대하여』에 수록된 네 편의 작품은 모두 '코로나바이러스감염증-19'의 대유행으로 인한 방역 정책과 사회적 거리두기가 한창이던 시기에 발표되었다. 전 지구적 팬데믹에서 비롯된 패닉 속 한국사회의 '취약한 삶'들의 공포와 우울을 다루는 이 소설들은 지금 우리 사회의 규범적 삶의 연약함과 차별적 분할선을 뚜렷이 가시화한다.

　데뷔한 이래 꾸준히 삶의 안정화 기획이 어긋나는 순간의 파열음을 멜랑콜리한 유머로 그려냈던 작가는 이번 연작에서 그 주제의식을 한층 심화해나간다. 앞서 출간된 소설들과 견주어 볼 때 이번 이야기의 주요 인물들은 박상영의 캐릭터로서는 드물게 비교적 안정적인 삶의 자원을 구축한 편이다. 이들은 억압으로 얼룩진 원가족의 향토적 세계에서 탈피하여 서울 소재의 대학을 나와 고단하나마 중산층적 삶을 꾸릴 수 있는 급여가 보장된 일자리를 얻고, 오래 함께한 파트너와 함께 지낼 주거 공간을 확보하여 가정을 이루는 일에 성공한다. 그러한 물적 토대의 안정화로 이들은 결핍된 삶을 보충할 수 있을까. 그러나 다복한 안녕도 잠시, 소설은 광포하게 불어닥친 팬데믹 속에서 가까스로 일군 삶의 작은 정원이 점차 난장판이 되어가는 참혹한 현실을 보여준다.

상시적인 고용 불안, 규범과 불화하는 섹슈얼리티, 박탈당한 생식권, 날로 심화되는 정보 편향, 사이비 종교와 내셔널리즘의 번성, 공격적인 대인관계와 앙상한 친밀성의 세계, 소수자 혐오로 귀결되는 각자도생의 논리, 어느새 반려 질병이 된 공황장애와 우울증까지, 이 작품은 현재를 저당하여 끊임없이 미래를 재생산하는 정언들의 막다른 길목을 비추며 우리를 지금 이곳으로 이끈 이 사회의 '믿음의 각본'이 수정되어야 함을 뜨겁게 증명하고 있다.

혐오의 분할 정치, 퀴어 규범성의 곤경

연작으로 이루어진 이야기의 기둥이라 할 수 있는 주요 사건은 '2020년 이태원발 코로나 집단감염 사태'를 모티프로 하고 있다. 당시, 팬데믹 속에서 누적된 피로가 특정 집단에 대한 낙인찍기와 증오로 비화된 일련의 상황은 위기를 맞은 공동체에서 반드시 더 취약해지고야 마는 소수자를 향한 차별과 혐오의 정치경제학에 기반하고 있음을 보여주었다. 누군가의 삶은 방역 준칙을 어겨도 당사자의 정체성으로 행위가 종족화되지 않지만, 누군가의 삶은 단지 생활 동선을 공유하는 것만으로도 결딴난다. 당국의 거리두기 정책이 자리잡아가며 조금씩 숨통이 트여가던 그해 5월 초, 소위 '정상 가족'들을 위한 가정의 달 황금연휴 직후에 시작된 이태원발 집단감염 사태는 퀴어의 삶을 게토에 가두는 분할의 정치가 직면한 만성적 문제를 다시 한번 드러내고야 말았다.

바로 이 시기를 배경으로, 삼십대 게이 커플의 위기를 다루는 「보름 이후의 사랑」은 대도시의 지리적 위상학이 돌출되는 순간을 날카롭게 그리며 퀴어의 생활 공동체가 붕괴하는 순간을 묘파한다. 찬호의 일인칭 시점으로 전개되는 이 작품은 경제 호황을 맞은 대기업 회사원들의 일상을 스케치하며 시작된다. 야근을 마치고 귀가하던 어느 평범한 퇴근길, 찬호는 보름달을 향해 '주택 청약' 당첨 소원을 빌다 절친한 회사 동료이자 '이쪽' 친구인 한영에게서 핀잔을 듣는다. "누구로도 대체할 수 없는 공고한 관계를, 어쩌면 한없이 '정상 가족'의 형태에 가까운 삶을 인생의 최우선 과제"(71쪽)로 삼고 있는 한영은 "언제나 좀 하자가 있는 사람들"(72~73쪽)과 "뜨겁게 불타올랐다가 하얗게 잿더미가 되어 처참한 결말"(73쪽)을 맞이하는 찬호의 남자 취향과 연애 편력을 지적하며 조언한다. "지금부턴 정신 똑바로 차리고 진짜 좋은 사람, 오래 만나도 괜찮은 신뢰 가는 사람을 찾아봐. 너도 그럴 나이야."(74쪽) '좋은 사람'과 '그럴 나이'라는 말의 영향력을 곱씹던 찬호는 오랜만에 들어간 데이팅 앱에서 "well educated person"이자 "이쪽 활동 안" 하며 자신과 "비슷한 분"(75쪽)을 찾는다는 남준을 만나 데이트를 하게 된다. 얼굴 공개를 꺼리고 나이를 속일 정도로 신상 공유에 방어적이었던 그는 기자이자 뉴스 앵커라는 직업 특성상 곤란을 피하기 위해 강박적으로 조심하며 살아가고 있는데, "수능을 친 뒤 곧장 이쪽 커뮤니티에 진입해 클럽을 전전하는 이십대를 보냈던"(84~85쪽) 자신과는 전혀 상이한 성격을 지닌 인물임에도 찬호는 자신에게 적극적으로 다가오는 그에게 호감을 느낀다. 그는 지금까지 자신이 "만났던 (개차반인) 남자들과는 완전히 다른 부류의, 안정을 아는 사람 같았"(79쪽)기 때문이다.

두 사람은 연인이 되었지만, 퀴어 커뮤니티 활동을 활력적으로 이어가는 찬호와 해당 문화와 생리에 불안을 느끼는 남준은 번번이 충돌한다. "이쪽 사람들 만나는 거 질색팔색"(82쪽)하는 남준은 친구들과 유흥을 즐기는 찬호를 이해하지 못하고, 찬호는 퀴어 문화를 검열하며 수세적으로 구는 남준이 답답하기만 하다. 남준에게 맞추어 술자리를 줄이고 교외에서 "절대 함께 사진을 찍지는 않는"(85쪽) 데이트를 이어가던 찬호는 일 주년 기념일에 쌓아왔던 분노와 서운함을 표출한다. 남준을 친구들에게 소개하고 자랑하고 싶었던 찬호는 "오직 두 사람"(86쪽)으로 이루어진 관계의 애틋함을 바란다는 남준을 향해 쏘아붙인다. "그건 애틋하기보다는 수치스러운 관계가 아닐까? 그 어디에도 비치고 싶지 않고 누구에게도 들킬 수 없는 관계. (······) 네 사정이 뭐? 알려지면 뭐? 사람들 이미 다 알아. 네가 게이인 것도. 나 만나고 있는 것도 다 안다고!"(87~88쪽) 찬호는 남준이 나오는 유튜브 클립에 달리는 댓글들과 온라인 퀴어 커뮤니티 내에 이미 퍼진 남준에 대한 잠자리 품평이나 소문들이 존재한다는 사실을 잔인하게 확인시켜주고 만다.

그렇게 두 사람의 관계는 끝을 맞을 위기에 놓인다. 하지만 남준은 찬호에게 아파트를 함께 구매해 동거를 하자고, 서로의 여가를 희생하지 않고 일상을 공유함으로써 관계를 재정비하자며 커플 팔찌를 내밀고, 찬호는 사랑하는 남준의 손을 다시 잡는다. 한 사람의 명의로 집을 사고, 다른 사람이 전세 대출을 받아 세를 들어오는 방식으로 집을 마련한 두 사람은 아파트의 시세가 실시간으로 오르는 재미를 확인하며 대대적인 인테리어 공사를 하고 새 살림을 장만한다. "우리 둘의 이름과 주민등록번호가 한데 등재된 서류를 갖게 된 게 어색했다. 그 어색함이 싫지 않았다."(96쪽) 두 사람은 일상의 버릇들을 조율하며 투닥거리고 부모님이 방문하는 날에는 피난을 가야 하는 불편함을 무릅쓰며 지금껏 느껴보지 못했던 동거생활의 소소한 재미를 새롭게 알아간다. "성적 욕망이나 사랑이라고 단순화되곤 하는 그런 감정을 초월한, 어떤 안정감 같은 것", "주변을 구성하고 있는 모든 기둥들이 단단히 뿌리를 내리고 있다는 그런 신뢰감", 찬호의 "삶에 가장 결핍되어 있던 그것."(97~98쪽)

그러나 전염병이라는 예측 불가한 사태는 두 사람의 보금자리를 속수무책으로 뒤집어놓는다. 확진자 수의 뚜렷한 감소와 함께 찾아온 긴 연휴로 모두가 들뜬 봄, 찬호는 한영 커플을 초대해 집들이 파티를 열어 친구에게 처음 정식으로 연인을 소개해주고 즐거운 시간을 보낸다. 그리고 일주일 뒤, 확진자 수는 다시 폭증하고 곧 이태원을 방문한 슈퍼 전파자의 동선이 낱낱이 공개된다. "포털 사이트 뉴스난에 들어가보니 유흥에 미쳐 타인에게 피해를 주는 사람들, 이 시국에 성적 욕망을 풀기 위해 거리로 술집으로 뛰쳐나온 더러운 동성애자들이라며 댓글마다 비난이 가득"(103쪽)하고, 찬호의 단체 채팅방에는 확진자의 이름과 출신 학교, 회사, 동거인의 신상 등이 담긴 찌라시들과 걸 그룹 춤을 추는 게이 클럽의 영상이 "암컷 게이가 수컷들에게 구애를 하는 춤"(같은 쪽)이라는 조롱조의 제목을 달고 올라오고, 연이은 "ㅋㅋㅋㅋㅋㅋㅋㅋㅋㅋㅋㅋ"(104쪽)와 같은 비웃음이 터진다. 더군다나 이태원에서 이자카야를 운영하는 한영의 애인 철우네 가게에 확진자가 다녀감에 따라 찬호는 자가격리에 들어가라는 보건소의 연락을 받는다.

그 소식을 들은 남준은 충격에 빠진다. "혹시나…… 누가 물어보면…… 보건소나 아무튼 뭐 그런 데서 연락 오면, 우리는 만난 적 없는 거다. 집주인과 세입자의 관계일 뿐인 거야. 알지?"(109쪽) 공포에 떠는 남준은 선을 그으며 찬호를 단속하고, 찬호는 아파트 단지에 설치된 CCTV와 주차 등록 등의 증거를 짐짓 외면한 채 그를 안심시켜주며 "격리 장소에 함께 사는 가족"이 있냐는 보건소 직원의 질문에 "없다"(111쪽)고 대답한 뒤, 급하게 짐을 챙겨 나간 남준이 만든 난장판의 한가운데에서 순식간에 사라진 평온을 둘러본다. 집들이 파티 때 사용한 "Home Sweet Home"(112쪽) 이라는 문구가 적힌 갈런드가 여전히 붙어 있는 집에서, 찬호는 달에게 빈 소원의 결과로 얻은 "어쩌면 내 인생 가장 아름다운 시간"(같은 쪽)을, 벌써 과거가 되어버린 평화를, 행복의 소망을 비웃는 무자비한 현실을, 무엇을 기약하든 배반이 예감되는 내일을 마주한다. 찬호는 다시 한번 새로운 소원을 빌어보려 하지만 더이상 "아무것도 떠오르지 않"(같은 쪽)는다.

안정을 주문하는 규범 사회의 룰을 잘 따르더라도 위기의 순간에 가장 먼저 내쳐지는 존재들, 여생은커녕 고작 보름의 시간조차 약조할 수 없는 연약한 관계, "사랑하다 죽어버려라"(67쪽)라는 말이 잠언으로 통용되는 사회와 사랑하다가 정말로 죽어가는 이들을 철저히 외면하는 정상성의 모순. 보름 이후에도 이 사랑이 지속되리라고 믿을 수 있을까?

'성격'이라는 이름의 외상 흔적들

소설 곳곳에 퍼져 있는 "성격이 곧 운명"(65쪽)이라는 격언은 개인의 자질이 스스로의 운명을 결정짓는다는 성격비극과 그에 유비되는 인생의 일반적인 특성을 잘 설명해주지만, 그 개인의 성격이 형성되어온 내력과 사회적 맥락을 묻지 않는다는 점에서 절반만 진실이다. 한영은 찬호에게 말한 바 있다. "삶을 안정적으로 만들어줄 배경을 만들려는 노력, 좋은 사람과 지속 가능하고 행복한 관계를 맺기 위한 노력, 그런 게 다 성격에 포함돼 있는 거야."(74쪽) 「요즘 애들」은 찬호를 그토록 답답하게 했던 남준의 과거사를 보여주며 사회 초년생들의 외상 흔적이자 생존을 위한 퀴어 커버링 전략이 되어버린 '성격'의 무늬와 주름을 자세히 살펴본다.

남준의 일인칭 시점에서 전달되는 이 이야기는 방송국 정규직 기자가 된 남준이 첫 직장의 입사 동기였던 은채와 재회하는 것을 계기로 과거를 돌아보는 형식으로 쓰여 있다. 두 사람의 첫 직장은 지금은 없어진 문화 잡지 '매거진 C'로, 남준은 규모는 작지만 내실 있는 콘텐츠를 생산하는 이곳에서 수습 에디터로 채용되어 사회생활의 첫발을 내딛는다. 신입들에게는 고생에 비해 보람은 없는 앙케트나 미니 인터뷰 코너, 광고 지면, SNS 관리가 떠맡기듯 주어질 뿐이다. 잡지 포장 발송과 커피 수발, 식물 관리를 비롯하여 화장실의 막힌 변기까지 뚫는 등 온갖 잡무를 도맡아 하면서도 남준과 은채는 "사회 초년생 특유의 과열된 열정으로 모든 일에 힘을 잔뜩 준 채 최선을 다해 일"(20쪽)한다. "이 시기를 버티고 나면 더 나은 삶이 펼쳐지게 될 거라는 희망이 있었으니까."(24쪽) 그런 두 사람에게 비합리적이고 일관성 없는 편집장의 조언은 의아하기만 하다. 민주화운동에 투신했던 자신의 과거를 들먹이며 세대 비판을 일삼는 그는 대중성을 위한다며 틀린 맞춤법을 고수하고 교양을 기르라며 번역이 엉망인 것으로 유명한 세계문학 전집을 추천하는 등의 모순을 보인다. 그러나 남준과 은채는 권위적인 분위기에 짓눌려, 지적을 받으면 "프로답지 못한 중대한 실수"(27쪽)를 저질렀다는 생각에 자책을 반복한다.

특히 겨우 네 살 차이밖에 안 나면서 "요즘 애들"(32쪽)이라는 멸칭을 입에 달고 사는 선배 배서정은 사수라는 권위를 이용하여 두 사람을 거칠게 훈육한다. 반드시 굴욕감을 안기는 대화를 주도하고 공연한 생트집을 잡아 사사건건 불필요한 잡도리를 일삼는다. '성의'와 '태도'라는 이현령비현령의 요건을 중시하는 배서정의 훈계는 인신공격과 사생활 침해를 넘나든다는 점에서 문제다. 카카오톡 프로필 사진과 대화명 같은 개인 SNS뿐만 아니라 옷차림이나 외모까지 지적해 남준으로 하여금 직업인으로서의 역능을 갖추는 것은 개성을 억누르는 것과 연동되어 있다는 것을 깨닫게 한다.

남준과 은채는 회식 자리에서 배서정이 저토록 고약해진 내력을 짐작하게 된다. 편집장이 주도하여 배서정의 사생활을 안주 삼아 놀아왔다는 것이 드러나기 때문이다. "대학 졸업 하자마자 회사 들어와 일만 하고 사느라 번번이 차이기만 하고 제대로 연애도 못한다며, 어디 소개해줄 좋은 남자 없냐"(34쪽)는 말을 아랫사람을 향한 애정 표현으로 여기는 것이다. 배서정은 그런 상사의 비위를 맞추며 남준과 은채의 사생활을 들먹인다.

　그날 이후 남준과 은채는 각각 지적받은 옷차림과 헤어스타일을 바꾸고 은채는 공황장애 진단을 받아 정신과 치료를 시작한다. '요즘 애들' 운운하며 "체르노빌 때 퍼진 방사능이 88년쯤에 한국에 흘러든 거 같다"(38쪽)는 선배들의 나쁜 농담을 들으면서도 남준은 "기분이 나쁘거나 궁지의 상황에서 웃음이 터져버리는"(34쪽) 버릇이 발동되는 것을 막을 수 없다. 약속된 수습기간이 끝나고 정식 채용 여부를 묻는 정당한 질문을 했을 때 "요행이고 놀부 심보"(42쪽)라는 편집장의 대답을 듣고 난 이후 남준과 은채는 상황이 나아지리라는 기대를 깨끗이 포기하고, 이후 배서정에게서 더는 참기 어려운 부당한 폭언을 들은 남준은 그간 억눌러왔던 분노를 터뜨리고 회사를 박차고 나온다.

　후일 남준은 방송사에 계약직 기자로 입사해 "입을 닫고 귀를 닫은 채 그저 최선을 다해 일"하고, "적을 만들지 않고 모두에게 선하려 노력"(51쪽)하다가 우연히 특종을 잡아 이름을 알린 뒤 동료 중 유일하게 정규직 전환에 성공한다. 계약직 입사 동기들의 노동권 투쟁과 그사이 사라진 전 직장 소식을 들으며 남준은 불안과 자기 보존적 욕망이 착종된 채 "배서정이 자주 지었던 표정과 닮아 있는"(61쪽) 스스로를 보며 화들짝 놀란다.

남준은 언젠가 배서정을 본 적이 있었다. 폭설이 내리던 퇴근 길. 강남 한복판에서 본인이 만든 잡지를 뚫어져라 쳐다보던 배서정. 어느덧 그 시절 배서정의 나이가 된 남준은 원망스러운 배서정의 존재에 대한 이해의 폭을 조금이나마 넓힐 수 있게 된다. 십대 때 타국으로 유학을 간 뒤 해외의 명문 대학을 졸업하고 고향으로 돌아와 한국사회에 편입되기 위해 고군분투했을 그는 십팔 개월이나 대가 한푼 없이 노동 착취를 당하고. 그것을 배움의 과정이라고 스스로를 다독이며 사생활을 낱낱이 놀림감으로 만드는 남자 편집장 아래에서 분위기를 망치지 않기 위해 쓴침을 삼키며 미소를 띠는 방법을 익혀야 했을 것이다. 그 결과 인신공격과 업무 조언을 분간하지 못하도록 사회화되었고. 그 공격성을 대물림하는 방식으로 생존해왔을 것이다. 폭언을 교육으로, 사생활 침해를 친교로 이해하는 이 여성 뒤에는 "가족 같은 회사"(33쪽)를 만들려는 가부장적인 편집장이 있다. 그러나 그런 사나운 생존법을 체득하며 회사에 헌신한 배서정 또한 회사의 연이은 구조조정과 인원 감축 후 실업자가 되었을 뿐이다.

남준 또한 끊임없이 계약직 '신입 사원'이 되고, 성정체성을 숨

겨야 하는 이중 감옥에 갇히는 그 모든 시간을 거쳐 지금의 자신
이 되었다. 공격이나 모욕을 받으면 실없이 웃음을 터뜨리며 상황
을 모면하는 방어적인 사람, 상이한 정권 체제하의 회사에서 고루
지지받는 무취한 사람, 퀴어 커뮤니티와는 일절 교집합을 만들지
않는 강박적인 사람, 좌우를 막론한 정치계로부터 입당 제안을 받
는 개성 없이 바르기만 한 사람, 사랑하는 사람 마음에 생채기를
내면서까지 수치심을 내면화하는 수동 공격적인 사람, 거짓말과
태연한 척이 습관이 되어버린 외로운 사람. 사회가 요구하는 표준
에 부합하지 않아 탈락하는 '요즘 애들'이 되지 않기 위한 안간힘.
현대 노동자의 성격은 이처럼 생득적인 것이 아니라 사회 질서의
증상적 일부로서 각인된 일종의 외상 자국이다.

각자도생의 노동 구조와 우리-되기의 실패

가속화된 신자유주의적 노동 유연화와 경쟁 체제는 단지 성격
만이 아니라 한 인간의 욕망 구조와 인간관계 등 생애 전반에 고
르고 심원하게 영향을 끼친다. 「우리가 되는 순간」은 사내 정치가
팽배한 대기업 마케팅 본부 산하의 한 신생 팀에서 벌어지는 이야
기로, 자기 자신을 포함한 여러 사람을 가리키는 대명사 '우리'가
결합하고 갈라지는 장면은 '각자도생'의 논리가 승인되어가는 과

정과 그 필연적 한계들에 대해 질문하게 한다.

이 소설은 가족 재생산 노동에 묶인 여성의 몸의 특수성과 그로 인한 임금 노동권 제약의 문제를 다루고, 출산과 육아 등 재생산 노동에 참여하지 않는다는 이유로 시민권을 박탈당하는 퀴어와 그런 여성의 삶이 교차되는 순간을 포착한다. 한영은 어느 날 부장 진연희의 부름을 받는다. 부장급에 있는 유일한 여성인 진연희는 첫 대졸 공채 채용으로 입사한 여덟 명의 여성 중 한 명으로 아이를 낳아 키우면서도 경력 단절 없이 수십 년을 근속해온 입지전적인 인물이다. 그는 임원 승진을 목전에 두고 새로운 팀을 꾸려 자신의 실력을 보여줄 야심에 가득차 있다. 남다른 생존력과 명예욕을 자랑하는 그는 '우리'라는 포괄적 호칭을 와해시키는 데에 유별난 소질이 있다. 찬호 밑에서 "언제까지 꽃받침 노릇"(120쪽)만 할 거냐는 말로 단번에 한영의 기선을 제압한 그는 직급으로 앞서가는 찬호에 대한 한영의 은근한 불안을 단박에 수면 위로 끌어올려, 자신의 휘하로 한영을 넘어오게 한다.

한영은 그렇게 진연희가 외부에서 스카우트해온 황은채 팀장과 디지털마케팅팀에서 일하게 된다. 신생 팀의 안정적 사내 정착을 도와야 하는 한영은 전통적이고 보수적인 회사 문화 안에서 자유분방한 뉴미디어 업계 분위기에 익숙한 황은채 팀장과 그가 데려온 팀원들과 교류하며 고군분투한다. 수평적 호칭, 자율 근무, 캐주얼 복장 등을 기조로 하는 은채 팀은 사내에서 모난 돌 취급을 받지만, 은채의 손끝에서 탄생한 기획 콘텐츠는 줄줄이 대박이 나고 회사를 넘어 대중에게까지 파급력을 떨치는 등 대성공을 이룬다. 팀워크를 확인한 한영과 은채는 직장 동료를 넘어선 우정을 쌓는다. 은채는 오래 사귄 남자친구와의 심각한 권태기에 대한 고민을 얘기하고, 한영은 이태원발 집단감염 사태 이후 철우에게 화가 치밀어오르곤 한다는 걸 털어놓으며 서로를 위로한다.

문제가 터진 건 같은 팀 사원 나나가 인사팀에 대학 졸업 증명서를 제출하지 않았다는 사실이 밝혀지고 징계를 받으면서부터이다. 설상가상 "정성적으로도 정량적으로도 압도적인 실적"(149쪽)을 기록한 진연희가 기러기 아빠로 동정표를 얻은 입사 동기이자 한때의 절친이었던 김무진에게 임원 승진 패배를 당하는 일까지 연쇄적으로 일어난다. 한영과 은채가 열심히 일궈온 팀은 위태롭게 금이 간다. 진연희는 은채에게 나나를 퇴사시키라는 압박을 넣으며 호통친다. "저 정도 되는 애들은 널렸어. 걔가 너 좋아서 여기 붙어 있는 것 같아? (……) 지금 네 주위를 둘러봐. 번호표 뽑고 너 망하길 기다리는 사람들뿐이야. 그 사람들한테 책잡히고 싶어서 안달난 거니? 고작 여기서 멈추려고 그 고생을 하며 바득바득 온 거야?"(151쪽) 그러고 나서 진연희는 한영을 따로 불러내 은채를 평가하게 하고 묘한 말을 흘리며 의리와 애정으로 연결된 두 사람의 관계에 의심의 씨앗을 심는다. "인생, 어차피 각자도생인 거 알지?"(154쪽)

한편 은채를 향한 진연희의 조언은 더욱 복합적이다. 오래전 여성 직원에게만 유니폼을 입히려는 사규에 저항하며 "남성 사원들이랑 똑같이 입고 똑같이 일하겠"다고 주장하고 "기준이 없다면 그것을 만들어가겠다"(165쪽)는 마음으로 다부지게 자신의 길을 닦아왔다. 회사 근처로 이사를 와 의대 입시를 준비하는 수험생 딸의 저녁을 차려주고 저녁에 다시 출근하는 식으로 치열하게 살아왔지만 결국 여자라는 이유로 승진 문턱에서 좌절된 진연희는 넋두리하듯 은채에게 말한다. "건사할 가족 없고 애 없는 사람들이 일을 더 잘한다 (……) 우리같이 여대 나온 사람들은 남들보다 뭐든지 두 배로 해야 한다"(166쪽) 등의 잔소리에는 '우리'라는 말로 또다른 배제를 구성하려는 진연희의 의도가 담겨 있다. 그러나 진연희의 조언과 달리 은채는 임신을 한 상태다.

명문 여대를 졸업해 누구보다 열심히 살며 자기 분야에서 실력을 입증했지만, 임신 문제로 출세에 발목 잡힌 또 한 명의 여성은 바로 한영의 막내 이모다. 한영이 성정체성을 터놓고 얘기하는 유일한 친족인 리나 이모의 본명은 김귀춘으로, 그는 "십수 년간 해바라기처럼 아들을 바라왔던"(135쪽) 딸부잣집에 불청객처럼 태어나 사업을 말아먹은 아버지 밑에서 "모든 것을 투쟁해서 얻어"내며 "가족에게서 벗어나겠다는 의지"(136쪽) 하나로 삶을 꾸려온 여성이다. 리나 이모는 고향에서 멀리 떨어진 방송사에 아나운서로 취업해 "그냥, 무난"(143쪽)한, 하지만 알고 보니 폭력적인 남자를 만나 짧은 시간 안에 임신과 결혼, 가정 폭력과 유산을 겪었다. 한영은 "너는 문란한 여자였고, 자신의 진심을 가지고 놀았으며, 결정적으로 임신 초기에 조심성 없이 밖으로 나돌아 아이를 유산하고 말았다 (……) 방송국에 이 모든 사실을 알릴 것"(145쪽)이라는 폭언을 쏟는 이모 남편의 말을 녹음해 이모의 안전 이혼에 조력한다. 결국 이모는 방송국을 그만두고 모교의 선생으로 부임하지만 거기에서조차 온갖 더러운 소문과 얼토당토않은 염문설에 시달린다. "모교가 직장이 된 것은 그런 의미이기도 했다. 자신의 지난 결혼식에 왔던 몇 명의 하객들과, 그들이 만드는 소문을 일상에 주렁주렁 달고 살게"(146쪽) 되는 것. 하지만 이모는 오직 퇴직연금을 받겠다는 꿋꿋한 일념으로 "학교 앞 아파트로 이사까지 해, 십오 년 동안 비가 와도 눈이 와도 그 어떤 수모를 당해도 하루도 빠지지 않고 출근했다"(148쪽). 한영이 혼란스러운 정체화 과정을 겪던 사춘기 시절에 버팀목이 되어주고, 첫 이별 후의 고통을 다독여주고, 한영이 첫 차를 사자 함께 여행을 기획하며 즐거워했던 리나 이모의 암 투병 소식과 잇따른 사망 소식은 한영에게 깊은 절망을 안긴다. 리나 이모는 "쉰도 안 된 나이"로 "평생 동안 노래를 부르던 연금을 단 한 번도 수령해보지 못한 채"(170쪽) 세상을 떠난다.

사회적 성취를 뜻대로 이루지 못하고 좌절을 겪는 여성의 몸, 제도의 도움을 받지 못해 더 표독스러워지는 여자들, 그 모든 것을 비웃듯 찾아오는 돌연한 죽음. 소설은 '우리'의 관계가 분열하는 순간을 보여주며 비교, 경쟁, 낙오, 보상과 같은 자본 세계의 노동 윤리가 친밀성의 세계에 침투하고 삶의 희망을 좀먹고 있음을 보여준다. 폭우가 쏟아지는 날, 전염병 검사를 받기 위해 길을 나선 한영은 광복절을 맞이해 열린 대규모의 정권 반대 시위의 물결 속에서 열이 펄펄 끓는 임신부 은채를 마주친다. 한영과 은채는 잠시 함께 우산을 나눠 쓴다. 그 어떤 것에 대해서도 한 치 앞의 미래를 모르는 채로.

재생산주의와 현세주의, 지연되는 금시今時의 살풍경

리나 이모의 죽음이 보여주듯 이를 악물고 버틴다고 견실한 미래가 반드시 찾아오는 것은 아니다. 철우의 일인칭 시점에서 전개되는 연작의 마지막 이야기 「믿음에 대하여」는 리나 이모의 장례식에서 시작해 철우의 가게 폐업으로 마무리되며 공고한 줄 알았던 관계와 일의 허망한 끝과 그로 인해 믿음이 뜯겨나가는 순간을 그린다.

주요 인물 중에서 가장 나이가 많은 철우는 가장 먼저 미래에 대한 믿음을 의심한 인물이다. 철우가 결정적으로 삶에 대한 믿음을 거두게 된 계기는 연인 Y의 배신과 죽음 때문이다. Y는 국적, 가족사, 학력, 애인 관계 등 모든 것을 속인 채 철우와 동거하다가 어느 날 홀연히 사라진 후 군대에서 사망한다. Y의 장례식장에서 철우는 Y가 사춘기 이후 병적으로 크고 작은 거짓말을 하며 살아왔다는 것을 알게 된다. 게다가 "교회분들이 오실 거"(187쪽)라며 장례식장에서 함께 쫓겨난 다른 조문객 한영이 철우와 동시에 Y와 만나고 있었다는 것 또한 알게 된다. 철우는 Y와 나누었던 것 중 무엇이 진실이었는지 알 수 없어 참담하다. "삼만 명이나 되는 팔로어"(181쪽)를 거느린 인스타그램 셀럽이지만, 핸드폰 전화번호부엔 "부천90, 상암86, 위례93, 노원80"(184쪽) 같은 이름만이 오십 명쯤 저장되어 있는 Y의 부나방 같은 삶은 철우에게 깊은 멍을 남기고, 그날 이후 철우는 "미래 같은 것은 함부로 기약하지 않기로. 이제 더이상, 그 어떤 믿음도 갖지 않기로" 굳게 결심한다. 그렇게 마음을 굳히자 철우는 "다시 사진을 찍을 수 없게"(189쪽) 된다.

"사진이, 그 속에 담긴 대상의 모습이 모두 거짓 같아 보였다."(190쪽) 삶에 대한 믿음과 함께 증발한 창작욕으로 인해 철우는 성공가도를 달리던 스튜디오를 정리한 후 이태원에 이자카야를 차리고, "쓸데없는 희망이나 환상 같은 게 없는 사람이 필요"(191쪽)하다는 Y의 전 애인 한영과 연애를 시작한다. 그리고 몇 년 후 한영이 리나 이모의 죽음을 겪으며 과거의 자신처럼 삶의 궤도를 상실하는 경험을 거치는 것을 지켜본다. 한영은 평생을 바쳐온 예술을 포기한 철우와 마찬가지로 눈앞의 순간을 채우는 일에 몰두하기 시작한다. 전국을 돌아다니며 온갖 물건과 명품을 사들이며 백화점 VIP로 등극하고, 각종 취미를 전전하며 일상을 내팽개치더니 급기야는 아파트를 사자며 열을 올리기 시작한다.

삶의 기조가 '현세주의'로 돌이킬 수 없이 틀어져버렸지만, 냉엄한 현실은 꼬박꼬박 생활의 대차대조표를 내민다. 이태원발 전염병 집단감염 사태의 여파로 가게 운영에 큰 타격을 입은 철우는 연이은 적자 속에서 빚을 지게 되며 한 주에 한 번꼴로 올라오는 이태원 상인회 단체 채팅방 속 부고 메시지를 마주한다. "영정 사진 속에 내 얼굴을 집어넣어도 어색하지 않을 것 같았다."(215쪽) 이 잔인한 나날에 "나 자신을 비난하기로 하는 수밖에"(225쪽) 다른 방법을 찾지 못하는 철우에게 그와 "죽을 때까지 같이"(221쪽) 살 것이라 확신하는 연인의 말은 명치에 걸린 듯 괴롭다. "우리의 시작이 한 남자의 거짓된 삶과, 그 삶보다 더욱 거짓 같았던 죽음이었다는 점을 떠올려보면 관계란 참 농담 같은 것이기도 했다."(222쪽)

생각해보면 철우가 '믿음'이란 참으로 가볍고 또 가여운 것이라고 인식한 건 더 오래된 일이다. "언제나 미래를 사는 사람"(241쪽)이었던 철우의 아버지는 "집을 담보로 잡고 가족의 명의로 끊임없이 돈을 빌리며 온갖 사업을 전전"(227쪽)하는 허풍선이로 살다가 객사했고, 남겨진 가족은 굿과 장례, 그리고 이장까지 치르고 나서야 그와 헤어질 수 있었다. 일찍이 가장이 된 철우의 어머니는 신용불량자 신세로 가사 도우미와 식당 일을 하며 악착같이 돈을 모

아 홀로 두 자식을 건사했다. 그렇게 구원 없는 삶에 허덕이다 벼락
처럼 찾아온 신을 통해 "아버지에 대한 증오와 원망으로부터 조금
은 자유"(242쪽)로워질 수 있었다. 그후 관절염에 시달리면서도 매
일 아침 도보로 새벽 예배를 나가고, 자식에게 용돈을 받으면 헌금
을 하는 열혈 신도로 거듭났다. 철우의 어머니의 믿음은 전염병 시
국을 맞아 광신도적 맹신으로 나아간다. 철우를 향해 "주님의 자
식이니 걱정할 필요 없다"(216쪽)고, "술집 같은 건 당장 때려치
우고 얼른 고향으로 내려오라고 (……) 주님이 다 먹고살게 해
주신다"(217쪽)고 주장하는 것이다. 그 터무니없는 신앙심이 독
한 삶을 버텨낸 여성으로서 사무친 원한에서 비롯되었다는 걸 잘
아는 철우는 그래서 집들이 파티 때 텔레비전에서 흘러나오는 대
형 교회의 집단 예배 강행 뉴스를 접한 남준이 뱉은 "무식한 새끼
들"(207쪽)이라는 욕을 참을 수 없다. "저 사람들도 답답하겠지.
우리처럼 (……) 어떤 사람에겐 주말에 한 번 교회 나가는 게 유
일한 외출이기도 할 거고. 그분들한텐 거기 가서 소리지르고 기도
하는 게 취미이고 또 사는 낙이기도 할 텐데. 집단을 너무 악마화
하면 안 되지 않나?"(208~209쪽)

이른바 'K-방역'이라는 자부심 넘치는 표현 아래에서도 혐오는
번성하고 차별은 낮은 곳을 향해 흐르며, 낙인찍힌 집단은 서로를
겨눈다. 철우의 어머니는 "우즈벡 애들"(199쪽)을 운운하며 외국
인 이주노동자 혐오를 일삼고, 주변에 피해를 주지 않기 위해 아

파도 검사를 피한다는 괴상한 논리를 펼치며 "늙은이들에게 정체 불명의 백신이 배정"되었고 "베일 뒤에서 세계를 조종하는 세력이 가짜 바이러스를 퍼뜨렸으며 아주 작은 나노 로봇을 넣은 백신을 유통해 인간의 의지를 조종하려 한다"(216쪽)는 교회의 단체 채팅방 속 가짜 뉴스와 음모론을 믿는다. 노령화된 시골 곳곳은 어느새 비과학 종교 세력이 장악하고 정보 소외 계층은 더욱 구조적으로 양산된다. 허튼 정보에 휘둘리는 시골 노인들을 향해 몰상식하고 미련하다는 비난이 쏟아지지만, 철우는 일평생 의지가지없이 살아온 어머니가 맹신의 세계에 투신하는 절박함을 모를 리 없다. 치성을 드려야 겨우 악몽이 잦아드는 어머니의 절박한 기도와 후일 K시에서 벌어지는 피의 굿판, 군세게 믿음의 가닥을 잡고 삶을 지탱하려는 이들의 간절함을 보며 철우는 분노와 슬픔이 뒤섞인 복잡한 감정을 느낀다.

"그때 이태원에 퍼부어졌던 질타를 생각하면 웃음"이 나올 정도로 전염병 확산은 더욱 심각해지고, "고급 향수 브랜드 숍과 대기업의 팝업 스토어"(219쪽)를 제외하고는 상권이 전멸한 지경이 되어서야 철우는 개인 회생과 폐업 절차를 밟고 한영의 도움을 받아 포토그래퍼로서 작업을 재개한다. 하루에 한 걸음씩 어둠의 시절을 통과하지만, 철우는 연인에게 말 못할 기억에 몰래 괴로워한다. 모처럼 즐거웠던 찬호와 남준의 집들이 파티 날, 오래전 Y의 장례식장에서 본 "상암86"(184쪽)이자, 그보다 더 오래전 포토그래퍼로 일할 당시 스튜디오에서 마주치곤 했던 잡지사 신입 남준과 나눈 내밀하고 당혹스러운 시간 때문이다. 이웃의 소음 신고로 경찰이 출동하고, 철우와 남준은 함께 숨어 있다가 과거의 기억을 공유한다. 비말을 섞는 것이 모험이 되어버린 대전염병의 시대, 두 사내는 각자의 오랜 연인을 두고 벽 뒤에 숨어 서로의 입술 위로, 낯선 안정보다 익숙한 충동 속으로 미끄러진다. "부부 운을 타고나는 팔자"(256쪽)를 배신하고 '성격이 곧 운명'이라는 얄궂은 예언을 자기실현하듯 짧지만 뜨거운 키스를 나누었다.

"언제고 깨어지고 흩어져버릴 유릿조각 같은 믿음"(248쪽)과 "나 자신에 대한 절망"(257쪽), 철우에게 이러한 결말은 익숙하다. 폭설이 내리던 폐업 파티의 밤, 철우는 시야가 막힌 차가운 새벽길을 걷는다. "조금 울었으면 좋겠다는 생각을 했지만 눈물은 나지 않았다. 그게 나았다."(258쪽)

*

고찬호가 소원하던 주택 청약 당첨, 김남준이 생각해낸 주택 담보 대출, 김귀춘이 염원하던 퇴직연금, 임철우가 의존한 마이너스 통장, 유한영이 받은 전세 대출 등의 금융 상품을 비롯하여 황은채와 과거 배서정의 숙원이었을 정규직 전환, 진연희의 소망인 임원 승진과 딸의 의대 진학, 또 철우의 어머니가 기도하는 천국의 삶…… 보다 나은 미래를 견인하기 위한 소설 속 인물들의 노력은 '위험사회' 속에서 위기를 관리하기 위해 현재의 시간을 볼모로 삼는 지극히도 평범한 소시민적 전략이다. 금시를 착취하여 미래를 기획하는 동안 너덜너덜해진 영혼을 살피는 돌봄의 시간은 요원해지기만 한다. 결혼과 출산, 육아로 이어지는 규범적인 생애 각본대로 살기 어려운 소수자의 삶은 다른 시간성의 개발과 다른 믿음의 시나리오를 필요로 한다. 그것은 정해진 것이 없고 임시적이지만, 동시에 그렇기 때문에 무너진 사회적 믿음을 재배치하고 실험하는 저항의 기지가 될 수 있다.

『믿음에 대하여』에 실린 네 편의 소설은 모두 폭우와 폭설이 내리는 풍경 속에서 홀로되거나 격리된 이들을 비춘다. 어두운 세상과 고립감의 정조, 불행이 익숙한 사람들의 고요한 얼굴은 반성 없이 직진하는 세상의 진행을 서늘히 끊어낸다. 이들은 아무것도 작정할 수 없어 끔찍하게 불안하지만, 더이상 난망한 미래를 향해 투신할 수만은 없다고 느낀다. 이 분절된 시간을 제대로 사유하는 일로부터 다른 내일이 가능해질 것이다. 지금 박상영의 소설은 이러한 예감 속에 있다.

작가의 말

불과 몇 년 전까지 나는 회사원과 작가라는 두 개의 직함을 지닌 채, 매일 회사에 출근하며 글을 쓰는 이중생활을 하고 있었다. 그때 나는 점심시간에 주로 회사 근처 공원에서 혼자 샌드위치를 먹었는데, 공원에 유아차를 끌고 나와 풀밭에 앉아 있는 가족들을 마주하고는 했다. 종종걸음을 걷는 어린아이들과 아이들을 바라보는 젊은 엄마 아빠들, 우울이나 피로 같은 음습한 단어가 끼어들 틈이 없을 것 같은 그들의 웃음소리를 들으며 알 수 없는 박탈감을 느끼기도 했다.

퇴근길, 만원 버스를 타면 뒤축이 닳아버린 검은 구두와 엉덩이 부분이 반질반질해진 바지, 휘어진 안경테 같은 것들이 유달리 눈에 밟혔다.

인간이라는 존재가 발명해낸 행복과 불행을 자주 생각했다. 이 책의 곳곳에는 그 시절, 내 마음의 온도가 새겨져 있다.

지난 몇 년간 다양한 분야의 사람들과 일하게 되었다. 온갖 종류의 직장 사람들이 내미는 명함을 받아들 때마다 (자처해 프리랜서가 되어놓고는) 내가 소속된 곳, 내가 뿌리내릴 곳은 어디인가, 남모르게 생각하고는 했다. 그런 나에게 최진아는 "네 책이 가장 훌륭한 명함이야"라고 말해주었다. 최진아야말로 내가 알고 있는 사람 중 가장 유능하고 성실한 직장인이다. 스물다섯 살에 처음 들어간 직장에서 십 년이 넘도록 버티고 있는 그녀의 도움으로 이번 소설의 몇몇 장면에 생생한 디테일을 담을 수 있었다. 김태리와 박미정에게도 많은 빚을 졌다. 그들이 실시간으로 중계해준 주택 청약 분투기가 아니었다면 감히 부동산 문제를 다룰 엄두를 내지 못했을 것이다. 최근에 새 회사로 이직하는 데 성공한 이정우 역시 소설을 위해 일상의 애환을 아낌없이 나누어주었다. (물론 인터뷰 당시에도 밥을 사기는 했으나) 고가의 술과 밥으로 고마움을 갚을 예정이다.

한편, 나는 스스로의 길을 개척해온 사람들에게 아주 빠르게 매료되곤 하는데 블러썸의 지영주 대표님이 바로 그런 분이셨다. 대표님이 사원이었던 시절의 빛나는 에피소드 덕분에 소설이 더욱 풍부해질 수 있었다. 예방의학 전문의 전용우님은 방역 정책의 흐름과 전염병 문제에 대해 꼼꼼히 자문해주었다. 지독하고 끈질기며 때로는 엉뚱한 질문에도 언제나 성실히 답해준 그에게, 영원히 내 주치의로 남을 수 있는 영광을 드린다. KBS 서영민 기자님에게서 팬데믹 속 소상공인의 실정에 대해 자세히 들을 수 있었다. 더불어 주환철은 초기 자가격리 시스템에 대해 상세히 인터뷰해주었다. 이들의 도움으로 팬데믹이라는 이 연작소설의 주요한 배경을 거칠게나마 구축할 수 있었다.

혹독한 신입 시절을 함께 버텨준 동료와 내 징징거림을 견뎌준 모든 친구들에게도 감사한 마음을 전한다.

소설을 쓰고 출판한다는 건 사실 정체 모를 불안과 싸우는 일이다. 이 연작소설을 쓰고 고치는 동안 꽤 오래 합을 맞춰온 장인들과 함께라서 불안을 덜 수 있었다. 정민교 편집자님은 여러 기회로 꾸준히 작업을 같이해온 귀인이다. 이번에도 역시 책의 꼴을 완성하는 데 처음부터 끝까지 큰 힘을 써주셨다. 이인삼각처럼 나와 함께 달려준 그가 아니었다면 지금 같은 형태의 책을 낼 수 없었을 것이다. 내가 문학동네신인상을 받으며 데뷔했을 때 말단 직원이었던 정은진 편집자님은 어느새 팀장이 되셨다. (조금 일방적인 감정인 듯하지만) 같이 성장해온 기분이라 동지애 비슷한 것을 느낀다. 이 밖에 단행본이 나올 수 있게 도움을 주신 문학동네 관계자분들, 소설보다 빛나는 추천사를 써주신 최은영, 황선우 작가님과 해설을 써주신 오은교 평론가님께 감사하다.

　전염병이 세상을 휩쓴 요 몇 년, 일상이 산산조각나는 경험을 했다. 원치 않게 고립되는 일이 부지기수였고, 몸과 마음의 균형을 잃어버리기도 했다. 소설을 쓰는 내내 더이상은 누군가가 질병으로 인해 낙인찍히고 배척당하는 일이 없었으면 좋겠다는 생각을 했다. 돌이켜보니 이 책의 모든 문장에 그런 나의 염원이 아로새겨져 있다. 나는 희망에 취약한 사람이라, 아직도 연약한 믿음이 인간을 구원할 수 있다고 믿는다. 절망에 허덕이는 와중에도 기어이 책상 앞에 앉아 이 이야기를 쓸 수밖에 없었다. 그것이 내 일이고, 내가 할 수 있는 전부였으니까.
　일상을 버티며 살아가고 있는 모든 이들에게 이 이야기가 가닿기를 바란다.

2022년 7월

박상영

| 수록 작품 발표 지면 |

요즘 애들 ······ 『창작과비평』 2021년 봄호

보름 이후의 사랑 ······ 『악스트』 2021년 9/10월호

우리가 되는 순간 ······ 『릿터』 2021년 12월/2022년 1월호

믿음에 대하여 ······ 『문학동네』 2022년 여름호

문학동네 연작소설
믿음에 대하여
ⓒ박상영 2022

1판 1쇄 2022년 7월 20일
1판 3쇄 2024년 10월 30일

지은이 박상영
책임편집 정민교 | 편집 여승주 정은진 염현숙
디자인 고은이 유현아 | 저작권 박지영 형소진 최은진 오서영
마케팅 정민호 서지화 한민아 이민경 왕지경 정경주 김수인 김혜원 김하연 김예진
브랜딩 함유지 함근아 박민재 김희숙 이송이 박다솔 조다현 정승민 배진성
제작 강신은 김동욱 이순호 | 제작처 영신사

펴낸곳 (주)문학동네 | 펴낸이 김소영
출판등록 1993년 10월 22일 제2003-000045호
주소 10881 경기도 파주시 회동길 210
전자우편 editor@munhak.com | 대표전화 031) 955-8888 | 팩스 031) 955-8855
문의전화 031) 955-2696(마케팅) 031) 955-1906(편집)
문학동네카페 http://cafe.naver.com/mhdn
인스타그램 @munhakdongne | 트위터 @munhakdongne
북클럽문학동네 http://bookclubmunhak.com

ISBN 978-89-546-9980-8 03810

www.munhak.com